NOTTE DEGLI ZANDIANI

RENEE ROSE

REBEL WEST

Traduzione di
EMA FERRARI

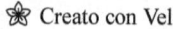

OTTIENI IL TUO LIBRO GRATIS!

Iscrivetevi alla newsletter di Renee per ricevere Indomita, scene bonus gratuite e notifiche riguardo a nuove pubblicazioni!

https://subscribepage.com/reneeroseit

CAPITOLO UNO

R*iya*
Agli zandiani servono delle spose.

Il principe Zander—no, *re* Zander ora che si era ripreso il suo pianeta—se ne stava di fronte a tutti noi, umani e zandiani insieme, chiarendo le sue intenzioni per ripopolare il pianeta.

Osservai la folla raccolta davanti a quello che un tempo era stato il palazzo. Tutto sembrava così vasto e vuoto sotto un cielo luminoso, completamente privo di nuvole. Il sole zandiano si rifletteva sulle macerie di pietra di marmo bianco, quasi accecandomi.

Come sarebbe mai riuscito un gruppo così piccolo a ricostruire questo pianeta, impegnato com'era, *come eravamo*?

La devastazione nella capitale di Zandia era così assoluta che mi faceva venire la nausea. Le rovine di edifici un tempo maestosi, ora ridotti a cumuli di macerie di marmo e metallo contorto, sembravano raccapriccianti come una qualsiasi delle ferite sanguinanti che avevo curato durante la battaglia.

Non avrebbe dovuto importarmi: non era mica il mio pianeta. Il mio pianeta era stato violentato e rovinato mille anni fa dagli ocreziani, ma Zandia era rimasto lì a sventolare davanti a noi umani come uno Shangri-La. Un posto in cui avremmo potuto essere liberi.

Forse.

Ma ciò che Zander stava dicendo adesso mi aveva messo una paura glaciale.

Un brivido mi corse lungo la schiena e non riuscii a impedire al mio sguardo di spostarsi sul gigantesco guerriero zandiano dall'altra parte della piazza.

Tarren.

Quello sulla cui coscia soda mi ero messa a cavalcioni quando avevo ricucito il taglio che gli squarciava un lato della faccia. Se ne stava in piedi con altri due zandiani e, per la dolce Madre Terra, mi stavano guardando tutti.

Una ciocca dei miei folti capelli neri mi finì sul viso sotto un vento caldo e secco che non odorava di altro che cenere. La spostai indietro con impazienza, poi mi scrollai altra polvere dalle cosce nude sotto la tunica corta. Non avevo avuto la possibilità di lavarmi o cambiarmi dopo la battaglia: mi ero occupata dei feriti senza sosta. Il guerriero accanto a Tarren lasciò correre lo sguardo sulle mie gambe nude e una sensazione di calore mi salì lungo il collo. Avrei dovuto trovare un paio di leggings prima di questo incontro.

«Se desiderate ricevere una concessione per la terra e la fattoria, vi suggerisco di formare un gruppo, trovare una femmina e prepararvi a presentare una richiesta» dichiarò re Zander.

Mi si strinse lo stomaco. *Trovare una femmina.*

Non ero un'idiota. Sapevo cosa voleva dire per me. E per le altre umane in età riproduttiva. Eravamo appena diventate materiale da riproduzione. Probabilmente non eravamo in una situazione migliore rispetto a una qualsiasi schiava da riproduzione nella galassia.

Mi si seccò la bocca e dovetti sforzarmi di non guardare di nuovo il guerriero dall'altra parte della piazza. Lui e i suoi amici sarebbero venuti a prendermi? A rivendicami? Come sarebbe andata? Dovevo mostrarmi disponibile o potevano semplicemente portarmi via?

Re Zander aveva detto che non saremmo più stati schiavi, ma non c'era nessun altro posto nella galassia dove la nostra libertà sarebbe stata riconosciuta. In altre parole, non avevamo altra scelta che accettare qualunque cosa ci avessero offerto gli zandiani.

E mi sembrava che la mia unica opzione fosse diventare una sposa zandiana.

Strinsi le mani lungo i fianchi, non perché stessi stringendo i pugni per difendermi, ma per impedire alle dita di tremare.

Non volevo essere rivendicata da un guerriero alieno, tanto meno da due o tre. Oppure, dovevo appellarmi alla protezione delle stelle, a qualcuno di più potente.

Sentii a malapena il resto dell'annuncio e quando il raduno si interruppe cercai Lily. Era un'umana accoppiata con uno zandiano e la sorella della compagna del re. Poteva saperne di più su quello che mi aspettava.

L'aria nella piazza era già piena di tensione sessuale, come se la proclamazione del re avesse spinto ogni guerriero a combattere per reclamare una donna.

Non c'erano più femmine zandiane, almeno nessuna non accoppiata, quindi le femmine a cui aveva fatto riferimento re Zander erano umane. Ex schiave, come me.

Che diamine. Abbassai la tunica come se avessi potuto allungarla fino a coprirmi le cosce nude.

Diversi guerrieri zandiani mi osservavano dall'altra parte della piazza in macerie. Avrei davvero dovuto cambiarmi i vestiti prima di uscire. All'improvviso mi resi conto di quanto dovessero apparire provocanti i miei stivali sotto le cosce nude.

Sulla capsula di addestramento, noi donne eravamo protette da guerrieri come Lundric, che aveva una compagna umana. Potevo vestirmi per pura comodità e ignorare qualsiasi interesse suscitato dalla mia pelle nuda. Dopo quello che avevo sopportato per mano degli ocreziani, avevo preferito tenermi in disparte.

Trovai Lily, ma stava parlando con il suo compagno. Sentivo che i guerrieri si avvicinavano a me da ogni parte.

Fanculo.

Scappai, come una codarda.

Mi diressi dritta verso l'infermeria improvvisata dove avevo lavorato tutta la notte. Era un posto stupido dove andare, ma non mi era stata ancora assegnata una nuova stanza e non sapevo dove altro nascondermi.

Non appena mi trovai lì, però, il ricordo di aver curato le ferite di Tarren mi ritornò in mente di corsa.

Il modo in cui mi si era surriscaldato il nucleo per il solo fatto di stargli così vicino. Il modo in cui mi aveva afferrato le natiche quando gli avevo ricucito la guancia con l'ago.

Mi appoggiai alla parete di metallo della navicella precipitata che era diventata il mio quartier generale per calmare il respiro.

Non mi interessava quel maschio. Non ero interessata a nessun maschio.

Certo, avrebbe potuto non importargli quello che interessava a me.

Re Zander voleva che il pianeta venisse ripopolato.

Il prima possibile.

TARREN

«SEMBRA che tu abbia già scelto la nostra compagna.» Mio cugino Jax seguì il mio sguardo verso la bellezza dai capelli scuri sull'altro lato della piazza. Riuscii a malapena a non correrle incontro, buttarmela sulle spalle e riportarla al nostro alloggio in questo preciso momento.

Anche senza averlo detto, Jax e io sapevamo entrambi che avremmo fatto domanda come gruppo con l'altro nostro cugino, Ronan. Eravamo una famiglia, e saremmo rimasti uniti.

Jax aveva un'espressione divertita sul viso. Si guardò intorno nel deserto desolato di macerie, diversissimo dal pianeta che avevamo lasciato da bambini poco prima dell'invasione. «È una buona scelta. Con gli stivali è sexy da morire, ma sembra abbastanza robusta per...»

Si fermò quando gli afferrai la tunica nel pugno. «È più di una *kazo* di femmina da riproduzione» ringhiò.

Jax alzò le mani. «Va bene, va bene. È molto di più. Sembra intelligente. È l'infermiera, giusto?»

«Riya.»

Mi aveva guardato prima, ed era arrossita, proprio come la scorsa notte, quando mi aveva curato le ferite. Quando avevo messo la mano sotto quella tunica corta per afferrarle il culetto stretto. *Kazo*. Mi era diventato duro solo a pensarci. «Si chiama Riya.» Il nome suonava esotico e delizioso, come lei.

«Dobbiamo reclamarla» dissi a Jax, e mi accigliai. Non sapevo nemmeno perché lo stavo dicendo: non la volevo una donna. Ma ero sicuro che non avrei comunque lasciato che quella lì mi scivolasse via dalle dita. «Prima che lo faccia un altro guerriero.» Chiusi i pugni al pensiero di un altro zandiano con Riya.

«Penso che sia già tua, cugino.»

Che voglia che avevo di prenderlo a pugni per quella sua caratteristica visione spensierata e positiva.

«No. Dovete ammaliarla. Tu e Ronan. Di me avrà paura.»

Jax mi guardò, percependo che stessi omettendo qualcosa. «Cosa le hai fatto?»

«Cosa mi sono perso?» Ronan si avvicinò in fretta, ansimando dopo aver corso. «Ero di guardia a bordo del navicella palazzo e ho appena finito.»

«Cosa ti sei perso?» Jax alzò gli occhi al cielo. «Per esempio, la cosa che ci cambierà la vita più di quanto tu non possa mai immaginare. Ottima giornata per fare il pigro.»

«*Vaffankazo*.» Ronan gli diede un pugno sul braccio. «Ditemi» chiese, stavolta più seriamente, cogliendo la tensione nel cortile.

«Sembra» disse Jax con voce raccolta, «che noi tre condivideremo una compagna. Un'umana. Da quello che il re ha appena annunciato, sembra che gli zandiani possano candidarsi come gruppo, che deve includere una donna, per avere una fattoria qui.»

«Porca miseria!» Il brivido nella voce di Ronan fu evidente. «Era ora! Sogno una piccola fattoria zandiana da quando siamo partiti. E una femmina da condividere... beh, questo addolcisce l'idea ancora di più. È la migliore notizia che potessi immaginare!» Ci strinse tra le braccia. «Non riesco a immaginare un futuro migliore.» Rise ad alta voce. «Questo è un grande giorno, cugini!»

«Non ti interessa che dobbiamo condividere tutti una compagna?» La voce mi uscì più alta di quanto non volessi. Sì, avevamo già condiviso femmine noi tre, in incontri casuali, e ci eravamo divertiti tutti. Ma a lungo termine, con una compagna con cui avremmo dovuto legare e che avremmo dovuto proteggere... sembrava complesso e fastidioso. E se mi fosse venuta voglia di ucciderli ogni volta che toccavano Riya?

Adesso non avevo dubbi che sarebbe stata lei la nostra femmina. Morivo dalla voglia di reclamare il suo corpicino lussureggiante dal momento in cui l'avevo vista sul campo di battaglia mentre cercava di trascinare dentro i feriti da sola.

Era coraggiosa. E quel suo modo di sollevare il mento quando l'avevo minacciata di scaldarle il culo per aver lasciato la nave abbattuta, che era un posto sicuro, era stato adorabile. C'era una piccola guerriera dietro quella sua seducente pelle color pesca.

E poi quelle *kazo* di cosce...

Per le stelle, se non fossi riuscito a essere il primo a fargliele aprire per assaggiare il suo miele, avrei potuto strozzare entrambi i miei cugini.

Ronan sorrise e io mi accigliai di nuovo. Ronan era sempre stato così... entusiasta. Mi irritava a morte.

«Non avrei mai pensato di essere tanto fortunato da avere una compagna.» Ronan alzò le spalle. «Non mi dispiace. Comunque, condivido tutto con voi due. Perché non il nostro futuro?»

Facile per lui dirlo. Con il sorriso pigro e il modo di scherzare, Ronan era in grado di fare amicizia con qualsiasi essere della galassia. Una volta era riuscito persino a far ridere i nemici con lui – prima che li uccidessimo, ovviamente. Era ovvio che a Ronan non dispiacesse nulla.

«Quale femmina prendiamo? Quella con le cosce nude?» Ronan si sporse per guardare in direzione dell'infermeria. «Lei è... nostra?»

Fui contemporaneamente sollevato e incazzato per il fatto che Ronan avesse già scelto la stessa femmina su cui Jax e io eravamo d'accordo. Almeno non avremmo discusso, ma odiavo il fatto che sbavava per lei. Ma era anche interessante che tutti e tre ci fossimo concentrati su di lei. Cosa significava? Probabilmente nulla, a parte che avevamo gli stessi gusti in fatto di donne.

«Non lo sappiamo ancora» risposi. «Non sappiamo come verranno distribuite le femmine. Presumo che dovremo lasciarla scegliere, ma chissà... potrebbero usare la tecnologia di corrispondenza genetica di Daneth, come hanno fatto quando hanno comprato la compagna al re.»

Tutti e tre scoprimmo i denti al pensiero di non poter scegliere autonomamente.

«Ha un odore... buono» sorrise Ronan.

«Quando l'hai annusata?» ringhiai. La gelosia mi inondò le vene.

«Calmati, cugino!» Ronan mi diede una gomitata. «Non ti ho mai visto comportarti in modo così possessivo prima d'ora. Non preoccuparti, non mi ci sono accoppiato in segreto. Mi è capitato di incrociarla proprio ora e l'ho notata.»

Grugnii, ignorando il sollievo che mi scorreva dentro. Non che importasse. Se dovevo condividere una donna, dovevo accettare il fatto che era di noi tutti.

«Si chiama Riya» mi costrinsi a dire. «E penso che voi due dovreste andare a parlarle.»

Ronan lanciò uno sguardo interrogativo a Jax.

«È successo qualcosa tra loro» aggiunse Jax, anche se non gli avevo ancora detto nulla.

«È stata lei a ricucirmi la ferita» dissi, come se questo spiegasse le cose, toccando il tratto frastagliato che mi attraversava la guancia dal collo all'occhio.

Come si sarebbe sentita la nostra futura compagna per via della brutta cicatrice che sarebbe rimasta? Doveva farmi sembrare orribile. Il figlio neonato del re era scoppiato in lacrime quella mattina nel vederla.

«E...?» chiese Jax.

Il cazzo iniziò a gonfiarsi al ricordo del dolce profumo umano, dei seni che mi danzavano davanti alla bocca mentre le dita sottili si muovevano abilmente con ago e filo improvvisati. L'avevo desiderata allora e la volevo anche adesso. «Potrei averla... toccata in modo inappropriato.»

Ronan scoppiò a ridere e Jax alzò gli occhi al cielo. «Cosa *kazo* significa?» chiese Jax.

Fissai in direzione dell'infermeria; i piedi mi chiedevano di marciare laggiù in quel preciso momento per riportarla nella nostra stanza condivisa in modo che potessimo iniziare il processo per reclamarla. Tutta la *kazo* di notte.

«Era vicinissima, a cavalcioni sulla mia gamba. Quando mi ha infilato l'ago le ho afferrato il culo.» *Poi ha strofinato la figa sulla mia coscia.* Ma non condivisi quella parte con loro, preferivo tenere il ricordo per me per il momento.

«Sopra la tunica, giusto?» chiese Jax dubbioso, come cercando di aggiustare la cosa a mente in modo che potessimo superarlo.

Scossi la testa.

«*Kazo di merda*, Tarren! A cosa diavolo stavi pensando?»

Alzai le spalle. «Stavo pensando al suo culo succoso. Avevo già minacciato di farglielo diventare rosso se avesse lasciato di nuovo il rifugio. Se avessi visto com'è arrossita, ti saresti fissato anche tu su quella parte particolarmente gloriosa della sua anatomia.»

Le labbra di Jax si sollevarono. «Sono sicuro di sì.»

«E lei cos'ha fatto?» chiese Ronan.

Arricciai le labbra. «Mi ha chiesto scusa, *lei*.»

Jax gemette e si sistemò il cazzo.

«E poi le ho lasciato strofinare il piccolo clitoride su tutta la coscia mentre mi ricuciva.»

«Oh, ma dai...» rise Ronan, dandomi una spinta.

Sorrisi in risposta. Non intendevo dire loro che in realtà era vero. Era davvero impossibile crederci.

«Allora andiamo a reclamarla» disse Jax dirigendosi verso l'infermeria.

Ronan lo seguì senza fare domande.

Li fissai per un momento, ma poi gli corsi dietro. Conoscevo quello sguardo negli occhi di Jax. Era la mente del gruppo, e quando prendeva una decisione di solito era una buona decisione.

~

RIYA

NON C'ERA DAVVERO NIENTE da fare in infermeria. Tutti i feriti erano stati spostati in una delle cupole a scomparsa che i guerrieri avevano allestito quella mattina. Sembrava che re Zander fosse arrivato a Zandia ben preparato per l'occupazione postbellica del pianeta.

Vagavo per lo spazio vuoto spruzzando nebulizzatori sterilizzanti sulle superfici.

Mi stavo nascondendo.

Se fossi stata onesta con me stessa, avrei ammesso che era quello che stavo facendo. Avevo paura di avvicinarmi a uno zandiano in quel momento, perché per quanto ne sapevo re Zander aveva appena dichiarato aperta la stagione della caccia alle umane.

Mi fermai e fissai la branda che aveva occupato il gigantesco guerriero Tarren. Di solito non pensavo ai maschi, ma lui dominava i miei pensieri fin dalla nostra prima interazione.

Era alto e muscoloso, e, per le stelle… come gli si increspavano i muscoli quando si muoveva! Era corso nel bel mezzo del fuoco dei laser e aveva trascinato dentro i feriti per permettermi di curarli per tutta la rotazione del pianeta. Mi aveva rimproverata quando ero uscita.

Li porto dentro io. Esci di nuovo e ti farò il culo rosso.

Uno strano formicolio mi aveva attraversato il corpo alla minaccia.

Sentii dei passi alla porta e capii subito che era lui.

Mi voltai; il respiro mi si bloccò in gola.

Non era solo. Con lui c'erano altri due guerrieri. Forse c'era una somiglianza, ma non ne ero sicura. Non avevo ancora conosciuto abbastanza zandiani da individuarne somiglianze e differenze.

Si schiarì la gola. «Riya.»

Cercai di deglutire e fallii. «Tarren.»

Uno dei guerrieri accanto a lui si fece avanti, alzando il pugno a novanta gradi nel tradizionale saluto zandiano. «Io sono Jax e lui è mio cugino Ronan.» Indicò il giovane guerriero dall'altro lato di Tarren. «Siamo cugini» ammise. «Ma Tarren l'hai già conosciuto.»

Feci un passo indietro, ma ero già al muro. «Siete venuti per me.» Mi uscì come un'affermazione, non come una domanda.

I maschi non avanzarono, cosa che apprezzai.

Jax inclinò la testa. «Ti spaventa, Riya?» C'era qualcosa di dolce e minaccioso nella sua voce. Non di spaventosamente minaccioso, però. Più che altro emozionante. Un'oscura promessa che quei maschi avrebbero potuto essere minacciosi, anche se non mi stavano ancora mostrando la frusta.

Maledissi le lacrime che mi riempirono gli occhi. «Io-io non voglio essere rivendicata.»

Tarren sbottò in una lieve imprecazione in zandiano; il suo sguardo diventò letale. «Sei stata costretta.» Non era una domanda.

Riuscii a malapena a respirare, ma la domanda mi alleviò. Mossi la testa in senso affermativo.

«Da qualcuno che è qui?» Tarren mantenne a malapena il tono interrogativo sotto un ruggito.

Stavo tremando, ma non avevo paura. Non di lui, comunque. Solo del mio passato. E del futuro appena delineato da Zander. Scossi la testa. Non lì. Erano stati i padroni ocreziani di schiavi nel settore agricolo. Più volte di quante ne potessi contare. Mi avevano torturata così tante volte con gli shock stick da lasciarmi per sempre sterile.

E non sapevo cosa sarebbe successo se re Zander avesse scoperto che ero inutile come fattrice.

Né quando quei maschi lo avessero scoperto.

Le mani di Tarren si aprirono e si chiusero a pugno come se avesse voluto farla pagare ai miei tormentatori del passato.

«Sei al sicuro con noi, Riya» disse Jax. Era bello e grande quanto Tarren. Gli occhi rivelavano un'intelligenza calcolatrice e la voce era tanto sicura che era difficile per me non credergli. «È meglio essere rivendicata da noi, maschi di cui ti puoi fidare, che da un altro gruppo.»

Aggrottai le sopracciglia e dalle labbra mi scoppiò una risata sciocca. «Cosa ti fa pensare che mi fidi di voi?»

Arricciò le labbra in un sorriso che probabilmente avrebbe fatto cadere in ginocchio la maggior parte delle donne mandandole in adorazione. Se ci fossero state delle femmine in circolazione, almeno. «Ti fidi di Tarren. E Tarren si fida di noi. Quindi, per estensione, ci fidiamo tutti l'uno dell'altro.»

Stavolta risi davvero e tutti e tre si fecero avanti come se fosse stato un invito. «Questa è la cosa più ridicola...» balbettai, ma mi fermai quando arrivarono a pochi centimetri da me. Così vicini che sentii il calore del loro petto potente riscaldarmi.

Tarren mi mise un dito sotto il mento e lo sollevò finché non incrociai i suoi occhi bruno-viola. «Nessun essere ti ferirà di nuovo» promise.

Era proprio così, gli credevo. Perché chi si sarebbe mai messo a discutere con un gigante con le antenne alto più di due metri? Lo avevo visto in azione. Era un temibile guerriero.

Ronan mi prese la mano e mi massaggiò il polso con il pollice. «Sicuramente vuoi essere rivendicata da noi, Riya» disse.

Mi venne di nuovo voglia di ridere, ma non ci riuscii. Il tremore tra le gambe stava diventando troppo insistente. L'indurirsi dei capezzoli mi distraeva troppo.

Come se fossero uno, i tre inspirarono all'unisono, le narici si dilatarono.

«È pronta per noi» osservò Ronan.

Strinsi l'interno delle cosce. «N-no, non è vero.»

Tarren avvolse una mano carnosa intorno alla mia nuca, accarezzandola. «Va bene essere eccitati, Riya» mormorò. «Siamo i tuoi compagni.»

Diedi una spinta al petto del più vicino, Jax, ma i maschi non si tirarono indietro. Non indietreggiarono né avanzarono. Tre paia di occhi mi osservarono attentamente.

«N-non siete i miei compagni.»

Non ancora.

Il mio corpo sembrava già sapere che si trattava di una cosa inevitabile. L'umidità mi si stava raccogliendo tra le gambe.

«Preferisci un altro guerriero?» chiese Jax dolcemente, come se sapesse già che la risposta sarebbe stata no.

Scossi la testa.

Portò il polpastrello del pollice sulla piega tra le mie sopracciglia e massaggiò. «Allora sei nostra.» Si sporse in avanti e baciò il punto in cui mi aveva appena massaggiata. «Non fare resistenza. Ci prenderemo cura di te, Riya, lo prometto.»

La mia mente precipitò in avanti e ricordai come venivano trattate le mie due amiche umane Lily e Cambry dai loro compagni zandiani. Come regine. O principesse.

C'era parecchio dominio, su questo non c'era dubbio. Gli zandiani appartenevano a una specie feroce e protettiva. Ma loro erano piuttosto contente dei propri compagni.

Ovviamente avevano solo *un* compagno. E, a quanto pareva, io ne avrei avuti *tre*.

E non avevo mai chiesto alcuna relazione.

E c'era il problema della mia infertilità. Ma detestavo l'idea di confessarlo. Perché non ero sicura di cosa sarebbe accaduto alle umane considerate incapaci di riprodursi. Come ci avrebbe impiegate Re Zander?

«Riya?» Lily chiamò dalla porta e tutti e quattro ci allontanammo. «Oh.» La mia amica umana osservò la scena e sembrò capire immediatamente cosa stesse succedendo. Si schiarì la gola. «Ah, il dottor Daneth ha detto che adesso gli sarebbe utile il nostro aiuto nella nuova clinica.»

«Arrivo.» Mi precipitai verso la porta, sollevata quando i guerrieri mi lasciarono passare. Mai in vita mia ero stata più sollevata di fronte a un'interruzione.

No, era una bugia.

Una piccola parte di me era delusa. Cosa sarebbe successo se avessi lasciato che quei tre guerrieri continuassero la loro esagerata persuasione?

Un brivido mi percorse il corpo mentre correvo via sul marmo verso la nuova cupola. Non importava, perché non potevo accoppiarmi con loro.

Non appena avessero visto i miei documenti, avrebbero saputo che non ero in grado di riprodurmi e quindi non ero idonea per il progetto di ripopolamento zandiano.

E dannazione, perché quel pensiero mi sembrava così devastante?

CAPITOLO DUE

J*ax*

«Mi hai sentito?» La voce di Ronan era impaziente, come sempre.

«No» sbottai. Il sudore mi colava lungo la fronte. *Probabilmente* ero più irritabile del solito per via delle palle blu con cui mi aveva lasciato Riya. Per questo, e per il fatto che non l'avevamo ancora confermata come nostra compagna. Ma invece, tirai fuori una scusa: «Sono impegnato a mettere a posto questa *kazo* di trave.»

Noi tre stavamo aiutando la squadra di ingegneri, maschi umani e zandiani, con la costruzione del DomePod. Non potevo negare la soddisfazione che provavo ogni volta che mettevo una trave in posizione e sentivo il leggero schiocco mentre il metallo si allineava perfettamente con il pezzo di collegamento.

Compagni. Accoppiamento. Anche solo pensare a queste parole mi faceva battere il cuore per l'attesa per la nostra femmina... se fossimo riusciti a prenderla. No, *quando* fossimo riusciti a prenderla.

Avevo notato il modo in cui ci aveva risposto in quell'infermeria. La sua attrazione per Tarren era innegabile e Ronan sembrava metterla a suo agio. Non sapevo che tipo di apporto davo io all'accoppiamento, fatta eccezione per la mia assoluta determinazione nel far funzionare tutto.

Mi passai l'avambraccio sulla fronte. Anche le mie antenne erano zuppe di sudore. Era incredibile poter lavorare all'aperto sotto il sole zandiano, o quello che la nostra specie chiamava *l'unica vera stella zandiana*. Dopo aver trascorso gran parte della nostra vita rinchiuso in una capsula ormeggiata sopra lo spazio aereo ocreziano, stare all'aperto sul suolo zandiano mi faceva sentire veramente vivo.

«Che c'è?» risposi a Ronan.

«Mi stavo solo chiedendo se sei ansioso di andare a letto con la nostra amica.» Ronan mi sorrise e alzò le sopracciglia.

Alzai gli occhi al cielo. Ovviamente avevo pensato ad aprire quelle cosce cremose in ogni momento da quando ci eravamo separati dalla nostra futura compagna.

Tarren emise un basso ringhio.

Sicuramente non l'avevo mai visto così territoriale prima d'ora. Condividere Riya avrebbe potuto essere un'impresa delicata. Ma non avevo intenzione di arrendermi finché non lo avessimo scoperto, *kazo*.

«So che non vedo l'ora, *kazo*.» Ronan si afferrò il cazzo e se lo sistemò nei pantaloni. Nell'altra mano teneva uno scintillante bullone d'argento che avremmo utilizzato per fissare parte del tetto a cupola qui nella sezione più meridionale. «È l'essere umano più bello del pianeta. Ho un buon presentimento sull'accoppiamento.»

«Tu hai buoni presentimenti su tutto» brontolò Tarren. «Incluse le tue stesse evacuazioni.»

Risi, e Ronan posò il bullone, con una certa noncuranza (lo sentii vibrare su una roccia) e saltò su Tarren, ruggendo di gioia.

Si azzuffarono per un minuto finché Tarren non si bloccò, entrambi ansimarono, e poi iniziammo tutti a ridere. Tarren tirò Ronan in piedi e diede una mano all'altro cugino per aiutarlo a rimettersi in piedi.

«Sono incerto.» Era un'ammissione insolita da parte di Tarren. Raramente condivideva le sue emozioni, anche con noi. Si strofinò la fronte, abbassò le sopracciglia. «Sarà qualcosa di nuovo per tutti noi. E non sappiamo nemmeno se vuole accoppiarsi. O se Zander ci permetterà addirittura di scegliere le nostre compagne. Ho sentito dire da Jaso che assegneranno le femmine in base al test del DNA. Associandole ai migliori donatori di geni zandiani per il ripopolamento. Quindi non è sicuro che ci verrà concessa come nostra femmina. Forse anche qualche altro gruppo l'ha richiesta.» La mascella di Tarren si contrasse e io sollevai una trave con uno sforzo molto maggiore del necessario, lanciandola verso la testa di Ronan.

Ronan si abbassò e imprecò.

Mi strofinai la mascella, mentre la mente vagava tra le possibilità. Tutta questa storia sembrava un mucchio di merda tirata fuori da maschi che davvero non avevano la minima cognizione. Sarei potuto andare a chiedere maggiori informazioni al mio superiore, al Maestro Seke. O forse avrei dovuto aspettare il prossimo annuncio di re Zander sulla situazione?

No.

Assolutamente no, *kazo*.

Non avrei aspettato il permesso per accoppiarmi o il momento in cui avessero dato via tutte le femmine migliori. E non si trattava delle donne migliori, ma di Riya. Non avrei lasciato che ci sfuggisse via dalle mani. Era perfetta per noi. C'era chimica. Attrazione. Lo avevamo sentito tutti laggiù.

«Allora dovremo accoppiarci con lei prima che ciò accada.» Dichiarai.

«Voglio accoppiarmici per primo» disse Ronan, come per renderlo possibile.

Gli lanciai un'occhiata. «Dovremo discuterne.»

«Forse dovremmo lasciare che sia lei a scegliere» suggerì Tarren, anche se il tono della sua voce dimostrava che odiava l'idea.

«Scegliere cosa? Se accoppiarsi o da chi farsi reclamare per primo?»

«Da chi farsi reclamare» disse Tarren.

Oh, per l'amor del cielo. Stavamo seriamente discutendo su chi poteva intingere per primo il cazzo dentro di lei? Dovevamo prima farla trafiggere, come da tradizione, e legarla saldamente a noi. «Andremo in ordine di età» dissi con lo stesso tono calmo e deciso che utilizzavo ogni volta che loro due si scontravano. «Dato che Tarren è il maggiore, sarà il primo. Poi io, poi tu, Ronan. Onestamente non sono sicuro di come funzionerà, ma sembra che ci serva un piano.»

Ronan alzò gli occhi al cielo. «No, cugino. La prenderemo insieme.» Lo disse semplicemente, come se fosse un dato di fatto.

Annuii. L'idea allettava anche me, rispetto al pensiero di prenderla da solo.

«Ma renderemo la sua prima volta con noi così incredibile che ci implorerà di averne ancora e ancora.» Ronan era assolutamente fiducioso. «Come quella che ci siamo scopati al Sex Emporium di Prium. Ricordi quanto le piaceva avere tre zandiani contemporaneamente?»

Strinsi le labbra a quel ricordo. *Kazo,* era stato incredibile. Avere tre cazzi contemporaneamente aveva reso quella bestiolina così pazza di bisogno che era riuscita a soddisfare tutti noi, ancora e ancora.

«Non sappiamo se gli esseri umani reagiscono allo stesso

modo» avvertii Ronan, anche se dovetti voltarmi dall'altra parte, in modo che la mia eccitazione non fosse evidente.

Ronan raccolse il bullone, ritrovando il sorriso. «Lo farà, una volta che avrà provato tutti noi.»

Non era un cattivo piano. Soddisfare la piccola umana, trafiggerla, magari metterle anche un piccolo in grembo entro la fine della settimana. Quando Zander avesse fatto il suo annuncio, lei sarebbe stata così completamente nostra che il re non avrebbe potuto negarci la nostra richiesta.

«È un peccato che i maschi umani non possano godersi le proprie femmine.» Ronan guardò dall'altra parte della cupola una coppia di umani che lavoravano nel caldo secco. Sembravano affaticati.

Personalmente non ci avevo mai pensato molto. Alzai le spalle. «Dobbiamo preoccuparci della sopravvivenza di Zandia. Anche il DNA umano vivrà qui, quindi potrebbero essere felici di saperlo.»

Ronan alzò un sopracciglio. «Non penso che li renderebbe felici.»

Guardai di nuovo gli uomini. Erano molto più deboli di noi, incapaci di lavorare così duramente e così a lungo, anche se erano certamente intelligenti e avevano assistito bene sulla capsula di addestramento.

«Non saranno trattati ingiustamente.» Per me, permettere loro di restare era una generosa concessione da parte di Zander, considerando che, se gli ocreziani avessero scoperto che stavamo ospitando esseri fuggiti da una delle loro capsule della morte, la cosa avrebbe potuto causare una guerra. «E chi lo sa. Forse in futuro troveranno un'altra specie con cui accoppiarsi.» In ogni caso non era un problema mio.

«Magari sceglieranno di trasferirsi? Zander ha accettato di trovare loro un porto sicuro su Jesel, dove si nascondono altri ribelli umani. Potrebbe essere un posto dove trovare delle compagne in un ciclo futuro. Certamente qui non succederà mai.» Ronan iniziò ad apporre il bullone. «Ma basta. Scommettiamo piuttosto su quanto velocemente riusciremo a mettere incinta la nostra femmina.»

Il pensiero di mettere un piccolo nel corpo teso di Riya me lo fece di nuovo venire duro. Ma accogliere una compagna avrebbe significato di più del semplice sesso. Era meglio iniziare a capire come gestire un'umana. Tutti gli zandiani che ne avevano una non avevano forse menzionato quanto erano emotive a un certo punto? Spiegato come fossero capaci di evocare emozioni a lungo dormienti nella nostra specie? Vedevo già questa cosa in Tarren. Lei era sotto la sua pelle.

Diavolo, forse era già sotto la mia.

Era meglio scoprire come legare, disciplinare e condizionare la nostra donna se volevamo portare a termine con successo questo tentativo per il nostro futuro.

Mi si sollevò il cazzo contro i pantaloni dell'uniforme mentre immaginavo di disciplinarla. Le stelle lo sapevano, avrei potuto trovare un milione di ragioni per toglierle i vestiti, legarla e dare una pacca a quel meraviglioso culo. Ma le sarebbe piaciuto? Si diceva in giro che era possibile effettivamente farle eccitare grazie alla disciplina. Era sbagliato sperare che succedesse anche a Riya?

Ma stavo andando parecchio oltre. Il primo compito era assicurarci che diventasse la nostra compagna.

∽

Riya

. . .

Lily e io camminammo verso la capsula di addestramento attraccata dopo aver prestato assistenza nella nuova cupola medica, passando davanti a guerrieri umani e zandiani che lavoravano in giro nella capitale in rovina. Alcune squadre ripulivano le macerie, mentre altre erigevano altre cupole. La città sembrava già quasi abitabile, il che era sorprendente, considerando che eravamo stati in battaglia solo una rotazione del pianeta prima.

Cercai di fingere di non essere alla ricerca dei miei tre guerrieri.

Lily lanciò un'occhiata oltre la mia spalla e alzò il mento. «Laggiù.»

«Che cosa?»

«I tuoi corteggiatori... ammiratori. O quello che sono.»

Non riuscii a trattenermi dal seguire il suo sguardo e... accidenti. Mi si bloccò il respiro. Erano là. Tutti e tre si erano tolti le tuniche e lavoravano a petto nudo, ogni fila di muscoli chiaramente definita sotto la pelle violacea.

Mi diede un colpo sulla spalla e sorrise. «Sembravano piuttosto ostinati prima.»

Sentii il mio viso accaldarsi. «Ostinati. Sì. Decisamente. Vogliono solo una femmina per il progetto di riabilitazione di re Zander.»

«Beh sì. Ma direi che vogliono che tu, in particolare, sia la loro femmina.»

Emisi un verso vago.

«Quindi?»

«Quindi cosa?»

«Cosa pensi di loro?» insistette Lily.

Mi tremò la gola. «Uhm... non ne sono sicura.»

«Sono cugini, credo. Rok dice che sono tra i migliori guerrieri che il Maestro Seke abbia mai addestrato. Sono belli, non credi?»

«Non mi interessa» mentii. Mi rifiutai di guardare di nuovo nella loro direzione, ma mi si infiammarono le guance per la risposta che aveva avuto il mio corpo all'essere messa alle strette da loro. Oppure, per le stelle, la sensazione della grande mano di Tarren sul mio sedere. Il modo in cui avevo appoggiato spudoratamente le mie parti femminili sulla sua grande coscia durante la precedente rotazione del pianeta.

«So che pensi che siano belli» mi sfidò Lily. «Va bene guardare. Sei tu al comando, per quanto ne so.»

Superammo il luogo dove lavoravano gli uomini e ci volle tutta la mia concentrazione per non rallentare il passo o voltarmi indietro. «Oh veramente? E perché lo pensi?»

«Non ci sono femmine zandiane disponibili. Tu sei una tra – quante? – forse venticinque femmine sul pianeta, e hanno stabilito che siamo compatibili con la loro specie. Sei molto richiesta.»

«Giusto, e loro sono al comando. Gli esseri umani non avanzano richieste in questa galassia o in qualsiasi altra. O te ne sei dimenticata?»

Lily alzò le spalle. «Sto dicendo che penso che tu abbia delle opzioni. Se non ti piacciono quei tre, mostra semplicemente un po' di interesse verso un altro guerriero e loro combatteranno per te.»

«Ma in ogni caso, andrà a finire con me trasformata in un'incubatrice zandiana. Rivendicata non da uno, ma da più guerrieri allo scopo di continuare la loro specie. Giusto?»

Lily mi mise una mano sul braccio. «Gli zandiani sono esseri onorevoli. Possono essere dominanti e prepotenti, ma sono ragionevoli. Questa generazione è senza femmine ormai da anni e non sono abituati agli umani. Ma credimi se dico che una volta terminato il periodo di assestamento saremo *molto compatibili*.»

«E se non volessi affatto accoppiarmi? Con qualcuno di loro?»

Lily si mordicchiò il labbro, il rimpianto le vagò negli occhi verdi. «Non lo so. Qui gli esseri umani non sono schiavi, ma sono loro ospiti. Penso che la scelta sia tra *l'adattarsi o andarsene.*»

Questo era ciò di cui avevo paura.

Considerando che ero stata condannata a morte dai miei ex padroni di schiavi e che il codice a barre sulla mia nuca avrebbe fornito quell'informazione a qualsiasi essere nella galassia che mi avesse scansionata, andarmene non era un'opzione. E anche se lo fosse stato, avrei preferito morire subito piuttosto che tornare nell'agrifarm con i brutali padroni di schiavi. Il che significava allargare le gambe non per uno, ma per tre enormi alieni con le antenne.

E dovevo pregare la Madre Terra che impiegassero molto tempo per capire che non ci sarebbe stato nessun bambino zandiano in questo grembo.

Perché non sapevo cosa mi avrebbero fatto allora.

RONAN

«Mi lavo io per primo» gridai nel momento in cui finimmo il nostro lavoro, correndo verso la sontuosa capsula.

«Stronzo» mormorò Jax. Sentii i suoi piedi corrermi dietro, ma avevo il vantaggio di essere partito prima. Inoltre, ero sicuramente il più veloce.

Arrivai alla camera che condividevamo e corsi dritto verso il tubo del lavaggio, senza fermarmi a togliermi i vestiti finché non mi trovai all'interno e la porta si chiuse.

Risi mentre Jax si toglieva uno stivale e lo scagliava contro la porta chiusa.

L'avevo trasformato in un gioco, ma il mio senso di urgenza era reale. Dovevamo darci una ripulita e trovare la nostra femmina.

Avevo notato tutti i *kazo* di sguardi su Riya quando lei e Lily erano passate e avrei voluto ridurre in poltiglia ogni singolo guerriero anche solo per aver pensato di prendere la nostra femmina.

Di certo avevo una vena competitiva. Meno male che era condivisa con i miei cugini. Avevo sentito Tarren ringhiare accanto a me e Jax aveva sfoggiato quel suo sguardo freddo e calcolatore che indicava guai per chiunque si fosse messo sulla nostra strada.

Per come la vedevo io, dovevamo portare Riya nella nostra piattaforma fluttuante, la zona notte, o quello che era, entro la fine della rotazione del pianeta.

Il problema era che la bellezza dai capelli scuri con un corpo da urlo aveva gli occhi vigili. Era stata ferita dai maschi, quindi ero certo che non mi sarei imposto con lei. Sapevo che nemmeno Tarren e Jax lo avrebbero fatto. Sembrava piuttosto che Tarren volesse trovare e strappare la testa a chiunque si fosse avvicinato a lei.

Ma non c'era nemmeno il tempo per procedere con leggerezza. Le squadre dovevano essere formate prima che re Zander facesse il suo annuncio. E noi tre non sapevamo assolutamente nulla su come conquistare una donna.

Il tubo di lavaggio si svuotò e saltai la fase di asciugatura, premendo il pulsante per aprire le porte. «È il tuo turno, bellezza.» Sorrisi a Jax mentre mi superava per entrare. «Sbrigati, abbiamo una donna da corteggiare.»

«Non sai nemmeno cosa significa *corteggiare*» brontolò

Tarren dalla sua piattaforma fluttuante dove si era seduto per togliersi gli stivali.

«Nemmeno tu.» Lo oltrepassai e indossai una nuova uniforme tinta del bianco caratteristico di Zandia.

«Allora qual è il tuo piano, Signor romanticone?»

«Io dico di andare a cercare Riya e di offrirle un tour della sontuosa capsula. Non c'è mai stata, vero? Probabilmente è curiosa. È molto più lussuosa della capsula di addestramento a cui è abituata. Magari preferirà restare qui.»

Tarren sbuffò. «Pensi che sarà così facile? Verrà nella nostra camera e ci resterà?»

Sorrisi. «Immagino che tu e Jax colmerete le lacune del mio piano.»

Anche Jax interruppe bruscamente la doccia ed emerse dal bagno. Tarren prese il suo posto.

«È così che praticamente tutte le tue strategie vengono implementate» osservò Jax seccamente, avendo chiaramente ascoltato l'intera conversazione.

Alzai le spalle. «È un bene che possiamo condividere questa esperienza, allora, vero?»

Jax si vestì con la sua uniforme. Riconobbi le rughe pensierose del suo viso e tenni la bocca chiusa perché potesse riflettere. Ero davvero grato di trovarmi in questa situazione insieme a loro, perché dubitavo di riuscire a tentare una donna da solo. Non ero grande come Tarren o intelligente come Jax. Io ero quello divertente. Ma per come la vedevo io, insieme con i miei due cugini offrivamo il pacchetto completo. Ed ero grato di avere la possibilità di condividere una donna con loro.

Tarren emerse dal bagno.

«È quasi il momento, *kazo*. Andiamo a cercare la nostra femmina» dissi.

Tarren camminò nudo per la camera e afferrò la sua

uniforme. «Dovremmo lasciarla in pace. Ci stiamo andando troppo pesanti.»

Jax incrociò le braccia sul petto ma non rispose. L'esperienza mi diceva che stava valutando le nostre opzioni.

«Col *kazo*» disse. «Probabilmente qualche altro guerriero sta cercando di infilarle la lingua nell'orecchio in questo momento.» Scelsi attentamente le parole, cercando di indovinare cosa avrebbe fatto smuovere rapidamente mio cugino.

Ci avevo azzeccato.

Tarren ringhiò e si tirò su i pantaloni.

«Oppure è quello che vuoi?»

«Credo tu mi abbia provocato abbastanza» mi avvertì Jax.

Uscimmo dalla porta prima di riuscire a contare fino a dieci. Tarren fece strada, con i pugni stretti lungo i fianchi. Jax e io lo seguimmo, scambiandoci sguardi ogni volta che Tarren faceva quasi cadere qualcuno.

Superammo il Maestro Rok e la sua compagna Lily mentre uscivamo dalla sontuosa capsula e noi tre ci fermammo di botto. Ci fu un imbarazzante momento di inchini e saluti formali prima che Lily indicasse con il pollice la capsula di addestramento. «Riya è nella sua camera.»

Jax si raddrizzò. Le narici di Tarren si allargarono.

«Dove la troviamo?»

«È una cella che condivide con molti altri umani. Numero 11 o 12, se ricordo bene» spiegò Lily.

Ci lanciammo tutti in un altro giro di inchini. «Grazie, Lily, stimata compagna del Maestro Rok» mormorai.

Lily estrasse un pugnale dalla cintura della spada e indicò con esso ciascuno di noi a turno. «Costringete quella ragazza a fare qualcosa che non è disposta a fare e vi taglierò personalmente le palle. Capito?»

Rok strinse le labbra, ma non fece nulla per sottomettere la sua femmina.

Un muscolo della mascella di Tarren sussultò e strinse i pugni. «Nessun essere costringerà Riya» ringhiò.

«Soprattutto non noi» aggiunsi.

Lily annuì con decisione e ripose il pugnale nel fodero. «Allora buona fortuna.»

Rok ridacchiò mentre la portava via.

Tutti e tre ci scambiammo uno sguardo mentre uscivamo dalla sontuosa capsula e attraversavamo le macerie fino alla capsula di addestramento.

Jax imprecò sottovoce quando la attraversammo. Una volta era una capsula della morte di Ocrezia, inviata per sterminare tutti gli esseri a bordo, quindi era progettata come una prigione. Anche se le celle erano state rese più confortevoli con stuoie e coperte, era ancora un *kazo* di inferno.

A peggiorare le cose, era pieno di maschi. Mentre percorrevamo la fila di celle, passammo davanti a un gruppo dopo l'altro di maschi che si accalcavano attorno alle femmine. Voci profonde si vantavano e provocavano.

Diamine. Se questa era la forma di corteggiamento della mia specie, ero un po' meno fiero di essere uno zandiano in questa rotazione planetaria.

Quando raggiungemmo la cella undici, non fu diverso. Cinque maschi se ne stavano stipati nella cella con Riya e altre tre femmine umane. Lei era in un angolo e sfoggiava l'espressione di protezione di prima amplificata per cento volte.

Alzò gli occhi e incrociò lo sguardo con Tarren quando lui si fece largo, facendo spazio a me e Jax perché lo seguissimo dentro. Tese la mano. «Vieni.»

Gli avrei dato volentieri una gomitata per averlo detto come un ordine piuttosto che come una richiesta, ma la nostra femmina non esitò. Voleva essere salvata. Allungò la mano per afferrare quella di Tarren, facendosi strada tra i corpi per arrivare a noi. Nel momento in cui fu abbastanza vicina, Tarren la prese tra le braccia.

L'espressione sorpresa le illuminò il viso, ma lei non protestò, non guardò indietro verso la scena che lasciammo. Quando percorremmo il corridoio, lontano dall'oppressione degli ormoni maschili e dall'atteggiamento aggressivo, lei scalciò.

«Posso camminare, lo sai.»

«Non camminerai mai quando posso portarti» ringhiò Tarren. «Non quando ci sono altri maschi che ti annusano come bestie.»

«E suppongo che voi tre pensiate di essere diversi?» C'era una secchezza nel suo tono tipica degli umani. Non avevo ancora imparato tutte le sfumature della loro comunicazione, ma ero convinto si chiamasse sarcasmo.

«Sei venuta via con noi, no?» la stuzzicò Jax.

Gli occhi dorati dalle lunghe ciglia scivolano a sinistra per osservare Jax. Strinse le labbra, ma accennò un sorriso. «Il minore dei due mali» mormorò. «Vuoi mettermi giù, per favore?» Ricominciò a ribellarsi a Tarren quando lasciammo la capsula. «Dove stiamo andando?»

«Ti piacerebbe fare un tour della sontuosa capsula?» proposi, cercando di farlo sembrare una vera delizia. «Hai visto la Sala Grande?»

Smise di dimenarsi e si rilassò nella stretta di Tarren. «No.»

«Ti piacerebbe? È piuttosto bella.»

«Solo se posso a camminare.»

Jax sorrise della nostra piccola, piccola vittoria. Tarren si fermò e la mise in piedi senza una parola o un sorriso, ancora in modalità burbero protettore. Tremavo al pensiero di cosa sarebbe successo se avessimo trovato un altro maschio che toccava Riya al nostro arrivo. Mio cugino non andava sfidato quando era seriamente intenzionato a litigare.

Jax le reclamò una mano e io mi avvicinai per afferrare l'altra, immaginando che Tarren avesse già avuto il suo turno avendola portata.

Jax e io iniziammo a commentare i punti più interessanti della sontuosa capsula mentre entravamo, spiegando parte della storia della sopravvivenza della nostra specie dopo essere sfuggiti all'invasione dei finn del nostro pianeta.

Lei camminava accanto a noi, ma non ero convinto ci stesse ascoltando.

Sembrava... preoccupata. Il che mi fece venir voglia di prenderla tra le mie braccia e calmare le sue paure.

Pensava che stessimo cercando di portarla nella nostra camera in modo da poter avere il nostro turno con lei?

Kazo, era probabilmente quello lo scenario esatto che vagava nella nostra mente. Il che significava che dovevo escogitare un'altra tattica. Velocemente.

Riya

DESIDERAVO che i guerrieri mi lasciassero le mani. Avevo i palmi sudati per il nervosismo e odiavo sapere che non avrei avuto una via di fuga se avessi provato a scappare.

Ronan sembrò avvertire il mio disagio, perché parlava a gran velocità, come per distrarmi.

Il problema era che mi rendeva solo più nervosa.

Questi ragazzi non erano come i padroni degli schiavi di Ocrezia, ma non avevo dubbi su ciò che volevano. Potevano obbligarmi? *Sì.* Lo avrebbero fatto?

Ricordai la rabbia di Tarren quando si era reso conto che in passato ero stata costretta.

No. Ne ero abbastanza sicura.

A giudicare dal loro fascino.

Ma era pazzesco. In realtà non mi sarei innamorata di questi maschi. Sarebbe stato ancora più disastroso che accettare di essere la loro compagna. Perché non sarei riuscita a tenerli. Non dopo che avessero scoperto che sono sterile.

Smisi di camminare. Prendemmo un ascensore fino al livello principale e mi mostrarono tutto il bellissimo e opulento palazzo. Ci ritrovammo in un corridoio vuoto al piano inferiore, dove sospettavo si trovasse la loro camera.

«Ascoltate.» Liberai le mani dalle loro e le misi sui fianchi. «Pensate di volermi come compagna?» Alzai lo sguardo verso i loro bei volti: le mascelle squadrate, la pelle liscia e glabra color violaceo. Gli occhi famelici.

Tre paia di antenne si protesero nella mia direzione. I tre maschi annuirono.

Scossi la testa. «Non sono l'essere che desiderate. Non sarò una buona compagna.»

«*Stikazi*» disse immediatamente Jax. «Sei nostra.»

Feci un passo indietro e sbattei il sedere contro il muro. Tutti e tre avanzarono verso di me. «N-non mi conoscete nemmeno. Non sapete niente di me.» Odiai quanto la mia voce suonò più alta.»

«Io ti conosco.» Fu Tarren a parlare questa volta, anche se di solito era quello silenzioso. «So che sei coraggiosa e testarda.»

Fui momentaneamente sbalordito da quella osservazione. Erano le ultime parole che mi aspettavo dalla sua bocca.

«So che sei sensibile, nonostante il tuo atteggiamento da dura. Ti preoccupi profondamente degli esseri intorno a te, indipendentemente dalla loro specie. Hai rischiato la vita per salvare gli altri durante la battaglia.»

Mi si bloccò il respiro in petto. Lo sguardo di Tarren si fissò sul mio e mi inchiodò, dritta contro il muro. Fece un passo avanti.

«Lo hai fatto anche tu.» La mia voce era rauca.

Per tutta la mia vita ero stata considerata solo un codice a barre. Avevo amici umani, sì, ma non ero mai stata considerata altro che una merce.

Avevo pensato che mi vedessero così anche Tarren e i suoi cugini.

Tarren abbassò la voce e chinò la testa, portando le sue labbra sensuali verso di me finché non si librano a un sussurro vicino alla mia tempia. «So che arrossisci quando pensi alla possibilità che io ti reclami.»

Mi si bagnarono le mutandine, la figa si strinse alle sue parole, al calore della sua pelle, così vicina alla mia. «Conosco il modo in cui il tuo culo mi riempie i palmi.»

Mi morsi le labbra per trattenere il sussulto. Strinsi le natiche, come per ricordarmi come mi faceva sentire lui che le afferrava.

«Conosco l'odore della tua eccitazione.» Abbassò lo sguardo fino al mio seno, i capezzoli sporgevano dal tessuto della tunica. «Lo sento adesso.»

Non riuscii a trattenere il piccolo lamento che mi sfuggì dalle labbra. Strinsi le cosce tremanti per alleviare il pulsare del clitoride.

Ronan mi sollevò lentamente l'orlo della tunica, come se potessi non accorgermene. Quando provai a respingere la sua mano, lui si limitò a sorridere. Era un sorriso malizioso, che mi metteva a mio agio, nonostante l'audacia dei suoi movimenti. «*Devo* solo vedere le tue mutandine.» Fece l'occhiolino. «Solo una sbirciatina, che ne dici Riya?»

Mi si accaldò il viso. Provai a respingergli la mano, ma non riuscii a trattenere la risata in gola. Per le stelle, non avrei mai pensato nemmeno in un milione di anni di ridacchiare perché un maschio mi spogliava.

Anche gli altri due sorrisero, erano sorrisi incerti, come se non fossero sicuri di potersi ancora rilassare.

«Vieni, Riya» si unì Jax, rivolgendo su di me tutta la forza del suo fascino persuasivo. «Fai ruotare il nostro pianeta. Mostraci le mutandine.»

Dovevo essere arrossita ancora di più, di un rosso più intenso, perché mi sembrava di avere il viso in fiamme. Infatti, mi coprii gli occhi con la mano e mi arresi.

Una grande mano si posò sulla mia, bloccando tutta la luce. «Lascia fare a me.» Era Tarren.

Uno di loro fischiò: Jax, credo.

«Donna, se avessi idea di quanto desideriamo strapparti quel pezzo di tessuto dal corpo e adorare il punto tra quelle gambe, in questo momento copriresti più dei tuoi occhi.» La voce di Jax suonò più profonda.

Avrei voluto abbassarmi la tunica, ma Tarren mi teneva fermamente la mano sugli occhi e Ronan bloccava ancora l'altra.

«Dammela» disse Tarren a bassa voce e Jax trasferì il mio polso sotto la custodia di Tarren. Accostò la mano a quelle che già mi coprivano gli occhi. «Non muoverti, Riya» mormorò vicino al mio orecchio. La sua voce era roca. «Ronan darà un'occhiata più da vicino.»

Sussultai quando il calore mi invase all'improvviso la figa coperta dalle mutandine, come se Ronan me la stesse mordicchiando attraverso il tessuto. Sentii un morso e altro calore umido.

Mi dimenai, incerta se stessi cercando di scappare o di ottenere di più.

«Vuoi che ti faccia sentire bene, Riya?» Era la voce di Jax, forse.

Girai la testa, il movimento non era né un cenno né un no.

Uno di loro mi palpeggiò i capezzoli attraverso la tunica. Erano più rigidi del cristallo zandiano. «Lei lo vuole.»

«No» piagnucolai, ma allargai la posizione, scossi il bacino per incontrare la bocca di Ronan. Gemette e mi spostò le mutandine di lato.

La prima leccata della lingua mi fece gridare. «Oh *kazo*» gemette quando si allontanò. «Ha il sapore della gloria.»

Jax soffocò una risata ma non sentii l'amichevole battuta che rivolse a suo cugino perché Ronan tornò a usare la lingua tra le mie gambe, facendola scorrere attorno alle labbra interne, facendola scorrere sul clitoride.

Uno di loro, probabilmente Jax, si allungò e mi palpò il sedere, massaggiandomi una natica mentre Ronan mi offriva altri colpi e leccate che mi portarono ad alzarmi in punta di piedi e a strofinarmi contro la sua bocca.

Mi tremavano le gambe, il miele mi colava dalla figa. Mi ero già data piacere in passato ed ero stata presa con la forza, ma niente nella mia vita mi aveva preparato a queste sensazioni, a questa squisita tortura.

«Non lasciarla venire.» Quella direttiva ferma proveniva da Jax e io mi irrigidii, la mia caduta verso il rilascio era stata rallentata. «Non finché non accetterà di essere nostra.»

Ronan allontanò la lingua. Solo il suo respiro caldo adesso toccava il mio clitoride pulsante.

«Ronan» piagnucolai.

La mano sul mio sedere si strinse, come un avvertimento. Ricordavo ancora la minaccia di Tarren di sculacciarmi nella precedente rotazione del pianeta. Questi maschi trattavano davvero le loro donne in quel modo? Con la disciplina fisica?

Dolce Madre Terra, l'idea non avrebbe dovuto entusia-smarmi così tanto.

«A chi appartieni, dolcezza?» La voce di Jax aveva il tono di fredda pazienza di un insegnante che impartiva una lezione.

Una parte ostinata di me avrebbe voluto dire: *a nessun maschio*. Ma temevo che non fosse vero. Se avessi rifiutato questi maschi, Zander avrebbe potuto assegnarmi ad altri. D'altronde avevo già ceduto. Loro lo sapevano. Io lo sapevo. Non mi sarei ritrovata nel corridoio con la tunica intorno alla vita se non avessi già acconsentito.

E dannazione, volevo sapere com'era raggiungere l'orgasmo con la bocca di un maschio su di me. Non sapevo che potesse succedere una cosa del genere.

Mi abbandonai contro le mani di Tarren che tenevano le mie sugli occhi. «A voi. Appartengo a voi tre. Tarren, Ronan e Jax.»

Tutti e tre ruggirono contemporaneamente. Si sentirono imprecazioni mormorate e mani che si stringevano.

Ronan mi cadde sulla figa come se fosse l'unica cosa che lo teneva in vita, allo stesso tempo Jax imprecò e disse: «Fallo per bene. Premia la nostra piccola compagna in ogni modo che conosci.» Mi strinse il sedere con una mano e infilò l'altra sotto la tunica per afferrarmi il seno.

Tarren mi tolse le mani dal viso e reclamò la mia bocca. Il filo dei suoi punti mi solleticava il viso mentre le sue labbra si inclinavano sulle mie, possessive e calde.

Soffocai un urlo quando Ronan succhiò in bocca il piccolo germoglio che era il mio clitoride. «Falla venire» ringhiò Tarren. «Insegnale cosa deve aspettarsi da noi.»

Le parole mi fecero girare la testa. Voleva dire che potevo aspettarmi degli orgasmi? Del piacere? O semplicemente che il mio corpo sarebbe stato utilizzato a loro discrezione per tutta la rotazione del pianeta?

Non ero sicura che mi importasse il significato, perché Ronan infilò un grosso dito nella mia apertura e mi accarezzò la parete interna mentre succhiava il mio punto più sensibile.

Urlai, gettando una gamba sopra la sua spalla, premendo la figa gocciolante sulla sua bocca mentre mi leccava ancora e ancora, finché non raggiunsi il baratro.

«*RonanTarrenJax*» balbettai, con la mente persa mentre mi catapultavo in spasmi di piacere che si susseguivano.

Mi accasciai contro un petto, quello di Tarren, e fui sostenuta da più di un paio di braccia forti. Ronan tirò fuori le dita.

Tarren mi fece alzare di nuovo da terra, questa volta mettendomi a cavalcioni del suo fianco, come una madre porta un bambino. «Portiamola nella nostra camera» disse. «Anch'io voglio sapere che sapore ha la gloria.»

~

TARREN

PORTAI RIYA nella nostra camera e la rimisi in piedi. Le tornò in viso un'espressione di diffidenza e le accelerò il respiro, ma i capezzoli spingevano ancora contro la parte anteriore della tunica. E il profumo della sua eccitazione mi riempiva ancora le narici, rendendomi difficile la concentrazione.

«Dovremmo trafiggerla» mormorò Jax, estraendo il piccolo sacchetto di cristalli che avevamo accumulato per tutta la vita. Il rituale di accoppiamento zandiano prevedeva di perforare la sposa con il cristallo zandiano per contrassegnarla come tua.

Annuii, grato per il cervello di Jax che funzionava meglio

del mio. Jax frugò nella borsa, estraendo alcune delle gemme più piccole ed esponendole alla luce per esaminarle.

«Ronan, vai a prendere l'attrezzatura e qualsiasi altra cosa di cui abbiamo bisogno per una compagna umana.»

Ronan esitò. «E se non ci fosse permesso di accoppiarci? Pensi che dovremmo prima presentare una petizione?»

«*No*» scattammo sia io che Jax allo stesso tempo. Le preoccupazioni di Ronan erano legittime. Ma avevamo già deciso che era meglio reclamarla prima che venissero annunciati eventuali piani.

«Giusto» mormorò. «Ci penso io.»

Riya deglutì e fece un passo indietro. Con mio sgomento, stava diventando pallida.

Jax prese le dita che stava contorcendo tra le sue mani. «Il piercing non farà male. Prima anestetizzeremo le aree: non sentirai nulla.»

La tensione si irradiò dalle sue spalle ed ebbi la sensazione che fosse quasi pronta a scappare verso la porta. «D-dove mi trafiggerete?»

Non riuscii a impedire a un sorriso di scapparmi lentamente. «Dove vogliamo, Riya.»

Jax mi lanciò un'occhiataccia alla *non sei d'aiuto*. «Dove vorresti portare il nostro cristallo?»

Si toccò il lobo di un orecchio.

«Certamente lì» disse Jax tranquillamente, avanzando verso di lei. Portò il dorso dell'indice a sfiorarle uno dei capezzoli attraverso la tunica. «Che ne dici di qui?»

Lei deglutì. «N-non lo so.»

Non ero bravo a calmare con le parole, quindi feci quello che sapevo fare. La presi in braccio, mi sedetti sulla mia piattaforma fluttuante e me la sistemai sulle ginocchia. All'inizio il suo corpo si irrigidì, ma poi gradualmente si rilassò, il profumo fresco della sua eccitazione mi fece roteare gli occhi all'indietro dal desiderio.

La risposta del mio corpo al suo culo morbido appoggiato sul cazzo fu immediata. Il suo profumo esotico, terroso e dolce, mi riempiva le narici. Il cazzo si tese dolorosamente contro i pantaloni e allargai le dita attorno a una delle sue cosce sode, stringendola ancora di più.

«Riya.» La mia voce risultava ancora più profonda del normale. «Sappiamo che in passato sei stata maltrattata... parecchio. Ma puoi fidarti di noi. Se Jax dice che qualcosa non farà male, è sincero. Gli zandiani non mentono.»

A parte quel *kazo* di individuo che una volta chiamavamo amico. Ma non volevo pensare a lui adesso.

Non riuscii ad impedirmi di seguire uno dei suoi seni. Lo palpeggiai, lo strinsi. Mi chinai in avanti e le passai i denti sul capezzolo. «Per noi sarà motivo di orgoglio vederti indossare i nostri cristalli.» La stavo già immaginando nuda, ingioiellata da noi. Mi stava facendo impazzire. Alzai lo sguardo dal suo seno e le presi il mento tra le dita. «Dimmi di cosa hai paura.»

Lei tremò e si toccò gli occhi. «Voglio fidarmi di voi. È solo che... la mia esperienza con i maschi è stata negativa. Estremamente negativa. Non solo per gli shock stick, ma il...» si toccò di nuovo l'occhio. «Non so se posso essere quello che volete, quando volete.» I suoi muscoli erano di nuovo tesi.

Jax si avvicinò e affondò le dita tra i capelli di Riya. «Non ti faremo del male, piccola femmina. Vogliamo darti piacere, Riya.»

Alzò lo sguardo sul viso di Jax e si strofinò le labbra. Era lo stesso sguardo che mi aveva rivolto nell'infermeria durante la battaglia. Quando le avevo piazzato la mano sul culo. Vulnerabilità. Desiderio. Paura.

Ronan ritornò con una scatola di oggetti e un ampio sorriso.

«Qualche problema?» chiese Jax.

Alzò le spalle. «Il dottor Daneth vuole farle un esame completo e un test genetico prima dell'accoppiamento, ma gli ho detto che non ce ne frega nulla dei risultati del test: è lei quella che vogliamo.»

Sentii qualcosa di salato e vidi Riya che tratteneva le lacrime. Mi investì una sensazione di allarme. Era così terrorizzata?

Ma Jax le mise un dito sotto il mento. «Vedi, bella ragazza? Sei tu quella che vogliamo.»

Lei emise un respiro tremante e annuì, raddrizzando le spalle. «Facciamolo, allora.»

Detestavo l'idea di spostarla dalle mie ginocchia, quindi le tirai la tunica finché non la liberai da sotto il sedere. «Alza le braccia» ordinai, e lei obbedì. Presi delicatamente il tessuto e glielo sfilai dalla testa.

Kazo, era pura perfezione. I seni erano piccoli e tesi, i boccioli maturi dei capezzoli erano di un caldo color pesca. Li palpeggiai entrambi, facendo ringhiare Jax.

«Anche noi vogliamo dare un'occhiata.»

Le strinsi e impastai i seni, pizzicando i capezzoli finché non si irrigidirono ancora di più. «La sto solo preparando per te» dissi burbero.

Jax inarcò un sopracciglio e Ronan alzò gli occhi al cielo, ma non discussero. Ronan le spruzzò lo stesso spray analgesico che Riya aveva usato su di me in infermeria su entrambi i capezzoli, poi sulle dita per strofinarle sui lobi delle orecchie. «Dove altro?»

Feci un movimento intorno al suo ombelico. «Qui.»

. . .

RONAN SI ACCUCCIÒ e io quasi gemetti, ricordando i versi che aveva fatto l'ultima volta che lui era stato tra le sue gambe. Alzò un sopracciglio verso l'apice delle sue cosce. «Vogliamo trafiggerla lì?»

Il cazzo mi urlò di sì, ma Riya era diventata di nuovo rigida.

Jax scosse la testa. Feci un cenno di assenso.

Ronan caricò la pistola con il nostro cristallo e un pezzo di filo di platino per trafiggerla. Con una mano le strinsi le mani in grembo e le avvolsi l'altra intorno alla vita per impedirle di dimenarsi. Ronan fece un passo avanti, ma quando Riya sussultò, esitò.

Jax strappò la pistola a Ronan e fece un rapido intervento ai lobi delle sue orecchie. «Vedi?» Le accarezzò la bella guancia con il pollice. «Non è niente. Ti fa male?»

Lei scosse la testa.

«Bene. Pizzicali, Tarren.» Le indicò il seno.

Con una gran kazo *di piacere.*

Le tirai le mani dietro la testa e le bloccai lì con una mano, poi le afferrai il seno con l'altra, sollevando il capezzolo sporgente in direzione di Jax. Ancora una volta, fu veloce e abile con i suoi movimenti, trafiggendola con un'efficienza ammirevole. Cambiai le mani per offrire l'altro capezzolo e il gioco era fatto.

«Ora passiamo all'ombelico.» Jax si accovacciò ai nostri piedi e fece scorrere il dito lungo il bordo. «Sopra o sotto?» Lo stava chiedendo a Riya, ma ringhiai «in basso» prima che potesse rispondere.

«È piacevole, bellezza?» Lui le rivolse il suo sorriso più affascinante. Non sapevo come facesse a mantenere sempre i suoi modi disinvolti e sicuri.

Lei annuì vacillante.

Strinsi una piccola sezione della pelle sotto l'ombelico per la pistola di Jax. In un soffio, l'aveva trafitta anche lì.

«Da qualche altra parte?» Ci incluse tutti nella domanda. «Da qualche altra parte sul viso?»

Riya scosse energicamente la testa e Jax ridacchiò. «Va bene, dolcezza. Allora basta. Brava ragazza. Grazie per la tua resa.»

«Non sono sicura di aver avuto scelta» borbottò, e io mi arrabbiai, pensando a tutte le volte che le era stata portata via la scelta. Mi diede la nausea pensare che ci avrebbe messo nella stessa categoria di quei *kazoni* di Ocrezia.

«Per le stelle, pensi che siamo dei mostri?» sbottai. Non intendevo sembrare così duro. Jax mi lanciò un'occhiata di avvertimento ma io continuai: «Non eri d'accordo sul fatto di essere la nostra compagna?»

Lei arrossì e sentii l'odore della paura su di lei.

Mi dispiacque subito. Addolcii il tono. «Abbiamo appena riconquistato il nostro pianeta natale. Vogliamo condividere la soddisfazione di ricostruire e realizzare una casa con una donna. Con te» mi corressi. «Non vogliamo spaventarti.»

Ringraziai l'unica vera stella zandiana per i miei cugini, che intervennero per calmarla. «Ti aiuteremo a superare il tuo passato.» Ronan tese una mano e lei la prese, alzandosi dal mio grembo.

«Dopo che avrai provato il piacere con noi, non avrai mai più paura del sesso» promise Jax.

Lei deglutì. «Va bene.» La sua voce era poco più che un sospiro. Odiavo vederla sminuita. La cosa mi portò a giurare ancora una volta di trovare fino all'ultimo stronzo che l'aveva ferita e farlo a pezzi.

Ma era un inizio. Aveva accettato di lasciarci provare a compiacerla. Non potevamo chiedere di più.

~

Riya

Fissai Ronan negli occhi. I suoi bei lineamenti lasciavano intravedere uno sguardo di bisogno che mi fece mozzare il fiato. Non avevo mai visto un essere guardare me, *Riya,* con un desiderio così sfacciato.

Mi portai una mano alla bocca e feci un passo indietro, sbattendo contro il corpo forte di Jax. Mi avvolse con le braccia e si chinò per sussurrarmi all'orecchio. «Riya, ti prometto che non lo troverai così spiacevole.» Il suo respiro era caldo e mi mandò un formicolio selvaggio lungo il collo e fino alla punta dei capezzoli. Senza pensare, mi spinsi indietro, strofinandomi contro i suoi fianchi, per sentire la dura erezione. *Dura* era sicuramente la parola chiave. Anche vestito com'era, potevo dire che aveva un membro grosso e, all'improvviso, quello che mi aveva sussurrato Lily su quanto fosse meraviglioso l'accoppiamento… iniziò ad avere senso, almeno per il mio corpo.

E la cosa ancora migliore? Aveva detto il mio nome. Mi aveva dato un nome, rendendomi una persona, non una proprietà. Non come le guardie ocreziane: quel pensiero venne spazzato via quando mi posò le labbra sul collo e le premette, mandandomi scintille negli occhi e nelle vene.

«Rilassati contro di me» mormorò e mi palpeggiò il seno. Toccò delicatamente i nuovi piercing sui capezzoli e io sussultai, anche se la zona era insensibile. «Se cominciano a farti male, assicurati di dircelo, va bene, bellezza? Ronan metterà di nuovo lo spray e toglierà ogni dolore.»

Annuii, lasciai chiudere gli occhi e posai la testa sul suo petto forte, assaporando il suo profumo. Non ero mai stata accudita da un maschio prima, né si erano mai presi cura di me. Era così bello essere tra le sue braccia.

La voce di Tarren irruppe nelle mie fantasticherie. «Passiamo sulla piattaforma fluttuante.» Il suo tono burbero, invece di innervosirmi, mi fece desiderare il suo tocco ancora di più. Poteva anche essere il più rude, ma Jax aveva avuto ragione prima quando aveva detto che mi fidavo di Tarren. Forse era perché l'avevo visto rischiare la vita sia per gli umani che per gli zandiani durante la battaglia. Forse era perché quel trauma che avevamo condiviso mi aveva legata a lui. Qualunque fosse il motivo, mi fidavo di lui.

Aprii gli occhi e lo trovai a fissarmi, e poi sorrise. Era un sorriso malvagio e feroce, e faceva contorcere i punti sulla sua ferita, ma lo adoravo. Il suo sorriso sbilenco era così meraviglioso che non riuscii a resistere, così gli sorrisi timidamente e gli tesi la mano. Non l'avevo mai fatto volentieri con un maschio, figuriamoci con tre, ma mi sembrava giusto. La sua presa era calda e ferma, e io strinsi forte, poi spostai il tocco, facendo scorrere le mie piccole dita lungo le sue lunghe e forti. Mi stupiva ancora quanto fosse potente la sua specie, quanto fosse grande.

Uno di loro sistemò le piattaforme del sonno fluttuanti separate in modo da unirle, formando un'unica enorme superficie. Jax si sistemò sul materasso, appoggiando la schiena al tessuto sul muro, e mi tenne con la schiena appoggiata al suo petto. Sentii l'eccitazione tra le sue gambe spingermi contro le natiche. Aspettai che prendesse il sopravvento la sensazione di malessere, quella che provavo ogni volta che pensavo all'organo maschile, ma non arrivò. Quando Jax mi tenne per i fianchi e mi tirò più forte contro il suo corpo, la pressione della sua virilità contro il mio sedere non fece altro che spingermi indietro, desiderosa di averne più.

Tarren fece un passo avanti, con gli occhi scintillanti.

«*Kazo*, sei bellissima» ringhiò. «Avvolgi le braccia attorno al collo di Jax e tieniti forte.»

Obbedii. La posizione sollevò e separò i miei seni. I capezzoli si rizzarono, anche se non faceva freddo. Il respiro mi entrava e usciva in brevi sussulti mentre lo guardavo avvicinarsi.

Si inginocchiò sul morbido materasso. «Non lasciare la presa» mi ordinò, poi si avvicinò e appoggiò la bocca sul mio capezzolo.

Non mi aspettavo di sentire nulla, dato che avevano intorpidito la superficie, ma la sensazione fu diversa da qualsiasi cosa avessi mai provato. Potevo comunque sentire il calore della sua lingua e quando si succhiò il capezzolo irrigidito in bocca, un'ondata di puro desiderio mi colpì nel punto di incontro delle cosce. Mi spostai, afferrai i capelli di Jax e tirai forte mentre Tarren succhiava, prima da un lato, poi dall'altro. Quando morse, gridai per l'improvviso scoppio di dolore, e poi gemetti quando arrivò la sensazione successiva: il desiderio.

«Penso che le piaccia» ridacchiò Jax, accarezzandomi la pancia, proprio sopra l'area in cui stavo andando a fuoco. Feci una specie di verso e mi spinsi verso l'alto, ma questo rese i capezzoli ancora più accessibili a Tarren, che ringhiò e morse l'altro. Fece scorrere le mani lungo le mie cosce, stringendole, toccandole con lo stesso ritmo che usava per passarmi la lingua sui capezzoli. Insieme al modo in cui Jax mi accarezzava la pancia, con tocchi morbidi e solleticanti, mi rese sudata e bisognosa.

«Oh!» Volevo più di quello che stavo ottenendo, anche se la sensazione era quasi eccessiva.

«Penso che abbia bisogno di stare nuda» commentò Ronan, con la voce bassa e roca.

Tarren mi succhiò forte il capezzolo, poi si tirò indietro,

lasciandolo andare con un colpo di suzione che mi fece gemere di nuovo. «Concordo.» Spostò le gambe di lato e si alzò. Mi aiutò a togliermi gli stivali. «Solleva i fianchi.» Mi tirò le mutandine. Obbedii e una volta nuda, Ronan mi diede un colpetto sui gomiti.

«Lascia fare a Jax adesso» disse, «e dammi le mani.» Mi fece sedere e poi disse semplicemente: «Alzati. Fatti vedere.»

Mi aiutò ad alzarmi e indicò un punto sul pavimento. «Stai lì, Riya.» Tutto il suo tipico atteggiamento scherzoso era scomparso, sostituito da una determinazione grintosa e selvaggia.

Non sapevo se provassi paura o solo resistenza. Forse non sopportavo l'umiliazione di trovarmi nuda mentre loro erano vestiti. Scossi la testa e incrociai le braccia sul seno. «No.» Una cosa era sdraiarmi con gli occhi chiusi e lasciare che mi toccassero. Ma questo sembrava troppo intenso. Non lo avrei fatto.

Jax ridacchiò piano mentre strisciava fuori dalla piattaforma del sonno. «Allora ti aiuteremo, tesoro.» Mi afferrò i polsi e me li tirò sopra la testa. Era così alto che riusciva a tenerli completamente distesi. Tarren e Ronan mi circondarono, saziandosi della mia figura nuda. Avrei dovuta essere arrabbiata, e invece ero eccitata. Come nel corridoio, quando Tarren mi aveva coperto gli occhi, in realtà per me era più facile quando prendevano il controllo. Il che non aveva senso considerando la mia storia.

Tuttavia, non si poteva negare che l'eccitazione mi gocciolasse sull'interno delle cosce.

Tarren si avvicinò dietro di me e mi mise un braccio intorno alla vita, allargando le dita sulla mia pancia.

La pancia che non si sarebbe riempita di bambini zandiani. Ma non potevo pensarci.

Il suo palmo scivolò più in basso, poi ancora più in basso,

ma prima che raggiungesse il punto che morivo dalla voglia che toccasse, l'altro palmo si schiantò sul mio sedere nudo.

«Apri le gambe» disse Tarren.

Non mi mossi.

Jax mi infilò lo stivale tra le gambe e mi allargò i piedi. «Un po' più di obbedienza, bellezza» disse, ma c'era un tono divertito nella sua voce. «Altrimenti Tarren scalderà quel tuo adorabile culo.»

Tutti e tre i maschi inspirarono profondamente.

Oh dolce Madre Terra. Potevano sentire l'odore della mia eccitazione. *Accidenti ai loro sensibili nasi zandiani.*

Jax ridacchiò cupamente. «Penso che lo voglia.» Affondò di nuovo le dita tra i miei capelli e mi tirò indietro la testa. La sua presa non era dura, ma possessiva. «Dovremmo far diventare rosa il tuo bel culetto?» Il piacere nella sua voce risuonò nella stanza.

«No.» Fu un sussulto più che una parola e sapevo già che era inutile. La questione era stata decisa. Dal mio corpo tanto quanto dal loro desiderio.

«Non vedevo l'ora di sculacciare questo culo da quando l'ho minacciato per la prima volta e ho visto il tuo bel viso arrossire.» Tarren mi morse il collo, le sue labbra morbide, i denti duri, e il mix di dolore e piacere mi fecero gemere e cercai di avvicinare il mio corpo al suo. «Non preoccuparti. Ci sarà dolore ma ne varrà la pena. Perché, *kazo,* ti prometto che sappiamo come farti piangere di piacere, mia piccola compagna.»

Jax e Tarren mi accompagnarono alla piattaforma del sonno fluttuante. Ronan si sedette da un lato e Jax dall'altro. Tarren, al centro, mi sistemò in modo che i miei fianchi fossero sopra al suo grembo e il mio corpo fosse disteso sugli altri due. Jax mi prese le mani e Ronan mi tenne i polpacci. Anche se ero nuda, sdraiata a faccia in giù, mi sentivo sorprendentemente... al sicuro. Come se sapessi che si sarebbero presi cura di me. Il che era una sensazione strana, visto che stavo per essere sculacciata.

«Allarga leggermente le cosce» mi ordinò Tarren.

Ronan mi allargò le gambe. «Di più, Riya.» Mi toccò l'interno delle cosce, poi fece scivolare le dita lungo la mia pelle, su e giù, quando obbedii. «Di più.» Mi aiutò a spostarmi. «Bene. Proprio così, il più largo possibile. Questa sarà la posizione preferita quando verrai punita.»

La figa si strinse anche se la faccia mi bruciava. Per fortuna non potevano vederlo. Jax mi strinse le mani. «Una piccola punizione addolcisce sempre il piacere» promise.

Non ero così sicura di essere d'accordo, ma non riuscii nemmeno a protestare. Il battito d'ali nel mio ventre era pieno di desiderio, calore e anticipazione.

Forse c'era un po' di paura, perché sbottai: «Vi obbedirò!»

Jax ridacchiò. «Certo che lo farai.»

Tarren, almeno credevo che fosse Tarren, mi strofinò il palmo della mano sul sedere. «La nostra punizione non è una cosa di cui avere paura.» mi accarezzò e, allo stesso tempo, Ronan fece scorrere le dita lungo l'interno delle mie cosce.

«Non lo so» le dita di Ronan si avvicinarono sempre di più al punto in cui ne avevo bisogno. «Spero piuttosto che disobbedisca spesso.»

Non avrei mai immaginato di trovare sexy una punizione, ma sentivo formicolii ovunque e avevo le gambe bagnate. Per la prima volta nella mia vita desideravo qualcosa che solo un maschio poteva darmi. Solo quello che potevano darmi questi maschi.

Il palmo di Tarren si abbatté sul mio sedere e io strillai scioccata. Il dolore esplose, un fuoco che si diffondeva lentamente sulla natica offesa.

«Procedi lentamente» suggerì Jax, «Lascia che si abitui al bruciore prima di aumentare l'impatto.»

Ero grato per i consigli pratici di Jax. Volevo assolutamente che fosse più leggero.

«Se li accoglie con obbedienza, potrebbe non aver nemmeno bisogno della cinghia» suggerì Ronan.

Per poco non mi staccai dalle loro ginocchia, con la schiena che si piegava mentre la testa si alzava. *«Cinghia?»* Mi girai per guardarlo da sopra la spalla.

Ronan rise e alzò le spalle, con un'espressione leggermente colpevole sul viso. «Sarebbe divertente, non credi?» Le sue dita scivolarono quasi fino alla fessura tra le mie gambe e svolazzarono lì, stuzzicandomi, dove ero già bagnata. Ridacchiò quando mi dimenai. «Riya, tu pensi di avere paura, ma il tuo corpo la vede diversamente.»

«*Kazo,* sei così bagnata» ringhiò Tarren. «È ora di iniziare.» Alzò la mano, sentii la corrente d'aria e poi mi schiaffeggiò l'altra natica. L'impatto fece un suono forte e io gridai anche se questa volta non fece molto male.

Mi sculacciò di nuovo. Mi dimenai.

«Vedo l'impronta della mia mano sulla tua pelle.» La sua voce era bassa. «Te lo farò diventare rosa con una sculacciata dopo l'altra, Riya, così si fonderanno tutte insieme per far risplendere il tuo fondoschiena.»

Gemetti, e non mi era chiaro se fosse per la preoccupazione o il piacere, perché il tono della sua voce e il formicolio sulla mia pelle mi fecero premere i fianchi contro il suo grembo. Sentii la sua dura verga sotto di me.

«Stai ferma» mi ordinò, e Ronan si spostò per tenermi le cosce aperte più facilmente. Le sue mani erano forti e, sebbene la presa non fosse dolorosa, mi immobilizzò.

Tarren mi schiaffeggiò ancora, e ancora. Bruciò di più e piagnucolai.

«Hai finito?» gridai.

Tarren ridacchiò. «No, Riya. Abbiamo appena iniziato.»

A quel punto, iniziò a sculacciarmi più velocemente, alcune volte su ciascuna natica di fila, e presto mi ritrovai a muovere furiosamente i fianchi, cercando di allontanarmi dai colpi punitivi. Ma Ronan mi teneva ferma, e quando provai ad allungarmi per coprirmi il sedere, Jax mi rimproverò e mi strinse le mani. «No, Riya» disse. «Non puoi decidere tu quando finiscono le sculacciate. Tienimi le mani per sostenerti e accetta la punizione.»

«Colpiscile la parte superiore delle cosce» suggerì Ronan. «È troppo pallida. Devi renderla rosa come il culo.»

Tarren doveva essere d'accordo, perché subito dopo sentii la sua mano forte che mi schiaffeggiava la base delle natiche, e il dolore fu molto più forte. Anche se il dolore bruciava, c'era qualcosa di più, un bisogno crescente tra le mie gambe, e cominciai ad anticipare ogni colpo con tanto entusiasmo quanto trepidazione.

Ero quasi in estasi, quando una sculacciata particolarmente forte mi distrasse. «Ahi!» Provai a scansarmi. Ma con tre forti guerrieri che mi tenevano ferma, non avevo alcuna possibilità di scappare finché non avessero deciso che ne avevo avuto abbastanza.

Essere trattenuta non fece altro che aumentare il calore malvagio tra le mie cosce bagnate, un calore che era già pari al bruciore sul mio sedere, e mi dimenai. «No...» sussurrai, ma stavo montando il grembo di Tarren.

La mano di Tarren si abbatté con più forza, corrispondendo all'intensità del mio bisogno e mi inarcai all'indietro per soddisfarlo.

Tarren lanciò una forte imprecazione e fermò le sculacciate. Giacqui ansimante, sentendo il calore di tutti e tre i loro corpi, e mi attraversò un senso di esultanza per il fatto che stavano usando il mio corpo in un modo che non avrei mai potuto immaginare potesse essere eccitante.

Adesso Tarren mi stava accarezzando il sedere, calmando il bruciore malvagio che ci aveva messo, e mentre lo faceva, Jax mi massaggiava gli avambracci e Ronan iniziò a toccarmi con le dita l'interno delle cosce. Mi inarcai all'indietro, allargando ancora di più le cosce, morendo dalla voglia che lui mi toccasse finalmente dove mi faceva male.

Alla fine lo fece, sfiorando leggermente i miei petali pieni di rugiada.

Mi allungai, cercando di avvicinare i fianchi alle sue dita. Lottai per liberare le mani da Jax, ma lui si limitò a ridere e ad afferrarmi i capelli, sollevandomi la testa per un bacio.

Fu un bacio imbarazzante, disallineato e *sexy*. Gemetti nella sua bocca nello stesso momento in cui Ronan finalmente mi offrì tutto il peso delle sue dita. Accarezzò con decisione la mia fessura piangente e gemette.

«È così bagnata e…» Trascinò le dita di lato e mi spinse ancora di più la coscia, spostandomi il sedere. «Senti questo.» La sua voce era intrisa di stupore. «Senti quanto è diventato carnoso e pronto.» Mi accarezzò ancora e la spirale del desiderio si strinse ancora di più.

Sentii un ringhio e mi piombò un'altra mano tra le gambe. Doveva essere Tarren. Gemette. «Ho bisogno di vederlo» mormorò, senza smettere di toccare. «Ho bisogno di vederlo *adesso*.»

Era Ronan a dirigere il gruppo questa volta. «Adagiala di nuovo, come prima, su Jax.» Mi aiutò ad alzarmi e indicò la piattaforma fluttuante, dove Jax si era già sistemato contro la testiera.

Mi ritrovai ancora una volta accoccolata tra le braccia di Jax, seduta tra le sue cosce. Il sedere mi pizzicava per il calore e il bruciore residuo, ma presto me ne dimenticai mentre Tarren si faceva avanti e mi allargava le gambe, mettendole sopra quelle di Jax, in modo che fossero completamente spalancate, con il sesso in mostra. Non resistetti un secondo, perché morivo per lui, per loro. Infatti, aprii le cosce più che potevo in quella posizione e gemetti mentre Jax si avvicinava al mio corpo e iniziava a stuzzicarmi i capezzoli con le dita.

Non ero sicura di come Tarren sarebbe riuscito a montarmi, ma mi si bloccò il respiro in gola mentre scivolava con il corpo lungo la piattaforma fluttuante fino a quando la sua faccia non fu appena sopra i miei fianchi. «Siete pronti?» La sua voce era rauca per il bisogno. Fu allora che mi resi conto che aveva intenzione di mettermi la bocca addosso, come aveva fatto Ronan nel corridoio, e lo desiderai così tanto che avrei potuto piangere.

«Io...» dissi, e poi tutto ciò che uscì fu una specie di gemito quando la sua lingua calda mi toccò il clitoride. La sensazione era così bella, così incredibile: mai durante le mie esplorazioni personali ero riuscita con le dita ad attirare questo tipo di sensazione dal mio corpo.

Chiusi gli occhi e spinsi di nuovo contro il petto di Jax, cercando di usarlo come leva per spingere i miei fianchi fino alla bocca di Tarren. «Oh!» Mi diede un colpetto al clitoride con la lingua e la sensazione mi inondò immediatamente. «Tarren.» Mi allungai per tirargli le antenne. Si indurirono e si allungarono tra le mie mani e Tarren emise un ruggito.

Jax mi strinse i capezzoli così forte da farmi strillare. «No» mi disse Jax. «Se lo fai, Tarren perderà il controllo e ti tormenterà fino a farti urlare, e io e Ronan vorremo comunque godere di te.»

Come per confermare le parole di Jax, Tarren mi leccò e succhiò come se la sua vita dipendesse da questo, facendomi strillare e dimenarmi.

«Le terrò le mani.» Ronan venne al mio fianco. «Riya, metti di nuovo le mani dietro la testa di Jax.»

Lo feci, a quel punto riuscivo a malapena a capire le parole, perché Tarren mi teneva le cosce, una in ciascuna forte mano, e iniziò a leccarmi lungo la fessura, dalle natiche al clitoride, ancora e ancora. Provai a dimenarmi: prima era troppo, poi volevo di più, ma lui mi teneva ferma, costringendomi a fare ogni movimento e strofinamento, esattamente dove voleva.

Jax mi toccò i capezzoli più forte, facendo rotolare i nuovi piercing finché non fecero male, poi li toccò delicatamente, sfiorando le punte con le unghie finché non mi contorsi contro di lui.

Ronan si chinò, mi strinse le mani e mi morse il collo in un punto che mi fece impazzire. E ora, con la tripla sensazione, mani e bocche che mi toccavano, leccavano, tremolavano, non riuscii più a trattenerlo e l'orgasmo più fenomenale di sempre iniziò a formarsi nel mio profondo.

«Io sto...» rabbrividii.

«No.» Tarren mi guardò, i suoi occhi lampeggiavano, le labbra erano lucide dei miei succhi. «Non finché non avrai ricevuto il permesso.»

La confusione mi annebbiò il cervello. Non mi avevano promesso piacere? Perché avrei dovuto trattenerlo? «Ma per favore!» Tutto il mio corpo desiderava il rilascio.

«Ancora un po'. Mostraci come vuoi compiacere i tuoi compagni.» Ronan mi mise un dito tra le gambe, facendolo roteare nella mia umidità mentre Tarren continuava a leccare.

Sorprendentemente, *volevo* accontentarli. «Sì, vi prego» implorai.

Ronan ridacchiò. «Tarren, non durerà ancora a lungo, non importa quanto ci provi.»

Non potevo più trattenerlo e Tarren doveva essersene reso

conto. «Riya, puoi venire.» Lo feci. Con un grido strozzato lasciai che il piacere mi travolgesse come mille fulmini, vedendo solo lampi bianchi dietro le palpebre. Mi contorsi e gemetti e venni, gloriosamente, contro le sue labbra. Sembrò durare all'infinito e alla fine, una volta superato il picco, ricaddi tra le braccia di Jax, tremando per le scosse di assestamento, incapace di muovermi.

Tarren ringhiò e si alzò per sdraiarsi accanto a me, che ero ancora tra le braccia di Jax. Allargò la mano in modo protettivo sulla mia pancia, massaggiandomi dolcemente mentre tornavo in me.

Le mani di Jax si erano fermate sul mio seno, e ora mi accarezzava dolcemente, sulle braccia e sul petto. La bocca di Tarren era gentile sul mio collo e io sospirai di assoluto piacere, totalmente a mio agio, sentendomi al sicuro e protetta – e sazia – in un modo che non avevo mai sperimentato in tutta la mia vita.

Era questo che significava essere accoppiata con tre zandiani? Non mi dispiaceva. Avrei anche potuto amarlo. Mi spostai, sentendo un leggero formicolio nel sedere dovuto alla punizione, e invece dell'angoscia, l'unico impulso che sentivo era quello dell'eccitazione.

DOPO QUALCHE MINUTO, Jax mi morse il collo. «Basta riposare. I tuoi compagni non dureranno a lungo guardando quel bel corpo senza reclamarti. E credimi, è meglio che siamo controllati quando ti prenderemo per la prima volta.»

Feci un respiro profondo. Mi avrebbero presa *tutti insieme*?

Jax ridacchiò, forse leggendo l'espressione di allarme sul mio volto. «Vorresti dare piacere a Ronan o Tarren nello stesso modo in cui lo hanno dato a te?»

«Ronan.» Tarren ordinò e si diede una forte stretta al cazzo dai pantaloni. «Puoi avere la sua bocca. Io ho bisogno di tutta quella figa dolce e bagnata.»

La mia anatomia si contrasse al ringhio possessivo di Tarren. Mi sedetti, ma dovevo ammettere che ero scoraggiata. Non sapevo davvero cosa stessi facendo. Non ero mai stata con un maschio volontariamente prima. Non avevo mai desiderato dare piacere fino ad ora. «Io...»

Come se Jax avesse intuito la causa della mia riluttanza, disse: «Ti aiuteremo, Riya. Tutto quello che devi fare è obbedire.» Mi sollevò facilmente dalla piattaforma del sonno.

~

Ronan

NON SAPEVO COME AVEVO FATTO ad essere così dannatamente fortunato da essere stato il primo ad assaggiarla e ora il primo a prenderla, ma non avevo intenzione di discutere. Tarren voleva la sua figa. Pensai che la sua bocca fosse comunque perfetta, *kazo*.

Mi tolsi velocemente l'uniforme.

«Sulle ginocchia.» Jax la guidò dolcemente verso il basso. Fui grato per il tappeto sul pavimento che era morbido e lussuoso, con uno spessore sufficiente a farla stare comodamente in ginocchio. «Metti le mani dietro la schiena finché non ti verrà detto diversamente.»

Tutti e tre emettemmo un verso di approvazione quando obbedì. Mettendo le mani dietro la schiena sollevò e allargò il seno. I capezzoli con i piercing risaltavano in punti rigidi ed erano ancora più belli con le gemme preziose che li adornavano. I nostri cristalli. Che la segnavano per sempre come nostra.

«Allarga un po' quelle ginocchia, vediamo quel centro rosa che ci sta facendo impazzire» le disse Jax.

Lei obbedì. Aveva gli occhi vitrei di desiderio, le labbra gonfie per i nostri baci. Stavo per dire a Jax di chiudere quella *kazo* di boccaccia, ma lei sembrava sollevata di avere indicazioni. Immaginavo che anche una donnina tenace come lei potesse essere nervosa quando non sapeva cosa fare. Non c'era modo di fare qualcosa di sbagliato o di fallire. Ma sembrava ancora nervosa, e mi dispiacque quando lanciò uno sguardo supplichevole a Jax.

Le offrì un sorriso incoraggiante. «Ronan ti dirigerà se vuole. Ma a parte l'uso dei denti, non puoi sbagliare.»

Il cuore iniziò a battermi forte contro il petto quando realizzai che era nervosa all'idea di accontentarmi. Il profumo della sua lubrificazione naturale divenne più forte e lei emise anche un versetto di desiderio. Mi sistemai davanti a lei, le cosce aperte, il cazzo più duro di una pietra. Fissò la punta su cui si trovava una goccia di pre-eiaculazione.

Spalancò gli occhi. «È color arcobaleno.»

Sorrisi. «Di che colore pensavi che fosse? Viola, come il nostro sangue?»

Arrossì. «Non avevo idea.»

Sembrò affascinata. «Posso...» allungò una mano, poi esitò, probabilmente ricordando l'ordine di Jax.

«*Kazo*, sì. Toccami, Riya,» ringhiai. Il mio corpo era teso dal bisogno, i miei muscoli rigidi e il membro duro e pulsante.

Avvolse la manina attorno al cazzo. Le dita non si avvicinavano nemmeno a chiudersi attorno alla mia larghezza.

Vidi che sembrava scoraggiata, quindi presi spunto da Jax e le diedi istruzioni. «Stringi forte» ordinai, rabbrividendo quando lo fece. «Strofina su e giù mentre afferri, dalla testa alla base. Così. Sì.» Avrei perso presto la capacità di parlare perché non ero mai stato così eccitato in vita mia. Gemetti e chiusi gli occhi.

Feci fatica a riprendere fiato. «Ora piegati in avanti e metti la bocca sulla cappella, Riya. Lecca con la lingua la parte superiore e i lati mentre continui a strofinare su e giù.» Glielo stavo raccontando nel modo in cui l'avevo immaginato per tutta la vita, il che non significava che non fosse mai capitato così bene.

Avevamo già pagato per le donne nei bordelli intergalattici in passato, ma questo era completamente diverso. Era la nostra compagna. La stavo addestrando a servirmi. Avrei imparato cosa la faceva urlare.

Quando mi toccò il cazzo con la punta della lingua, gemetti di nuovo, più forte di prima. Non sembrò badare al mio sapore, perché leccò ancora e ancora la punta, incoraggiando il mio corpo a perdere più liquidi. Fui sorpreso dalla rapidità con cui si era messa a suo agio, alzando il suo bellissimo sguardo dorato sul mio viso per osservare la mia reazione mentre con la lingua capace mi faceva stringere le palle, e il cazzo si sforzava per liberarsi.

Cominciò a girarsi un po' quando strinse e permise alla saliva di ricoprirle le dita rendendole il palmo scivoloso, quasi presi fuoco. In pochi istanti mi ritrovai pronto a venire, con le cosce tese e tremanti e il respiro veloce.

«Oh stelle, prendimi in profondità» implorai, con la voce tesa. «Fino alla gola.»

Premetti il mio membro palpitante sul retro della sua gola. All'inizio ebbe un leggero conato e dovette tirarsi indietro, ma io le accarezzai i capelli, incoraggiandola.

Poi non ne potei più. Le afferrai la nuca e la spinsi verso il cazzo. Stabilii un ritmo, spingendola verso il basso, permettendole di alzarsi. I suoi occhi si riempirono di lacrime quando le colpii il fondo della gola, e imprecai, ma ancora non riuscii a fermarmi. Invece le accarezzai la guancia con il pollice per ringraziarla, per calmarla, anche se controllavo ancora il movimento della sua testa, più veloce e più a fondo. «*Kazo*, Riya, ti vengo in bocca.» La mia voce era rauca. «Puoi ingoiare, dolcezza?»

Lei farfugliò in segno di consenso prima che io spingessi brutalmente in gola, e il mio cazzo si gonfiasse ancora di più.

«Riya» gridai mentre venivo.

Deglutì, ancora e ancora, con gli occhi spalancati in allarme. Alla fine, riuscii a riprendere il controllo di me stesso e mi tirai indietro per lasciarle prendere aria.

«Stelle, sì» ruggii, mentre finivo di venire.

Trascinò la sua piccola lingua calda lungo la mia lunghezza e si staccò, con un sorriso compiaciuto. Adorai vederla soddisfatta di sé stessa.

Gemetti e mi sdraiai sulla piattaforma del sonno, ansimando, con il corpo afflosciato per il rilascio. «Per le *kazo* di stelle» esclamai. «Non avrei mai immaginato che potesse essere così bello.»

~

Riya

Mi attraversarono un senso di soddisfazione e una tenerezza che non mi sarei mai aspettata. Dannazione. Dovevo tenere le mie emozioni lontane da questa cosa. Non potevo innamorarmi di questi maschi perché presto, entro qualche rotazione del pianeta, avrei potuto dover lasciare tutto questo... loro.

Ma non c'era tempo per questi pensieri, perché Tarren mi aiutò a rimettermi in piedi. «È il mio turno» ringhiò, indietreggiando e sedendosi sul bordo della piattaforma fluttuante.

Jax non protestò, sembrava solo divertito, il che fu un sollievo. Non ero sicura di cosa avrei fatto se i maschi avessero iniziato a litigare per me.

In qualche modo Tarren si era tolto i vestiti mentre succhiavo Ronan e – per la *Sacra Terra* - era un gigante, dotato di muscoli così definiti che avrei potuto usarli come appigli per arrampicarmi.

«Ti voglio a cavalcioni sulle mie ginocchia» ringhiò. «Come nella precedente rotazione del pianeta in infermeria.»

Brividi di eccitazione mi attraversarono. Aveva ricordato la scena con lo stesso desiderio che avevo io. Ma quando afferrai la base della sua asta, mi bloccai subito prima di far oscillare la gamba sulle sue cosce dure come la roccia.

Dannazione.

Se pensavo che Ronan fosse grande, Tarren era una bestia. Come avrei mai potuto accoglierlo?

«Ho portato il lubrificante» disse Ronan, ancora disteso sulla schiena sulla piattaforma a guardare. Indicò la scatola con cui era entrato.

Jax si alzò e frugò al suo interno, sollevando oggetti che avrebbero dovuto preoccuparmi. Una pagaia in cuoio. Una cinghia. Un bastone. Alcuni enormi falli. Una bottiglietta di lubrificante con una pompa. Lo lanciò a Tarren, che non perse tempo nel dispensarlo e spalmarlo sul suo enorme membro.

Mi si strinse il petto. I ricordi di quando ero stata costretta mi attraversarono la testa.

Jax si mise dietro di me, con le mani sulle mie spalle. «Con calma, Riya. Non c'è niente di cui avere paura. Ti sta mettendo sopra. Sai cosa significa, vero?»

Mi morsi il labbro cercando di reprimere il terrore irrazionale che mi faceva tremare. Cercai di concentrarmi sulle parole di Jax, perché sapevo che avevano senso. Annuii. Tarren mi stava dando il controllo. Sarei stata sopra.

Tarren aprì le sue grandi braccia e io inciampai in avanti, cadendo su di lui. In un attimo mi ritrovai a cavalcioni sulle sue ginocchia, proprio come aveva chiesto, ma sembrava più un abbraccio. La mia faccia era infilata nel suo collo e stavo respirando il suo profumo.

Il suo cazzo si contrasse e mi resi conto di essere proprio su di lui, con il clitoride che premeva sulla base della sua lunghezza impressionante, che sporgeva tra di noi. «È così che ti desideravo durante la precedente rotazione del pianeta» disse quando mi sorprese a guardare tra i nostri corpi. Mi prese il sedere e mi strinse più forte, il che ebbe l'effetto di trascinare il mio clitoride sulla sua pelle dura.

Sussultai.

«Vai avanti, ragazzina. Strofina quella figa succosa su tutta la mia virilità. Questo è quello che volevi fare in infermeria, non è vero?»

Arrossii, ma sapevo che aveva ragione. Il mio corpo si esaltò nel piacere di strofinare, soddisfacendo il bisogno crescente tra le mie gambe.

Mi impastò e mi strinse il culo, aiutandomi a dondolarmi su di lui. «Non riuscivo a togliertiti le mani di dosso, vero?»

Chiusi gli occhi e mi persi nella sensazione, il piacere che sbocciava sempre più caldo nel mio profondo.

«Eri magnifica, *kazo,* su quel campo di battaglia, mentre cercavi di trascinare dentro i corpi da sola.»

Aprii gli occhi e lo guardai. Era la seconda volta che parlava di me. Davvero *di me*. Vedeva oltre la volontà di trovare un'incubatrice per bambini zandiani.

Avendo bisogno di restituirgli qualcosa in cambio, o forse solo di soddisfare i miei bisogni, non lo sapevo più, mi chinai tra di noi e infilai la cappella del suo enorme cazzo nel mio ingresso.

Era grande, ma sembrava così giusto. La perfezione. Il mio lubrificante naturale si mescolò con quello che aveva applicato e ne scivolò un po' di più quando mi dondolai in avanti.

Gememmo entrambi.

Jax si girò e mi toccò il seno, e io mi allargai, prendendo altri centimetri. «Mostraci come volevi compiacerti con Tarren durante l'ultima rotazione del pianeta» mi sussurrò all'orecchio.

Fu tutto l'incoraggiamento di cui avevo bisogno. Mentre tre paia di occhi, tutti ardenti di lussuria e apprezzamento, mi osservavano, mi impalai sul cazzo di Tarren, prendendolo più profondamente che potevo.

Le sue dita mi stringevano il sedere con una forza violenta, ma lo adorai: amavo ogni momento in cui vedevo questi maschi sciogliersi a causa di ciò che io facevo loro. Quello che stavamo facendo era così diverso dal mio passato che smisi di fare paragoni. Questa era passione. Era comunione. Era uno scambio tra partecipanti volontari.

Abbassai la testa all'indietro e gemetti, lasciando che Tarren muovesse i fianchi. All'inizio procedette lentamente, come se fossi fatta di vetro e potessi rompermi, ma ogni volta che mi tirava sopra il suo cazzo, diventava più facile prenderlo. Mi allargai e lasciai che mi riempisse. Non riuscì a far entrare tutta la sua lunghezza, ma non sembrò preoccuparsene. Le sue labbra si ritrassero per scoprire i denti serrati e le sue braccia tremarono per lo sforzo di trattenersi.

«*Kazo*, Riya. *Kazo, kazo*» ringhiò. «Non durerò più di un minuto nella tua piccola figa perfetta.»

Questo mi bastò. La figa si contrasse e mi catapultai oltre il limite in un rilascio ancora più soddisfacente degli ultimi due. Le mie pareti interne si strinsero e si contrassero attorno al membro duro di Tarren e lui ruggì, strattonandomi sopra il suo cazzo, speronandolo così profondamente da farmi male. La sua calda essenza mi riempì mentre cadevo contro il suo petto, ansimando, affondandogli le unghie nelle spalle.

Il resto fu confuso. Tarren mi teneva stretta. Venni sollevata e risistemata orizzontalmente, il mio corpo rannicchiato contro il suo. Un altro corpo si infilò dietro di me. Stavo andando alla deriva nella beatitudine, a mio agio e al sicuro tra i miei guerrieri.

Poco prima di addormentarmi, mi venne in mente che Jax non aveva avuto il suo turno. «Jax?» mormorai, aprendo le mie pesanti palpebre.

«Sono qui, tesoro.»

Jax era quello a cui dovevo prestare più attenzione. Quello che mi leggeva così bene. Non era uno dei maschi tra cui mi trovavo, e la cosa mi preoccupò. Cercai di sedermi.

«È il tuo turno?» mormorai assonnata.

Lui ridacchiò e si chinò su di me, baciandomi la tempia. «Più tardi, dolcezza. Riposati per me.»

Sbattei le palpebre, ma non riuscii a tenerle aperte. Scivolai nel sonno più beato della mia vita.

CAPITOLO TRE

J*ax*
Portai il cibo nella nostra camera per offrirlo a Riya una volta sveglia, ma la nostra dolce femmina non si era quasi mossa da quando era avvenuta la rotazione del pianeta. Era rannicchiata contro il petto di Tarren, Ronan la prendeva a cucchiaio da dietro. I miei cugini erano svegli ma sembravano riluttanti a spostarsi dalla piattaforma, o dalle piattaforme, al plurale, dal momento che avevamo messo insieme i tre letti per formare un solo grande spazio.

Riya era bellissima nel sonno, le guance erano arrossate, le labbra carnose e morbide. C'era una ruga tra le sue sopracciglia che nemmeno il sonno era riuscito a cancellare, però, e questo mi rese ancora più determinato a conoscere le sue paure e cancellarle una per una.

«Il principe Zander... cioè, il re Zander, ha indetto un altro incontro per questo pomeriggio» dissi ai miei cugini.

Tarren mi guardò accigliato perché la mia voce fece agitare Riya.

Ronan, però, colse la tensione nella mia voce e si sedette. «Riguardo a cosa?»

«Sul piano di riqualificazione. E ripopolamento. A proposito delle spose zandiane.» Non era passata una sola rotazione di pianeta da quando aveva annunciato che stavano lavorando a qualcosa? In qualche modo, pensavo che le cose si sarebbero mosse più lentamente. Le squadre erano ancora fuori a perlustrare il pianeta alla ricerca dei finn rimasti.

Ma, ovviamente, non c'era tempo da perdere. Voleva che fossimo là fuori a ricostruire proprio per questo motivo: occupare l'intero pianeta e garantire il dominio della nostra specie, per quanto esigui fossimo numericamente.

«Perché sei preoccupato?» chiese Riya.

Si sedette e sia Tarren che Ronan la tirarono giù, accarezzandole la pelle, calmandola. Ma i suoi occhi erano puntati su di me.

Alzai le spalle. «Si parla di test genetici per determinare gli accoppiamenti. Il dottor Daneth ha un programma di corrispondenza genetica. Ma va tutto bene, perché siamo già accoppiati.» Lo dissi, ma finché Zander non avesse approvato la nostra unione e ci avesse dato una fattoria, sarei stato all'erta.

I miei cugini sembrarono capire il mio sottotesto, il che fu un peccato, perché il solco tra le sopracciglia di Riya divenne più profondo. Cercò di nuovo di sedersi e questa volta i miei cugini glielo permisero.

«Ti ho portato del cibo, tesoro. Gli esseri umani devono mangiare più volte durante la rotazione del pianeta, non è vero?»

Il suo sorriso timido mi squarciò il petto. «Sì.»

Portai il vassoio del cibo, ma lei stava già scavalcando Tarren, che mi lanciò uno sguardo addolorato quando sfiorò la sua erezione in rapida crescita.

«Vado in bagno» disse.

Guardammo tutti il movimento del suo culo nudo mentre camminava, e Ronan si afferrò il cazzo e gemette.

Non appena la porta si chiuse, Tarren chiese: «Non ce la porterebbero via, vero?»

Mi strofinai la mascella. «Non credo. L'abbiamo reclamata. Indossa i nostri cristalli. Vale, in base alla legge zandiana.»

«È re Zander che scrive la legge zandiana» disse Tarren seccamente. «Potrebbe cambiarla per adattarla al suo piano di ripopolamento.»

Scossi la testa. Non l'avevo ancora rivendicata nemmeno fisicamente, ma non potevo cambiare idea. «Lei è nostra. Dovremo farglielo capire. È un sovrano ragionevole.»

I miei cugini annuirono in accordo.

Sentii il rumore del tubo di lavaggio che si avviava in bagno e il pensiero del corpo nudo di Riya sotto il getto mi fece muovere prima ancora di rendermi conto delle mie intenzioni.

Il mio turno.

Kazo sì. Era il mio *kazo* di turno. Ero stato più che paziente nel reclamare la mia femmina. Premetti il pulsante sul tubo di lavaggio per fermarlo, sorridendo quando la porta si aprì rivelando una Riya gocciolante e sorpresa. Mi spogliai velocemente e la spinsi nel tubo, poi riavviai l'acqua.

«Pensavi di pulire lo sperma dei miei cugini prima che io avessi la possibilità di riversarlo dentro di te?»

«Mi stavo pulendo per te.» La sua voce era roca anche se gli occhi erano spalancati per lo shock, probabilmente dovuto alla forza con cui l'avevo bloccata contro la parete del tubo.

La mia furiosa erezione pulsò alle sue parole. Le aprii le gambe con il ginocchio, le feci sentire lo stato della mia agonia premere contro le sue parti più sensibili. «Be', non vedo l'ora, tesoro. Ho già aspettato troppo a lungo e ora sarai tu a pagare.»

Trattenne il respiro, gli occhi guizzarono in micromovimenti per concentrarsi sul mio viso, che incombeva sul suo.

«Pensi che potrei essere gentile con te adesso, dolce Riya?»

Sapevo di essere uno stronzo, ma non riuscivo a trattenermi. Ero andato troppo oltre con la lussuria, con il bisogno. Se non avessi aggredito presto questa femmina sarei esploso. Le presi i polsi e glieli fermai sopra la testa, ingoiando il suo sussulto. La baciai come se volessi divorarla, labbra, lingua, denti, tutto reclamava e abusava della sua bocca.

Una parte razionale di me stava ancora lottando in superficie. Riya aveva subito abusi troppe volte. Interruppi il bacio, indietreggiando per controllare come stesse la mia piccola umana. I suoi occhi erano vitrei di lussuria, le labbra gonfie. Lei ansimava, fissandomi stordita.

Spinsi i fianchi contro i suoi, il cazzo cercava ciecamente il suo ingresso. «Non hai paura di me, vero, mia piccola femmina?»

Esitò, ma poi scosse la testa.

Dovevo andare oltre. Per essere davvero sicuro. «Tu lo vuoi?»

Questa volta, non ci fu esitazione prima che lei annuisse.

Grazie, *kazo*.

Gemetti e afferrai il cazzo, strofinando la cappella sulla sua fessura succosa. La sua pelle si gonfiò, guidandomi... no, praticamente *risucchiandomi*.

Erano passati secoli dall'ultima volta che avevo avuto una femmina, e non avevamo questa grande esperienza, oltre a qualche rara prostituta intergalattica. Gemetti per l'estasi assoluta di essere dentro di lei. Non sapevo come avessero fatto i miei cugini a resistere senza farla a pezzi.

«Riya» dissi con voce stridula, le mie labbra contro le sue, il busto che la sbatteva contro la parete. L'acqua intorno a noi riempì il tubo, al punto di inghiottire le nostre teste, e non mi interessò, tutto quello che mi interessava era Riya. Dolce Riya. Le coprii la bocca con la mia e spinsi, sollevandola da terra con forza. Alzò le gambe per avvolgermi la vita e io le afferrai il culo per trapanarla. Quasi non notai lo scolo dell'acqua, il leggero spruzzo di olio aromatico che rivestì i nostri corpi. La rese ancora più sfuggente.

«Non durerò a lungo. Ho bisogno di te.» Sbattei in profondità e con forza, facendola scivolare lungo la parete della doccia. «Anche io» - un'altra spinta brutale - «molto.» La voce non assomigliava nemmeno alla mia: era profonda e roca.

Persi completamente la testa. Avrei voluto prendermi cura dei suoi bisogni, assicurarmi che ricevesse piacere, ma ero andato troppo oltre. La colpii come un martello pneumatico come se la mia vita dipendesse da questo. Le mie mani scivolarono sul suo sedere e una delle dita scivolò nella sua fessura.

Tese i muscoli e io gridai.

Stavo venendo come una corazzata a tutta velocità, come la nostra bellissima umana. Premetti sul piccolo anello del suo ano poiché sembrava essere quello che l'aveva fatta eccitare e lei lo strinse ancora più forte, mungendo fino all'ultima goccia di sperma dal mio cazzo.

«Mia bella ragazza» sussurrai contro il suo collo quando riuscii di nuovo a respirare. Le toccai di nuovo l'ano e i suoi muscoli si tesero ancora. «Sono felice che ti piaccia il mio dito lì, perché è lì che ti prenderò la prossima volta.» Sollevai il ginocchio per tenerla inchiodata al muro e accarezzarle entrambe le natiche. «Pensare di importunare questo tuo culetto stretto mi ha fatto impazzire.»

I muscoli si strinsero di nuovo, anche se il suo piagnucolio sembrò un po' spaventato.

«Non preoccuparti, dolce umana. Puoi fidarti del fatto che lo renderemo piacevole per te. Adoriamo ascoltare i tuoi gemiti di piacere. Guardare la tua faccia quando raggiungi il picco.»

Lei abbassò il viso e lo nascose contro la mia spalla e io ridacchiai, abbassando con riluttanza i suoi piedi nel box della doccia e scivolando fuori da lei.

Le sue braccia mi circondavano il collo e non le lasciò cadere, il che mi smosse il cuore nel petto. «Potrai tenermi, vero?»

Dannazione. Aveva sentito la nostra conversazione. «Sì» dissi con fermezza.

«Anche se…»

Quando si fermò, le spostai le braccia così da poterla guardare in faccia. Qualcosa la turbava e avevo bisogno di sapere di cosa si trattasse per poterlo risolvere. «Che cosa?»

«E se non fossi la miglior fattrice per voi? Se non avessi la giusta corrispondenza genetica? E se non rimanessi affatto incinta?»

Avrei voluto che proseguisse con altre domande: per capire cosa la preoccupava, ma i suoi bellissimi occhi dorati si riempirono di lacrime e la mia priorità divenne confortarla.

La strinsi al petto e affondai le dita tra i suoi capelli bagnati, massaggiandole il cuoio capelluto. «Non ci interessa se sei il miglior abbinamento genetico, Riya. Ti abbiamo già scelta. E tu ci hai accettati. Indossi i nostri cristalli, adorabile creatura. Il re non negherà i nostri diritti su di te. Non c'è niente di cui preoccuparsi.»

Il corpo le tremò mentre inspirava, ma quando si allontanò gli occhi erano asciutti. Fece un cenno coraggioso ed uscì dal tubo del lavaggio, che era rimasto aperto.

Le diedi uno schiaffo sul culo, solo perché era irresistibile. «Vai a mangiare il cibo che ti ho portato e presentati in servizio. Ci vediamo questo pomeriggio in piazza per l'annuncio di re Zander.»

«Sì, padrone» mormorò. Era stata una risposta automatica, condizionata in lei da una vita di schiavitù, ma mi arrivò dritta al cazzo. Sapevo che era sbagliato: avrei dovuto dirle che non ero il suo padrone, eravamo i suoi compagni, ma adoravo troppo la risposta sottomessa.

La guardai entrare nuda nella nostra camera e dovetti mordermi le nocche. Il mio cazzo era già di nuovo eretto.

Non ne avrei avuto mai abbastanza della nostra piccola compagna.

~

RIYA

NON RIUSCIVO A TROVARE i miei compagni tra la folla: c'erano troppe persone accalcate nella piazza ed ero arrivato tardi, perché uno degli umani era in condizioni critiche e necessitava di un intervento chirurgico. Il dottor Daneth non era abituato a eseguire interventi chirurgici – a quanto pareva gli zandiani non avevano bisogno di molte cure mediche – quindi era stato un turno stressante con tutti noi pronti ad assisterlo.

Re Zander si rivolse ai suoi sudditi riuniti e alzò le mani, e ogni essere tacque in segno di rispetto per il proprio leader.

Dopo aver condiviso un sorriso speciale e un cenno con la sua compagna Lamira, che teneva in braccio il loro bambino, Zander si schiarì la voce e attivò un amplificatore vocale. Trasferì il suono attraverso la piazza distrutta. «Miei fedeli sudditi e ospiti d'onore.» Stabilì un contatto visivo con ogni zandiano e umano presenti. «Sono orgoglioso di essere davanti a voi in questa rotazione del pianeta per annunciare che siamo pronti a impegnarci nella prossima fase di ripopolamento e rinnovamento di Zandia.»

Si scatenarono applausi e Zander alzò una mano per chiedere silenzio. «Per proteggere il nostro pianeta da una nuova invasione ed essere sicuri di aver sradicato tutte le infestazioni dei finn, dobbiamo colonizzare l'intero pianeta. È un compito arduo considerando i nostri numeri attuali, motivo per cui stiamo implementando un piano di homesteading. I nostri ingegneri li hanno testati e sono soddisfatti dei sistemi DomePod, che ci permetteranno di creare rapidamente e facilmente delle fattorie. Alle squadre verrà assegnata un'area di terreno su cui erigere una cupola.

Ogni cupola sarà confortevole, con tutti i lussi che meritate. Alcune delle terre di Zandia non sono state toccate dai finn e sono ancora incontaminate. Purtroppo, non sono questi gli ambiti che ci preoccupano. Le aree in cui abbiamo più bisogno di interventi sono quelle che hanno subito più attacchi. Sarete responsabili del reimpianto di piante autoctone e di colture alimentari dalla Terra per sostenere la nostra popolazione umana.

Ancora una volta, il re diede un'occhiata speciale alla sua sposa, e mi si strinse il cuore. Forse gli zandiani erano davvero disposti a collaborare con gli umani piuttosto che governarci.

«Ogni gruppo gestirà i raccolti e renderà fertile la terra. Lascerà anche la fattoria per contribuire a creare strade e altre infrastrutture per la nostra popolazione che presto crescerà.»

L'area brulicò di chiacchiere e domande.

Come sceglierai i gruppi? Possiamo scegliere la posi-

zione della nostra cupola? Avremo delle compagne? Trove-
remo altri zandiani per il nostro pianeta?

Zander alzò una mano e la folla immediatamente tacque.

«Avete molte domande valide. Crediamo che ci siano diversi zandiani in tutta la galassia che sono intrappolati, ridotti in schiavitù o incapaci di raggiungerci. Continueremo a cercarli. Tuttavia, sul nostro pianeta, il ripopolamento è fondamentale per la nostra sopravvivenza. Come potete vedere» indicò la piazza, «tra le nostre femmine non accoppiate, non abbiamo zandiane, e ci sono poche femmine umane, rispetto ai tanti maschi zandiani. Questa non è una situazione ideale per far crescere la nostra popolazione.»

Anche se sapevo che questa parte sarebbe arrivata, mi si strinse lo stomaco.

«E quindi» continuò il re, «ho lavorato con i miei consiglieri per sviluppare un nuovo piano. I maschi zandiani interessati possono offrirsi volontari per il progetto della fattoria. Verranno riuniti gruppi composti da due a cinque maschi zandiani e almeno una compagna e a ciascuno verrà assegnata la propria cupola per gestire, proteggere e valorizzare l'area. Coloro che rimarranno per un minimo di cinque cicli solari diventeranno proprietari della terra su cui si sono stabiliti.»

Fece una pausa per enfatizzare. «Utilizzeremo un nuovo programma di corrispondenza del DNA per selezionare le migliori corrispondenze genetiche possibili per una prole sana. La femmina si accoppierà con tutti i suoi maschi e, se lo vorrà, darà alla luce molti piccoli sani nel corso degli anni.»

Le chiacchiere diventarono più forti, tutti gli esseri si guardarono intorno, esclamarono sorpresi e, come nel raduno precedente, osservarono tutte le femmine libere con grande interesse. Anche se mi avevano reclamata, incrociai le braccia al petto e iniziai a respirare rapidamente.

Zander si alzò in piedi e ci fu silenzio. «Lo dirò sia agli zandiani che agli umani. In una società ideale, potreste scegliere voi stessi il vostro compagno, o i vostri compagni, e ad un certo punto in futuro, sono fiducioso che riusciremo a raggiungere lo stesso obiettivo su Zandia. Al momento siete i nostri stimati pionieri, i nostri soldati, i nostri esploratori. Voi siete quelli il cui duro lavoro e sacrificio saranno elencati negli ologrammi della storia che generazioni di bambini zandiani vedranno tra centinaia di anni. Siete i nostri eroi. E il percorso dell'eroe non è sempre facile. Sappiate che io e il futuro di questo pianeta onoriamo il vostro sacrificio.»

Chinò la testa davanti alla folla, come se fosse un momento sacro e significativo, e vidi molti dei presenti chinare la testa all'indietro in risposta. Immaginavo che sarebbe stato sbagliato da parte mia sbuffare o alzare gli occhi al cielo.

«Ringrazio ognuno di voi, zandiani e umani, per aver stipulato questo accordo con me e con il nostro futuro per mantenere in vita Zandia.»

Gli zandiani alzarono i pugni in aria, i gomiti piegati a novanta gradi nel loro tradizionale saluto.

Ma i nervi mi si strinsero nello stomaco. Se re Zander avesse insistito con la corrispondenza genetica, avrebbe scoperto che ero sterile. Allora gli zandiani avrebbero potuto non vedere più alcuna utilità in me.

E anche se avessero avuto un'altra utilità, non potevo negare la fitta di dolore che il pensiero mi provocò. Non volevo lasciare i miei compagni. Non ero pronta a rinunciare al piacere e all'attenzione che mi avevano già dedicato.

«Se una femmina umana non approva i suoi compagni, può chiedere un cambiamento. Anche gli zandiani possono richiedere un cambiamento se la loro umana non è compatibile. Tuttavia, a questo punto del nostro piano di ripopolamento c'è poco margine di scelta. Le umane devono essere sostenute dagli zandiani per garantire che la nostra cultura e le nostre regole continuino a essere dominanti sul nostro pianeta. Perché non ho dubbi che sempre più esseri umani troveranno il loro posto qui come rifugiati o come soggetti scelti per la riproduzione.»

Ancora una volta, lanciai un'occhiata alla sua sposa. Era risaputo che aveva acquistato Lamira per la riproduzione in base al test di corrispondenza genetica che voleva eseguire su tutti noi adesso.

«E continueremo a fornire agli esseri umani un posto sicuro nella galassia solo se accetteranno di integrarsi nella nostra società. Se seguiranno le nostre regole.» La sua voce suonava compassionevole ma ferma. «Umane, vi siete guadagnate la libertà con il vostro aiuto durante la guerra, ma qui la libertà comporta obblighi e aspettative per aiutare a ricostruire il nostro pianeta. Accettando questo ruolo, contribuirete a salvare la nostra razza, e la vostra, dall'estinzione, e sono onorato della vostra partecipazione. Se sceglierete di non unirvi a noi in questa impresa, vi troveremo la migliore posizione possibile su un altro pianeta.»

Adesso quasi sbuffai. Ogni persona nella folla sapeva cosa significava: tornare in una fabbrica o in una fattoria come schiava, lavorare come schiava sessuale o essere un animale domestico personale, tutte cose piene di più pericoli e orrori di quanto chiunque fosse disposto a rischiare. E considerando che quasi tutti i non-zandiani erano stati condannati a morte e salvati dalla capsula della morte di Ocrezia, andarsene avrebbe significato morte certa.

«Umane: accetterete i vostri compagni e lavorerete con loro per rendere la vostra cupola una parte fiorente e di successo di Zandia. Zandiani: tratterete la vostra femmina con il massimo rispetto e onore. Ci fornirà la ricompensa finale: il nostro futuro. Potreste consultare il dottor Daneth per una formazione sulle migliori pratiche di allevamento e disciplina. Soprattutto, la terrete al sicuro.»

Mi si agitò la pancia alla parola *disciplina*. Avevo sperimentato un po' della loro forma di disciplina durante la passata rotazione del pianeta, ma ero sicura che i miei compagni avrebbero potuto essere molto più... *d'impatto* se avessero voluto. Immaginavo che fosse questo il motivo per cui Ronan era tornato dal laboratorio del medico con la scatola di dispositivi sessuali e strumenti di tortura. La mia vista andò in tilt per un attimo prima di riuscire a fare un respiro profondo.

Lily apparve accanto a me e si avvicinò. «Stai bene?» sussurrò.

«Sto bene.» *Finché non mi faranno il test genetico.* Non potevo essere mandata via; Dovevo trovare un modo di farlo funzionare.

«Sei preoccupata per la disciplina? Non è come con gli shock stick dell'agrifarm. È...» arrossì, abbassando la voce fino a che non fu quasi un sussurro, «intima e sessuale.»

Oh, lo sapevo bene. Mi si agitò di nuovo la pancia, aumentò l'umidità tra le mie gambe. Mi si surriscaldò il viso. Scossi la testa.

Lily pensava ancora che io fossi preoccupata per la parte della disciplina. Lei inclinò la testa. «Oh, sono dominanti: dovrai seguire le loro regole o subirne le conseguenze, ma a volte ne vale la pena.» Sorrise.

«Beh, tu hai solo un guerriero dominante che ti dà degli ordini. Io ne avrò tre.»

Le si allargò il sorriso. «Tre guerrieri che ti daranno piacere contemporaneamente.»

Non potei fare a meno di sorridere vedendola alzare le

sopracciglia. «Sembra quasi che sia tu a volere tre compagni. E se lo dicessi a Rok?»

«Oh, Madre Terra, mi legherebbe alla piattaforma per dormire e userebbe il cinturone sul mio culo se gli dicessi che voglio più compagni!» Alzò gli occhi al cielo alla mia risatina scioccata. «Questa è la parte del piano di riqualificazione che temo fallirà. I guerrieri zandiani sono possessivi. È difficile immaginare come impareranno a condividere una femmina. Ma suppongo che se Zander lo ordinerà, loro lo faranno. Sono assolutamente sudditi leali.»

Pensai ai miei tre compagni. Non sembravano essere in competizione tra loro. Ma erano cugini. Forse erano abituati a condividere. Era un altro punto a loro favore, anche se non li stavo contando.

«Pensaci, avrai tre guerrieri totalmente devoti a te. Tre, e si prenderanno cura di te.»

Prima d'ora, non avevo mai avuto nessuno che si prendesse cura di me. Ma aveva ragione. I tre maschi si erano presi cura di me, anche se avevo avuto poca voce in capitolo su come erano andate le cose. Giusto per amor di discussione, feci l'avvocato del diavolo. «Tre guerrieri come padroni.»

«Non sei più una schiava» mi esortò Lily. «Insomma, *non proprio*. È diverso: avrai qualche scelta. Hai sentito cosa ha detto il re. Se non riescono a farlo funzionare, puoi presentare una petizione per avere dei nuovi compagni. Vedrai.» I suoi occhi, quando incontrano i miei, espressero empatia e qualcos'altro: fiducia.

Se solo avesse saputo che condividevo la sua fiducia nei confronti dei miei compagni. Era l'incertezza di essere in grado di *mantenerli* come miei compagni che mi spaventava a morte.

Li cercai tra la folla. Li stavo cercando da quando ero arrivata, e ora li vidi, farsi strada a gomitate verso la prima fila. Ronan mi guardò dritto negli occhi e mi fece un sorriso smagliante. Mi rilassai di botto, come se tutto andasse bene. Ma quando il suo sorriso divenne malizioso, il rilassamento si trasformò in eccitazione.

Com'era possibile che questi maschi avessero già addestrato il mio corpo a rispondere alla loro vista? Stamattina, nel tubo del lavaggio, pensavo che avrei dovuto avere paura di Jax, per il modo in cui si era rivolto a me con così tanta aggressività. Ma invece la sua passione mi aveva fatta sentire potente. Sapere che non poteva trattenersi, che era troppo eccitato per stare con me... aveva risvegliato parti di me che non sapevo esistessero.

Distolsi velocemente lo sguardo. Non sapevo se qualcuno di quei maschi sarebbe stato in grado di trattenermi, e non volevo che tutti qui vedessero il mio cuore manifestarsi nei miei occhi. Tuttavia, non riuscii a trattenermi dal lanciare un'altra occhiata nella loro direzione. Questa volta Tarren mi guardò e si accigliò, ma riuscii ancora a vedere l'interesse maschile nei suoi occhi. Era preoccupato.

La mia paura crebbe ancora di più.

Re Zander stava rispondendo alle domande, ma fece un gesto impaziente con la mano e la folla tacque di nuovo. «Gli zandiani disposti a offrirsi volontari, si facciano avanti per essere contati.»

Ci fu un grande rimescolamento di corpi ed esseri. Gli umani si spostarono dal lato dove mi trovavo io, i maschi zandiani si mossero verso la pedana improvvisata dove si trovava Zander.

I miei compagni furono tra i primi a farsi avanti. Il Maestro Seke gli parlò, ma senza l'amplificatore non riuscii a sentire quello che stava dicendo.

Lily mormorò: «Ho sentito che per i primi gruppi che si offriranno volontari, re Zander rinuncerà al test del DNA e lascerà che richiedano una scelta, per rendere il tutto più attraente.» Allungò la mano per toccarmi il lobo dell'orecchio appena forato. «Quindi questo significa che è tutto a posto.»

Cercai di controllare il mio viso per evitare che mostrasse l'estremo sollievo che provavo.

A giudicare dagli sguardi di tutti gli zandiani, rendere l'accoppiamento più attraente non era affatto necessario. Sembravano praticamente pronti a iniziare immediatamente il processo di accoppiamento, anche prima di qualsiasi selezione di cupole o incarichi, a giudicare dagli sguardi affamati sui loro volti.

«Dove saranno le cupole?» Scrutai in lontananza, ma non si vedevano altro che detriti, fino all'orizzonte.

«Non ne sono sicura, ma penso che alcune siano lontane dalla capitale» mi spiegò, «nelle zone del pianeta che sono state minate.»

Provai un pizzico di ansia. E se le cose fossero andate male con i miei compagni e non avessi avuto amici intorno a consolarmi? Nessun altro essere umano?

Ma poi colsi lo sguardo pensieroso di Jax. Mi stava fissando dall'altra parte della piazza come se stesse decifrando ogni piccola emozione che rimbalzava dentro di me. Come se volesse alleviare ogni preoccupazione.

«Ho sentito da Thalia che ci sono posti sul pianeta che sono ancora rigogliosi e belli, con i cristalli naturali non estratti.»

Ricordai che Thalia era una delle poche femmine zandiane. Era stata rapita dai finn e tenuta qui prima che Tomis, il suo guerriero, la salvasse.

«Peccato che non verremo mandati lì.» Cercai di immaginare cristalli scintillanti, pareti e caverne, cristalli luccicanti in mezzo a piante verdi. Non mi mancavano gli schiavi nell'agrifarm, ma mi mancava lavorare con le piante e l'odore della vita verdeggiante. Mi prudevano le dita dal desiderio di toccare di nuovo le morbide foglie. Incrociai le braccia sul petto mentre una brezza calda mi colpiva da tutti i lati. Spostai lo sguardo sulla mia amica. «Anche tu e Rok avrete una fattoria?»

Lei alzò le spalle. «Non lo so. Penso che lui lo voglia. Dovremo vedere se re Zander lo permetterà. So però che non tollererà che io venga accoppiata con altri maschi.»

Quasi risi ad alta voce al pensiero. Il suo maschio era dominante e possessivo come non mai. Probabilmente ci volevano dei maschi che avevano già stretto un legame o che facevano parte della famiglia, come i miei, per far funzionare tutto questo.

«Alla fine, le squadre ricostruiranno anche le città.» La sua voce perse un po' di brillantezza mentre si univa a me nella ricerca dell'orizzonte. «Anche se sembra un compito colossale.» Sospirò. Poi la sua voce si schiarì. «Ma pensa a quanto sarà emozionante, Riya. Abbiamo un pianeta adesso. È nostro.» La sua voce era piena di orgoglio.

Lily era quella che aveva venduto l'idea di libertà agli umani sulla capsula della morte. Era a bordo anche lei e il suo compagno Rok l'aveva abbattuta con l'aiuto di re Zander. Ero convinta che fosse stata probabilmente lei a proporre anche l'idea a Rok e Zander di coinvolgere gli umani nello sforzo bellico zandiano. Altrimenti ora saremmo tutti morti. Ero grata per la sua influenza. Tuttavia, pensavo che fosse eccessivamente idealista o ottimista a dire che questo pianeta era *nostro*.

«È di Zandia,» la corressi, mordendomi il labbro.

«No.» Il suo tono era feroce. Era una guerriera tanto quanto il suo compagno quando voleva esserlo. La fissai. «Riya, l'hai sentito. È nostro. Di tutti noi. Zandiani e umani insieme. Il nostro DNA condiviso mescolerà e ricostruirà questo mondo trasformandolo in qualcosa di potente e forte, più forte di quanto non sarebbero le nostre specie da sole. Sono loro al comando, sì, ma il nostro DNA è metà della storia. È anche nostro. E io, per esempio, ne sono grata.»

Speravo con tutta me stessa che avesse ragione. Anche se il mio DNA non avrebbe dato alcun contributo personale.

«Mio nipote ne è la prova, Riya.» Si riferiva al piccolo principe Zander. La sua voce, ora più morbida, era ancora ferma. «Lui rappresenta il futuro di tutti noi, anche il tuo. Presto avrai un figlio tuo, più di uno, e saprai quanto è meraviglioso sapere che stai fornendo la vita. Non solo per la rotazione di questo pianeta, per mille eoni, se lo vorranno le stelle.»

Mi si gonfiò il cuore di emozioni mai provate. Da schiava mi era stato insegnato che ero inferiore, inutile, stupida. Buona a nient'altro che a fare da fattrice per dare vita ad altri schiavi. Che la mia razza umana era stata annientata perché debole, e io avevo avuto la fortuna di vivere come lavoratore. Che il futuro non era mio e che esistevo solo per servire le razze superiori nel loro cammino verso il dominio della galassia. L'idea che io, il mio DNA, fosse utile e perfino potente? Era una strana, nuova idea e mi spaventava.

Ma non potevo partecipare nel modo che serviva. Alla fine mi avrebbero ritenuta inutile per il futuro. Avrei dovuto rivelare la verità adesso. Almeno a Lily.

Diavolo, avrebbe potuto non essere in grado di avere figli nemmeno lei. Era stata una schiava del sesso prima che Rok la salvasse. Avrebbe potuto essere stata alterata per non concepire.

Ma poi vidi i miei maschi che mi guardavano con... oh stelle... era orgoglio? E non riuscii a pronunciare quelle parole ad alta voce. Non riuscivo a considerare l'alternativa all'essere loro compagna. Forse avrei potuto comunque presentare una richiesta per restare a Zandia, dedicarmi a fare l'aiutante in una cupola, anche se non ero una compagna utile, ma il pensiero mi fece sentire morta dentro.

Inoltre, non sapevo nemmeno se gli zandiani avrebbero valutato che valesse la pena consumare il cibo e l'aria, o se, magari, mi avrebbero mandata semplicemente via. Non potevo rischiare.

~

TARREN

ERAVAMO in fila davanti a Zander per presentare una petizione per la nostra fattoria e avevo perso di vista Riya. Serrai i pugni lungo i fianchi. Ronan mi lanciò un'occhiata curiosa. Sapevo che stavo irradiando aggressività, ma non potevo farne a meno.

C'era troppo in gioco in questo momento. Se Zander avesse insistito per fare il test del DNA a Riya e l'avesse abbinata ad un altro gruppo, avrei ucciso tutti i membri di quel gruppo a mani nude. Nessun essere si sarebbe messo tra noi e la nostra compagna.

Anche se questo avesse significato sfidare il mio re.

Kazo.

Sarei riuscito a farlo? Non ne ero sicuro. Dovevo tutto a re Zander. La sua forza d'animo e determinazione erano il motivo per cui avevamo riconquistato il nostro pianeta e ottenuto l'opportunità di tornare a casa.

Tuttavia, il bisogno di avere Riya al mio fianco eclissava tutto il resto.

Facemmo un passo avanti. Re Zander si era seduto per ascoltare una per una le petizioni dei suoi sudditi.

Jax si fece avanti per primo e fui grato per la lingua argentina di mio cugino. Per la sua capacità di appianare ogni situazione. «Re Zander, io e i miei cugini abbiamo reclamato e trafitto la nostra compagna. Siamo pronti per la tua assegnazione a una fattoria.» Lo disse con assoluta sicurezza, anche se sapevo che era preoccupato quanto tutti noi. Era questo il suo dono: presentare le cose in un modo che irretiva tutti.

Zander annuì. «Chi è la vostra compagna?»

Jax si schiarì la voce. «Il suo nome è Riya.»

Zander attivò il suo amplificatore vocale. «Riya.»

Scrutai la folla di umani, cercandola. Emerse, pallida e tirata. Strinsi i pugni più forte. Volevo combattere per lei. Uccidere chiunque l'avesse mai spaventata, ma non potevo ancora consolarla. Non finché non avessimo vinto questa battaglia per il nostro futuro.

«Vieni avanti» ordinò Zander, e lei si mosse come se si spostasse nel fango. Ogni suo passo sembrò durare un'eternità. No, doveva essere la mia percezione: volevo farla finita più velocemente possibile.

Si girò per guardare oltre la sua spalla verso l'altra umana, Lily, che le fece un gesto umano che non capii. Il pollice di una mano era sollevato in aria.

Riya mi guardò e si toccò il lobo dell'orecchio, come per controllare se la prova della nostra affermazione fosse ancora lì. I cristalli brillarono alla luce, trasmettendomi un'ondata di orgoglio possessivo. Alzai il petto.

Nostra.

Era nostra come nessun'altra avrebbe mai potuto esserlo.

E nessun altro ce l'avrebbe mai portata via.

Quando si avvicinò al re, la fiancheggiamo, Ronan e Jax su entrambi i lati, io dietro.

Re Zander ci guardò tutti con quel suo modo pensieroso. «Riya.»

Lei fece un inchino. «Mio Signore.» La voce le tremava un po'. Probabilmente era la prima volta che incontrava il re, il che non faceva altro che aggravare il suo stress.

«Ti sei accoppiata volontariamente con questi tre maschi?»

Sembrò sorpresa quanto noi dalla domanda, ma annuì senza esitazione. «Sì, mio Signore.»

Il re guardò nuovamente ciascuno di noi. «E voi siete tutti disposti a servire Zandia attraverso questo progetto di ripopolamento? Giurate di difendere la terra, di fornire il vostro lavoro per la ricostruzione e il rinverdimento e di rimanerci per almeno cinque solari, quando la terra diventerà vostra?»

«Sì, mio signore» rispose Jax. Ronan e io ci inchinammo in accordo.

Si girò verso il guerriero accanto a lui. «Abbiamo i dati da schiava di Riya?»

Riya si irrigidì. Non fui l'unico a notarlo. Jax le lanciò un'occhiata speculativa. Ronan le prese la mano e la strinse.

L'assistente di Zander scosse la testa. «Non ce li ho qui, mio signore. Posso localizzarli e inviarli al tuo bracciale dati.»

Zander agitò la mano in modo sprezzante. «Mandali ai suoi compagni quando li trovi.» Si rivolse a Riya. «A quale scopo servivi per gli ocreziani?»

Deglutì rumorosamente. «Ho lavorato in un'azienda agricola, mio signore.»

L'espressione di Zander si illuminò. «Sarà utile alla tua squadra. Le tue abilità saranno molto richieste sul sito della Miniera Egantian. E per cosa sei stata condannata a morte?»

Riya si alzò in piedi. Il suo viso era diventato pallido. «Ho ucciso una guardia, mio signore.» La voce le si incrinò.

Strinsi i pugni così forte da far scoppiare le nocche.

Sapevo, senza ombra di dubbio, che se Riya aveva ucciso qualcuno era stato perché l'avevano costretta a farlo. Anche re Zander sembrava saperlo, perché non mostrò shock o disapprovazione. «Per legittima difesa?»

«Sì, mio Signore.» Mosse a malapena le labbra.

Alzò il pugno nel nostro tradizionale saluto. «Partite immediatamente. Sarete aggiornati durante il volo. Sapete già come costruire la cupola. Seguiranno ulteriori istruzioni e indicazioni. È già pronto un mezzo di trasporto con tutti i vostri materiali e le attrezzature. Vi prego accettate la mia gratitudine per aver contribuito a ricostruire Zandia.»

Immediatamente. Sospettavo che fossimo tutti sorpresi, ma non mi dispiacque l'idea. Prima ci sistemavamo con la nostra compagna nella fattoria, meglio era. Volevo che tutto fosse sistemato e sicuro.

Io e i miei cugini ricambiammo il saluto e Riya fece un inchino, anche se sospettavo che Ronan la stesse sorreggendo perché le ginocchia sembravano traballarle.

Mentre ci allontanavamo, tutto il mio corpo si riempì di esultanza. Sì. Avevamo chiesto di lei e, per le stelle, era qui. Un sorriso insolito mi allargò il viso, pizzicandomi la ferita che stava guarendo. Presumevo che anche Ronan stesse sfoggiando il suo sorriso sciocco, ma avevo occhi solo per Riya.

Sembrava terrorizzata e sollevata allo stesso tempo. Bene, era comprensibile. Questo era qualcosa di completamente nuovo per tutti noi. Sebbene il nostro accoppiamento fosse stato fenomenale, creare un legame permanente era una cosa che avremmo imparato a fare tutti insieme.

Quando raggiungemmo l'esterno del raduno, ci fermammo e tesi una mano a Riya. Lei però non la accettò. Si morse il labbro. «Quindi, cosa facciamo ora?» La sua voce era bassa e, nonostante l'evidente gioia che le era apparsa sul viso quando Zander ci aveva ringraziati, sembrava spaventata.

Ronan sollevò le loro mani intrecciate e ne baciò il dorso. «Bene, suggerisco di accoppiarci tutti e quattro proprio qui davanti a tutti, solo per dimostrare che siamo una squadra. Questo genere di cose attira sempre un sacco di gente.»

Aprì le labbra e abbassò le sopracciglia, come se non fosse sicura che fosse serio. Ronan rise. «Ti sto prendendo in giro, Riya. Sto cercando di farti sorridere.»

«Idiota» sbottai, cercando di non dargli un pugno sulla mascella. La sua battuta era tanto stupida quanto inappropriata. La nostra compagna era spaventata e aveva bisogno di essere rassicurata. «Riya...»

Ma poi ridacchiò, il sollievo sul suo viso era evidente. «Molto divertente.»

Mi voltai. «Andiamo» sbottai. Una parte di me era grata che Ronan, che era sempre quello spensierato, avesse fatto sorridere la nostra compagna nel mezzo del suo disagio. Non volevo essere geloso, semplicemente perché non era un'emozione utile. Ma una parte di me ribolliva mentre lei continuava a stringergli la mano più forte quando entrammo nel mezzo di trasporto.

«Hai preparato le tue cose? Le nostre sono pronte a partire, comprese le provviste per la fattoria.» Jax le toccò il braccio e lei annuì, deglutendo a fatica.

«Le poche cose che ho» rispose con un breve cenno del capo, guardando fuori dal finestrino, prima di tornare a guardarci. «Non mi porto dietro un grande inventario... di cose. Solo qualche vestito.»

Ronan le regalò quel suo sorriso, quello che scioglieva i cuori di tutta la galassia. «Tutto quello che ci interessa sei tu» disse, onestamente. «Produrremo ciò di cui abbiamo bisogno nella nostra fattoria. Insieme.»

Si attorcigliò una ciocca di capelli scuri attorno a un dito, ancora nervosa. «Suppongo che sia così.»

Volevo rassicurarla, ma *kazo,* non avevo idea di come sarebbe stata la gestione della fattoria. Tutto quello che sapevo era quanto ero orgoglioso che fosse la nostra compagna.

CAPITOLO QUATTRO

Tarren

Adesso che eravamo tutti seduti uno vicino all'altro, respirai il suo profumo: meraviglioso. Una sorta di aroma leggero, floreale, qualcosa che avrebbe potuto luccicare se fosse stato un colore. E sotto, qualcosa di muschiato, piacevole e... eccitato? Mi avvicinai un po' per vedere se avevo ragione. *Kazo*, era eccitata. Trattenni l'impulso di afferrarla e prenderla proprio lì. Per prima cosa dovevamo raggiungere la nostra fattoria.

«Ti è stato detto qualcosa sul pianeta?» Ero curioso di vedere che tipo di informazioni le fossero state fornite; quanto sarebbe stata utile fin dall'inizio.

Lei sbatté le palpebre e i suoi occhi, così grandi e belli, me lo fecero diventare duro. «Quando eravamo sulla capsula di addestramento, abbiamo tenuto alcuni incontri insieme per conoscere la storia, la biologia e l'agricoltura zandiana. Le risorse naturali. Ma niente riguardo a quello che avremmo fatto qui. O cosa si sarebbero aspettati da noi. Il colore le tinse le guance.

Stava pensando a cosa ci aspettassimo noi da lei...

sessualmente?

Perché io ci stavo pensando di certo.

Trattenni un sorriso trionfante. Questa piccola femmina poteva anche essere nervosa e avere un passato traumatico, ma ci voleva ancora. Questo potevo dirlo.

«E quali sono le tue aspettative su quale sarà il tuo ruolo?»

«Beh, per me...» prese fiato. «Immagino che mi preparerò i pasti visto che voi tre non mangiate molto. Manterrò la nostra abitazione in ordine e assisterò tutti e tre con i compiti appropriati per ri-vegetare la terra. Creerò e curerò il nostro giardino e sarò la custode di tutti gli animali. Avremo animali domestici?»

La guardai sorpreso. «Per che cosa?»

Lei arrossì. «Mangiare. Nell'agrifarm tenevamo molti animali che fornivano prodotti alimentari.»

Annuii. «Sembra un'idea meravigliosa. Vedrò se riusciamo a catturare qualche bestia da addomesticare.»

Spalancò gli occhi. «Bene» balbettò. «Non-non so se so come addomesticare gli animali che non sono nati in allevamento, ma» deglutì e annuì. «Sono sicura che troveremo una soluzione.»

Dannazione, la nostra compagna era coraggiosa.

«Personalmente ho intenzione di coltivare la mia conoscenza delle erbe e dei prodotti botanici locali e importati per contribuire a creare nuove medicine per gli esseri umani e gli zandiani. E ovviamente... i piccoli. Se, ehm, quando avremo dei piccoli, mi prenderò cura di loro.» Evitò di incrociare il mio sguardo e notai che aveva stretto i pugni.

Mi chiesi se avesse paura del processo del parto. Avevo visto un ologramma... e cavolo, sembrava cruento, ma con il dottor Daneth e le donne che ne sapevano molto, ero sicuro che tutto sarebbe stato il più sicuro possibile.

Le si illuminò il viso. «So molte cose sulle piante e la propagazione botanica. Sono fiduciosa di poter realizzare il miglior giardino che abbiate mai visto ed elaborare piani di miglioramento del paesaggio che potremo condividere con tutte le squadre.» La sua voce era fervente e mi provocò qualcosa di strano nelle viscere. Si stavano risistemando per fare spazio al calore nel mio petto.

Jax le toccò il braccio. La sua voce era bassa e calma, come sempre. «Sarà una novità per tutti noi. Lo scopriremo insieme.» Le sorrise.

I muscoli del suo viso si ammorbidirono. «Sì. Grazie.»

Guardai fuori dal finestrino mentre appariva la fattoria che ci era stata assegnata.

Era... del tutto brulla. Avremmo dovuto erigere la nostra cupola su un mucchio di detriti minerari e massi rotti.

«È quella...?» chiese Riya. Mi sembrava che il petto avesse ceduto. Come potevamo rendere felice la nostra compagna in questo posto desolato e brutto?

E cosa era successo al pianeta della mia giovinezza? Mi fece venire voglia di fare di nuovo a pezzi i finn. Avevano rovinato il nostro bellissimo pianeta.

Ronan imprecò. «È troppo tardi per richiedere un incarico nella capitale?»

Anche Jax sembrava essersi smontato.

«Bene» disse Riya, e fui scioccato nel vederla sorridere. «Intendiamo migliorarla, giusto? Quindi non possiamo vederla per quello che è adesso. Immaginate invece cosa possiamo farne.»

«Che cosa?» chiese Ronan dubbioso.

Sorrise. «Tutto quello che vogliamo.»

Il cuore mi batteva nel petto. La nostra dolce femmina era così coraggiosa. Così forte e volenterosa. Naturalmente era probabile che avesse vissuto in condizioni peggiori di questa.

Gli ocreziani avevano violentato il suo pianeta natale, la Terra, privandolo delle sue risorse fino a renderlo inabitabile. Avevano estratto e prodotto eccessivamente su ogni pianeta che avevano invaso. Probabilmente la sua fattoria agricola non sembrava un granché.

La navicella atterrò e io insistetti per prenderla in braccio, soprattutto perché avevo bisogno di toccarla. Per ringraziarla del suo ottimismo.

Il guerriero che ci aveva portati ci aiutò a scaricare le provviste e se ne andò, lasciandoci lì senza la possibilità di allontanarci dalla nostra nuova fattoria.

Era meglio sperare nella stella zandiana di riuscire a capire come costruire una fattoria qui, perché non avevamo nessun altro posto dove andare.

Guardai il cielo. Il sole zandiano sarebbe tramontato in poche ore e dovevamo costruire la cupola prima che calasse la notte, altrimenti la nostra compagna avrebbe dormito in una tenda, cosa che non ero disposto a chiederle di fare.

«Mettiamoci al lavoro» mormorai. «Riya, resta qui mentre costruiamo la cupola.»

JAX E RONAN si affiancarono a me mentre univamo le travi e incastravamo i materiali high-tech per costruire la nostra cupola. Riya osservava, rendendosi utile consegnandoci parti o strumenti.

Non sapevo cosa provassero Jax e Ronan, ma sapere che ci guardava mi rendeva difficile concentrarmi. Soprattutto il modo in cui guardava da sotto quelle lunghe ciglia il mio petto e le mie braccia, come se fosse affascinata dai miei muscoli.

Finimmo poco prima del tramonto. La cupola argentea brillava in contrasto con il cielo. L'interno era stato progettato in modo che fosse possibile controllare umidità e temperatura. L'esterno era resistente, poteva proteggere da tempeste, bestie selvagge e qualsiasi altra minaccia.

Era impostata per sfruttare il sole e il vento per la produzione di energia, ma non avremmo avuto acqua finché non avessimo attinto al pozzo nella prossima rotazione del pianeta. Per ora, ne avevamo abbastanza nel serbatoio per andare avanti.

«Entra e guardati intorno.» Ero orgoglioso di mostrarle la cupola. La nostra casa, che era completa solo con lei. Era magnifica.

∼

RIYA

AVEVO VISTO le cupole che stavano costruendo nella capitale, ma vedere i maschi, i miei compagni, montare la nostra in modo così efficiente era stata una cosa da mozzare il fiato. La struttura in sé era vasta, la parte superiore attraversata da travi d'argento e punteggiata di vetro. L'area fuori dalla cupola era accidentata, questo era certo, ma avevo visto un ruscello nelle vicinanze quando eravamo atterrati, quindi ero fiduciosa di poter far crescere qualcosa nei dintorni. Avrebbe avuto un aspetto completamente diverso tra qualche ciclo solare una volta che la vegetazione fosse ricresciuta.

L'interno era lussuoso, almeno rispetto a quello a cui ero abituata. C'era una dispensa per la conservazione e la preparazione del cibo e una zona pranzo con tavolo e sedie. Un deposito per vestiti, strumenti e armi. Un bagno dotato di un tubo di lavaggio automatizzato come quello della sontuosa navicella. Uno spazio comune per il relax, con poltrone e tavolini. E... la camera da letto. Come la camera dei miei compagni nella sontuosa navicella, c'era una grande piattaforma fluttuante composta da tre più piccole. C'erano delle sedute più piccole lungo il muro, forse per rilassarsi. La piattaforma fluttuante era dotata di tessuti morbidi e di un baldacchino fluido.

«Non avrei mai sognato di avere una casa tutta mia» ammisi ai miei compagni, che mi seguivano attraverso la cupola, osservando ogni mia reazione mentre immaginavo tutto. «Come schiava dell'agrifarm, ho dormito sul pavimento in una tenda con gli altri schiavi. Non ci era concessa la privacy o il diritto di possedere nulla.» Toccai il tessuto finemente intrecciato sulla piattaforma.

Ma mi stavo rammollendo. Non avrei dovuto abituarmi a questo. Non potevo. Avrebbe potuto non essere mio per molto. Ero così stupida da pensare che sarei rimasta qui per cinque anni finché non fosse diventata nostra? I miei compagni avrebbero capito presto che non ero una fattrice e avrebbero fatto una petizione per averne una nuova.

«Tutto qui è tuo, ora, Riya.» La voce di Tarren era seria.

Mi vennero le lacrime agli occhi alla sua dichiarazione e un'espressione allarmata balenò sul volto di Tarren. Dovevo ricordare che gli zandiani non capivano le emozioni umane. Almeno questo era quello che avevo sentito dire. Erano tanto disorientati dalla complessità delle nostre emozioni che influenzati da esse, diventando loro stessi più emotivi quando si legavano a noi.

«Mi dispiace.» Mi asciugai rapidamente le guance.

Tarren si voltò, ma ero convinta di aver visto qualcosa lampeggiare nei suoi occhi. Era così guardingo e sentii il bisogno di abbattere le sue difese e scoprire com'era dentro, quando non mostrava il suo aspetto rude.

Dopo aver visitato la nostra nuova casa, tornai fuori, dove

le casse dell'attrezzatura stavano sotto il sole al tramonto. I guerrieri mi seguirono, come se ogni mia reazione li affascinasse. «Cosa c'è qui?»

«Immagino che fosse tutto ciò di cui pensavano avessimo bisogno per la nostra fattoria. Dovremmo dare un'occhiata?» chiese Jax. Aprì il coperchio di una cassa e sbirciò dentro.

«Ecco la tua scorta di semi» gridò Tarren con la sua voce burbera, aprendo diversi coperchi di scatole argentate. «E gli attrezzi.»

Mi si bloccò il fiato e mi chinai con impazienza per aprire le serrature a tenuta d'aria della prima scatola. Durante il mio ologramma di formazione sul mezzo di trasporto, avevo ricevuto una panoramica di quali semi avremmo ricevuto, cosa doveva essere piantato di sicuro e cosa era facoltativo, in base alle esigenze e ai desideri del nostro gruppo. Ci era stato detto che avremmo ricevuto aiuto se ne avessimo avuto bisogno, ma con la mia formazione ero fiduciosa.

«Grano» esclamai al primo pacchetto. «Carote, pomodori, fagioli, cipolle.» Esaminai pacchetto dopo pacchetto. «Fragole, patate, spinaci, bietole.» C'erano anche scatole di erbe, vitamine e fertilizzanti.

«Deve valere una fortuna.» La mia voce era piena di stupore. «Come ha fatto re Zander a procurarseli?» Indicai le ricchezze di fronte a me. I cibi della Terra erano ancora apprezzati, anche se la Terra era scomparsa da tempo. La sua eredità, a parte gli schiavi umani, erano i nostri prodotti alimentari di qualità superiore.

«Re Zander acquista semi di cimelio da quando si è accoppiato con la sua umana», mi disse Jax.» Ricordai tutte le rigogliose piante produttrici di cibo che avevo visto nella sontuosa navicella. Ronan mi aveva detto che era stata Lamira a piantarli. In passato era stata una schiava dell'agrifarm come me. «I nostri cristalli sono molto apprezzati e siamo in grado di ottenere grandi quantità di cose in cambio anche di modeste quantità.» Tese un pugno. «Un cristallo che poteva stare nella mia mano probabilmente ha fornito i semi e pagato i materiali per tutte le cupole.»

«Alcune di queste cose non le ho mai assaggiate» ammisi.

«No?» Tarren sembrò sorpreso. «Perché no?»

Alzai le spalle. «Anche se eravamo responsabili della sua coltivazione, gli schiavi venivano severamente puniti se mangiavano anche solo un boccone del cibo coltivato per Ocrezia.»

Mi si strinse lo stomaco ricordando la mia vita prima che gli zandiani ci salvassero. Grazie alle stelle ora era tutto diverso. Questi semi, queste piante potenziali, sarebbero state mie. Avrei potuto assaggiarle. Provai una tale gioia all'idea, che saltai in piedi e abbracciai Tarren. Il suo corpo si irrigidì ma mi abbracciò, un secondo dopo.

Ronan si accigliò. «Riya, da ora in poi mangerai quello che vuoi. In effetti, il mio obiettivo personale sarà quello di nutrirti con ognuno di questi alimenti ad ogni rotazione del pianeta, finché non mi implorerai di fermarmi.» Guardò un pacchetto. «Questo. Il mais. Se lo desideri, avrai mais tre volte per ogni rotazione del pianeta. Anche sette volte.» Rise.

Ridacchiai e gli strappai il pacchetto dalle mani. «Penso che una volta alla settimana per il mais sia sufficiente.» Gli zandiani non capivano il cibo umano. Per loro era strano quanto lo era per me il loro sostentamento tramite i cristalli. «Ma ho intenzione di estrarre il succo dai chicchi di mais e sperimentare: trasformarlo in un combustibile oleoso. Penso che potrebbe essere utile, anche se non sono ancora sicura di come fare.» Tante idee mi turbinavano nella mente.

Ronan inclinò la testa. «Carburante da questo?» Guardò la foto, c'era della sorpresa nella sua espressione. «Sembra impossibile. Ma mi fido di te. Presto avremo la migliore fattoria del pianeta e dirò agli esseri che la nostra compagna fa miracoli.»

Il vasto spazio aperto mi riempiva di una gioia vertiginosa. «Tutto questo è incredibile.» Mi girai. «Penso che il grano dovrebbe andare in quel campo, lì, per sfruttare il sole. E lì le fragole, ma sotto i piselli e i fagioli, perché andranno bene come arbusti macinati. Penso che i pomodori e le bietole dovrebbero andare...» Mi interruppi. «A meno che voi non li vogliate altrove?» Esitai.

Il volto di Jax si riempì di sorpresa. «Deciderai tu cosa piantare, e dove.» Indicò la terra. «E noi la areremo per te e faremo il lavoro necessario.»

Ero sorpresa. «Deciderò io?»

«Come altro potremo sapere dove piantarli?» Mi guardò. «Confidiamo nel tuo giudizio. Ne sai più di noi.»

«Ma pensavo che mi aveste dato degli ordini.»

Arricciò la bocca in una smorfia. «Sono sicuro che ti darò un sacco di ordini, ma la maggior parte di essi sarà nella nostra camera, piccola umana. Non sei più una schiava, Riya. Sei la nostra compagna.»

Ronan si avvicinò e mi avvolse il braccio intorno alla vita, spingendo la mia schiena contro il suo busto. «Ho alcuni ordini che vorrei darti adesso.» L'oscura suggestione nella sua voce fece prendere vita alle mie parti femminili. I capezzoli appena forati, che erano leggermente doloranti ora che l'effetto dello spray analgesico era svanito, si gonfiarono.

Ero qui con tre maschi belli e potenti che si aspettavano di portarmi di nuovo a letto. Presto. Molto presto, a giudicare dal modo in cui continuavano a toccarmi, a guardarmi con quegli occhi affamati. Perfino Tarren, il più burbero dei miei compagni, mi voleva... tantissimo.

~

Ronan

«Dentro, femmina.» Non lasciai Riya, ma la spinsi verso la cupola, tenendo il suo delizioso culo premuto contro la parte anteriore del mio corpo.

Non sapevo cosa pensassero i miei cugini, ma io non vedevo l'ora di reclamare di nuovo la nostra compagna. Non mi ero mai sentito così grato per un altro essere nella mia vita.

Il suo atteggiamento ottimista era stato l'unico motivo che mi aveva impedito di darmela a gambe quando avevo visto il sito della nostra fattoria. Ma aveva ragione. Con la sua cono- scenza dell'agricoltura saremmo riusciti a trasformare di nuovo questo posto in qualcosa di bello.

Ero così dannatamente grato di averla. Era già molto più di quanto avrei mai immaginato di trovare in una compagna. E non mi dispiaceva affatto condividerla. In effetti, rendeva tutto più semplice perché non avrei saputo come *kazo* fare a soddisfare una femmina. Ma ero fiducioso che noi tre avremmo trovato una soluzione.

Riya mi permise di indirizzarla dentro, l'incredibile profumo della sua eccitazione mi fece diventare il cazzo più duro del cristallo di Zandia.

I miei cugini erano proprio dietro di me. Mi sembrava di sentire Tarren ringhiare in anticipazione. La portai nella nostra camera da letto e la liberai.

«Togliti i vestiti» ordinai.

Lanciò uno sguardo nervoso a noi tre che incombevamo davanti a lei, ma non si mosse per obbedire.

«Penso che preferisca che lo facciamo noi» disse Jax con dolcezza, avanzando agilmente. Le afferrò la tunica e gliela sfilò dalla testa.

I suoi seni rimbalzarono liberi e questa volta fui certo che Tarren stesse ringhiando. Rimbombò proprio in armonia con il mio gemito.

Jax si portò dietro a Riya e le afferrò i seni. «Imparerà presto a obbedirci.» Le pizzicò entrambi i capezzoli, tirando delicatamente i nuovi orecchini che glieli decoravano.

Lei sussultò, ma non era paura quella che lessi sul suo viso, era una lussuria pari, speravo, alla nostra. Le sue guance erano arrossate, le pupille dilatate e nere scurivano l'oro dei suoi occhi.

«Le piccole compagne che si dimostrano lente a sottomettersi vengono punite», mormorò Jax, con le labbra proprio contro l'orecchio di lei. Morse il punto in cui il collo incontrava la spalla.

Tremò, ma lo interpretai come paura.

«Togliti gli stivali. Presto, altrimenti Ronan prenderà la cinghia dalla scatola che ci ha dato il dottor Daneth.»

Lei saltò per obbedire, apparendo adorabile mentre saltava su un piede e si toglieva gli stivali che le facevano apparire le gambe così sexy, *kazo*.

Jax agganciò i pollici all'elastico dei suoi leggings e li fece scivolare, insieme alle mutandine, sul pavimento. Lei li sfilò, torcendo le mani davanti al corpo. Jax le prese le mani e gliele mise dietro alla testa. «Lascia che i miei cugini ti guardino, bellezza. Sei la cosa più dolce che abbiamo visto nella nostra vita.»

Annuii in segno di consenso, stringendo violentemente il cazzo attraverso i pantaloni mentre avanzavo. «Apri le gambe, dolcezza» ordinai. Non appena lo fece, le palpai il monte di Venere, ingoiando il suo sussulto con la bocca. Le succhiai il labbro inferiore e le infilai la lingua in bocca. Volevo divorare la nostra bella compagna.

La figa colò miele sulle mie dita, la pelle diventava più

carnosa ad ogni colpo. Era così dannatamente reattiva che quasi mi distruggeva.

«Questa fica» ringhiai quando conclusi il bacio. Lei mi fissò con sorpresa. «Deve essere la fica più perfetta dell'intero pianeta.» Le avvitai un dito dentro e lei quasi cadde in avanti, tentando di liberare le mani da Jax. Lui però la teneva prigioniera, ingabbiandole le mani in una delle sue mentre con l'altra giocava con i seni. Tarren guardava dalla piattaforma del sonno. Si era tolto i vestiti, si era lavato e ora si accarezzava il cazzo.

«Dove vuoi il mio cazzo, Riya?» le chiesi, aggiungendo un secondo dito e colpendola.

Lei sussultò e si dimenò, gli occhi divennero vitrei.

«Lo vuoi qui? Nella figa?»

«S-sì» ansimò, e la baciai di nuovo.

Jax la lasciò andare e io la accompagnai sulla piattaforma fluttuante, dove le piegai il busto sul materasso. Il suo culo era così carino, aspettava solo di diventare di nuovo rosa, quindi glielo schiaffeggiai forte.

Strillò ma non si allontanò dalla posizione. La schiaffeggiai ancora e ancora finché la sua pelle non divenne di una bellissima tonalità di rosa. Poi liberai il cazzo e le accarezzai la fessura con la cappella.

Mi rotearono gli occhi all'indietro quando entrai in lei, e gemetti. Mi rilassai, dandole il tempo di adattarsi alle mie dimensioni. Le cosce mi tremavano per lo sforzo di trattenermi, ma mi distrassi facendo scorrere i palmi delle mani su e giù sui suoi fianchi, lungo l'elegante curva della sua schiena. Quando si inarcò e spinse indietro per portarmi più in profondità, abbaiai un'imprecazione. Trattenersi non era più un'opzione. Le afferrai i fianchi e mi tirai indietro, poi la riempii con ogni centimetro di me.

Lei gridò, ma aveva un che di sfrenato, quindi andai

avanti. Ogni volta che andavo in profondità, lei emetteva piccoli gemiti di piacere finché tutto ciò che riuscii a sentire furono le sue grida, i miei grugniti e il rumore dell'attrito della pelle tra di noi. Jax strisciò sulla piattaforma e le sollevò la testa tirandole i capelli, facendo combaciare le loro bocche. Tarren le mise le dita sotto i fianchi, massaggiando il punto che la faceva impazzire.

Cominciò a stringersi intorno a me e persi il controllo. Mi si strinsero le palle, le cosce tremarono. La colpii altre due, tre volte, poi sprofondai e venni.

«Vieni, Riya» ordinò Tarren, ma non era necessario. La nostra piccola compagna stava già venendo come una meteora. I suoi muscoli mi strinsero e munsero il cazzo fino all'ultima goccia di sperma.

«Ecco, dolce compagna» canticchiai, appoggiando il busto sul suo, completamente sazio.

~

Riya

CONTINUAVO a stupirmi per il fatto che il sesso con i miei compagni non avesse suscitato in me alcun pensiero di violazione o abuso riguardo a quello che avevo subito in passato. Neppure un accenno. Era come se il mio corpo conoscesse i suoi proprietari, rispondesse al loro tocco come se fossi fatta solo per loro.

Quasi non mi accorsi che Ronan uscì da me e Tarren si sedette accanto a me sulla piattaforma. Qualcuno mi strofinava la schiena. Un altro mi massaggiava il cuoio capelluto. La beatitudine scorreva ancora dentro di me, densa e calda.

Tarren mi riportò alla realtà quando mi sollevò e mi mise

sulle sue ginocchia e su quelle di Jax.

Lanciai un gridolino di sgomento, pensando all'inizio che mi avrebbero sculacciata di nuovo. Ma Tarren aveva un'idea completamente diversa. «Allarga le cosce» mi disse, «e rilassa il fondo delle natiche. Inserirò un dispositivo di preparazione nel tuo buco posteriore per distenderti. In questo modo potrai accettare il membro di Jax e potremo condividerti entrambi contemporaneamente.»

Potevo sentire quanto Jax ce l'avesse duro e lungo sotto le mie cosce e mi strinsi automaticamente. Non era possibile che si adattasse a me in quel modo senza molto dolore.

«Rilassati» mi calmò Tarren, con un tono di voce più dolce di quanto non avessi mai sentito. «Ci prenderemo cura di te. Puoi fidarti di noi.»

«Il dottor Daneth mi ha assicurato» aggiunse Ronan, allungando una mano per accarezzarmi la coscia, «che con la preparazione sarai in grado di prenderci nel culo, abbastanza bene. E che ti divertirai.» Mi diede una sculacciata leggera e rise. «Vedrai.»

Ero dubbiosa, ma ero anche affascinata e il mio corpo pulsava di desiderio. Avevo sentito altre umane parlare di quanto fosse bello, e per la Madre Terra, non vedevo l'ora di scoprirlo. Il plug era rivestito con una sorta di lubrificante e quando Tarren lo spinse contro il mio corpo, rilassai i muscoli per consentirne l'ingresso.

«Ecco» mi incoraggiò Jax. «Lascia che lo spinga dentro fino in fondo. Non opporti. Se spingi indietro, entrerà più facilmente.»

«Fa male» piagnucolai, mentre un dolore bruciante si manifestava nella circonferenza più ampia del plug.

«Solo per un istante» concordò Jax, accarezzandomi la schiena e le cosce. «Una volta che sarà completamente inserito, il dolore cesserà. Promesso.»

Tarren mi fece scivolare una mano sotto alla pancia e con l'altra premette le dita dentro di me mentre spingeva nuovamente il plug nel mio ingresso.

Mentre mi accarezzava dal basso, mi rilassai, poi lui spinse nuovamente il plug. Questa volta ero pronta e le sue dita sul mio clitoride mi stavano facendo impazzire

«Brava, gambe belle e larghe, muscoli rilassati» mi incoraggiò Jax, mentre Tarren premeva ulteriormente il dispositivo dentro di me, facendolo andare in posizione.

Jax mi sfiorò il clitoride. «Vedi?» disse lui. «Il dolore è sparito adesso, vero?»

Annuii. «Sì.» Sembrava strano, però, una sensazione sconosciuta.

Tarren mi diede una leggera pacca sulle natiche. «Non è grande quanto lo sarà il cazzo di Jax, ma è abbastanza per allargarti per lui.»

A questo commento mi si agitò lo stomaco. Qualcosa di ancora più grande?

«E ti sembrerà ancora più stretto» disse Tarren con calma, «perché avrai anche il mio cazzo dentro di te. Ma prima ti prepareremo.»

Mi fece sdraiare sulla piattaforma, mi allargò le gambe e si inginocchiò accanto a me. Si chinò, mise la bocca sul mio capezzolo e io gemetti, mentre il desiderio istantaneo cresceva. Era fantastico, e quando Jax mise la testa tra le mie cosce per leccarmi il clitoride, il mio desiderio aumentò ancora di più. L'attenzione costante sul clitoride e i capezzoli era fenomenale, e presto mi contorsi mentre provavo a spingere il mio corpo fino alle loro bocche.

«Guarda il suo clitoride» disse Jax stupito. «Così gonfio.»

«È ancora più bagnata di prima» aggiunse Tarren. «Penso che sia pronta per essere presa da noi.»

Si chinò su di me per guardarmi negli occhi. «Riya, vuoi

che Jax ti metta il cazzo nel culo?»

Riuscivo a malapena a respirare e le parole vennero immediatamente. «Sì lo voglio.»

Jax si alzò e si sedette, con le cosce parzialmente divaricate.

«Dai.» Anche Tarren si sedette sul bordo e mi tirò più vicina. «Togliamo adesso quel plug così Jax può sostituirlo con il suo cazzo.»

«Sì, per favore, per favore» mormorai. Non mi interessava nemmeno se faceva male. Se il suo cazzo nel culo voleva dire orgasmo, poteva mettercelo tutte le volte che voleva.

Tarren mi sollevò con la stessa facilità che avrebbe avuto se fossi stata fatta d'aria. «Quando ti abbasso, tieni le natiche morbide» disse. «Ti metterò giù in piedi e ti farò abbassare sul cazzo di Jax. Se vai piano, non farà male.»

«Sì» sussurrai, e lui strofinò altro lubrificante attorno al mio buco stretto.

«Ora» mi disse, mettendomi in grembo a Jax e permettendomi di stare in piedi, con le cosce aperte, la fessura del culo che premeva contro il cazzo duro e teso di Jax. «Ondeggia finché non lo senti proprio all'ingresso, poi abbassati.»

Jax mi prese per i fianchi. «Così, Riya.»

All'inizio sembrò un plug, ma mentre mi spingeva verso il basso, il cazzo premette ancora di più nel mio corpo, la sua maggiore larghezza faceva sembrare il mio ingresso molto più stretto.

«Oh» sussultai, mentre il dolore aumentava.

«Calmati» suggerì Tarren, e si chinò per leccarmi i capezzoli. «Riya, hai un aspetto così dannatamente fantastico così, con la figa bagnata per noi, così obbediente, mentre sprofondi sul cazzo di Jax. Sei l'essere più sexy della galassia in questo momento.»

Mi alzai per alleviare il bruciore e le mani forti di Jax mi tennero i fianchi, e ora Tarren aveva piazzato le mani sulle mie spalle, esercitando una pressione decisa mentre mi succhiava i capezzoli.

Jax si allungò e mi accarezzò il clitoride, e ben presto spinsi contro le sue dita, dimenticando ogni disagio nella ricerca del piacere.

«Prima prendi tutta la mia lunghezza, prima ti abituerai a me» esortò Jax e mi premette i fianchi verso il basso.

Questa volta la lubrificazione e la mia eccitazione fecero il loro dovere, e scoprii che il mio corpo si stava aprendo, poco a poco, per accettare il suo cazzo grosso e duro. Sussultai quando mi ritrovai sulle sue cosce, con tutta la sua lunghezza dentro di me.

«La prima volta è la peggiore» mi tranquillizzò Jax, premendo le labbra sulla mia spalla. «Sarà più facile la prossima volta, Riya.»

Anche mentre parlava, averlo dentro di me mi faceva sentire bene. Veramente bene. Cominciò a muoversi, le sue braccia forti mi controllavano senza sforzo sul suo cazzo. Dopo qualche minuto, mi spostò più velocemente, più forte, e dentro di me crebbe un formicolio di bisogno misterioso, da qualche parte nel profondo.

«Oh, è così bello» gridai, senza fiato.

Tarren gemette. «Ora è il mio momento, Riya.»

Jax usò le sue mani sui miei fianchi per farmi alzare, il cazzo si staccò dal mio culo con uno schiocco, e mi consegnò a Tarren, che si sedette e mi tirò a cavalcioni su di lui.

«Cavalcherai il mio cazzo, Riya» mormorò, e passò solo un secondo prima che mi impalasse sul suo membro. Era ancora più lungo e grosso di quello di Jax, e fui sollevata dal fatto che fosse lui quello nella mia figa. E Madre Terra, era bello. Stava premendo su tutte le parti di me che mi piaceva accarezzare; perfino il clitoride si sfregava contro di lui nel punto in cui i nostri corpi si accoppiavano.

«Cavalca, Riya» ordinò.

Lo feci. Nel momento in cui iniziai, presi il ritmo e scoprii che potevo controllare la profondità e i punti in cui mi strofinava. Mi afferrò i capezzoli e li strinse, li attorcigliò tra le dita, li usò come appigli. Era fantastico e ansimai, insistendo sulle cosce per rimbalzare più forte.

Notai a malapena Jax dietro di me, e quando Tarren mi impedì di muovermi per un minuto in modo che Jax potesse allargarmi le chiappe e applicare altro lubrificante, allentai obbedientemente i muscoli e alzai i fianchi in modo che Jax potesse entrare nel mio culo più facilmente.

All'inizio bruciò quando il cazzo di Jax mi entrò nel culo, ma in pochi secondi ritornai alla felicità. Non sapevo dire dove finiva il mio corpo e iniziava il loro; tutto quello che sapevo era che con due enormi cazzi zandiani nel culo e nella figa, sarei morta dal piacere. Jax mi spingeva forte da dietro e la forza dei suoi movimenti mi spingeva su e giù sul cazzo di Tarren. Tarren mi assisteva afferrandomi i fianchi e sistemandomi. Potevo sentire l'odore del corpo di Tarren mentre lo cavalcavo, muschiato come una foresta, e l'odore del mio stesso sesso si diffondeva verso di me ogni volta che Jax pompava. Ero così bagnata che riuscivo a sentire la mia figa emettere piccoli suoni striduli sul cazzo di Tarren, e i gemiti di Jax ogni volta che mi succhiava più forte.

«Ci siete vicini?» grugnì Tarren.

«Sì» sussurrai.

«Sì» ruggì Jax.

«Riya, potrai venire quando saremo venuti entrambi» ordinò Tarren.

Jax si irrigidì e sentii il suo cazzo che mi spruzzava fluido caldo. Allo stesso tempo, Tarren mi diede un sussulto nella figa e la sensazione di essere così piena mi fece eccitare. Gridai il mio piacere, cadendo nell'orgasmo più squisito della mia vita. Tutto il mio corpo era pieno di luce scintillante e di gioia.

Quando mi svegliai, mi trovavo sulla piattaforma del sonno tra le braccia di Tarren, con una morbida coperta sopra. Jax era sdraiato accanto a noi, con la mano poggiata sulla mia coscia attraverso la coperta, e Ronan era dall'altra parte, con la mano sulla mia caviglia. Trattenni il respiro, perché Tarren mi stava accarezzando i capelli, un gesto così tenero, soprattutto se fatto da lui, che non volevo rovinare il momento.

Ma se ne accorsero tutti subito. «Riya» disse Tarren, con voce burbera. «Come ti senti?»

Mi spostai. «Sto bene.» Arrossii. «Bene.»

La figa e il sedere sembravano distrutti, ma in senso positivo. Il dolore residuo era piacevole, un ricordo di quello che era successo.

«Sei nostra» disse Ronan, con voce sicura e tenera. «Veramente nostra.»

«Per sempre» aggiunse Jax, stringendomi la coscia.

Tarren si limitò a grugnire, ma mi strinse più forte tra le sue braccia, e quell'atto fu così tenero che mi vennero le lacrime agli occhi.

«Sei triste?» Ronan mi scrutò, sbattendo le palpebre, i muscoli tesi, come se fosse pronto a combattere.

«No.» Mi inumidii le labbra con la lingua. «Felice» gracchiai. Per la prima volta nella mia vita, pensai di essere veramente felice.

Ringhiò, e l'espressione compiaciuta sul suo volto andò oltre la gioia. E mentre tutti e quattro ci addormentavamo, Tarren mi teneva tra le sue braccia. Non avevo mai dormito meglio, o più profondamente.

CAPITOLO CINQUE

R*onan*
    Mi svegliai presto, quando l'alba grigia cominciava appena a tingersi di rosa e oro. I miei cugini erano profondamente addormentati. Riya stava ancora sognando, sbattendo le ciglia nel sonno, stretta tra le braccia di Tarren. Presumevo che col tempo avremmo capito come, a turno, essere noi a tenerla mentre si addormentava.

Uscendo dalla cupola, mi alzai in piedi, godendomi la mattinata da solo, mentre osservavo la nostra terra. Un sentimento di orgoglio mi pervase insieme a un senso del dovere. Non ero forte o alto come Tarren o Jax, e non ero lo zandiano più bello dell'universo, quindi dovevo lavorare il doppio per affermarmi. Lasciai la cupola e presi una profonda boccata d'aria: fresca aria zandiana, ora non inquinata. Cominciai a organizzare le casse di attrezzature in pile diverse: strumenti, generi alimentari e vestiti.

Mentre mi asciugavo il sudore dalla fronte, la sentii dietro di me. Mi girai all'istante e non riuscii a trattenermi dal sorriderle come un idiota, e quasi inciampai nella fretta di abbracciarla.

«Buongiorno.» La attirai a me, all'inizio imbarazzato. Ma lei entrò volentieri tra le mie braccia e premette la guancia sul mio petto.

«Ciao.» Sembrava intimidita, aveva le guance arrossate.

«Come stai?» le studiai il viso. «È un grande cambiamento, venire qui, in questa situazione. Con noi.» Agitai la mano.

«Sono contenta.» Incrociò il mio sguardo. «Grazie.»

Questo mi rese spavaldo. «Mi dispiace solo che ci siamo addormentati tutti nell'ultima rotazione senza avere la possibilità di farti godere di nuovo.» Volevo darle così tanti orgasmi, portare sul suo viso quell'espressione di gioia piena un milione di volte, tante di quelle volte che non avrebbe mai più avuto bisogno di pensare agli ocreziani. L'istinto di proteggerla dal dolore mi sorprese con la sua ferocia.

«Mi godo il piacere.» Arrossì di più, ma sorrise.

«E questo è solo l'inizio» scherzai, pieno di sollievo e gioia. «Abbiamo molto altro in programma per il tuo corpicino. E ovviamente» mi affrettai ad aggiungere, per non farle credere che ci interessava solo scoparla, «per la nostra vita insieme.»

Spalancò gli occhi e all'inizio pensai che fosse spaventata, ma poi sentii la sua eccitazione.

«Non vedo l'ora» disse, e intrecciò le sue dita con le mie. Il suo sorriso era ampio e fiducioso, e sembrava quasi sorpresa della propria gioia. «È tutto così inaspettato» rivelò, stringendomi la mano.

Mi sentii sopraffatto dalla lussuria e desiderai accoppiarmi di nuovo, ma presumevo che prima potesse aver bisogno di tempo per riprendersi. Mi schiarii la gola. «Vuoi dirmi dove coltivare il terreno per i semi? Possiamo iniziare subito.»

«Sì.» Annuì. «Voglio che la nostra fattoria sia la migliore, un esempio per tutti gli altri.» La sua voce risuonò forte e io sorrisi. Adoravo vedere questo suo lato competitivo, *kazo*. Si combinava bene con il nostro. «Dobbiamo aprire la strada a metodi innovativi. Ci stavo già pensando...» fece una pausa, poi continuò. «Nell'agrifarm, ho sperimentato una nuova ricetta per il fertilizzante utilizzando un diverso rapporto di azoto, per *fissarlo* meglio: sai che *fissare* significa bloccarlo per ridurre la perdita di azoto, giusto? Ho anche aggiunto più vitamina B dello standard. E il risultato è stata una crescita più rapida e più pomodori sulle piante. Mi piacerebbe provarlo qui.»

«Ovviamente.» Annuii. «Ammetto che il tuo discorso sull'azoto significa per me tanto poco quanto un ocreziano che dice *bla bla bla*» - le feci una smorfia e tirai fuori le sillabe come se stessi sbavando - «ma mi fido del tuo giudizio.»

Jax aveva detto che Riya era intelligente. Io pensavo che fosse brillante. Gli schiavi umani non potevano imparare a decifrare o scrivere con strumenti. Venivano tenuti lontani dai dispositivi di comunicazione che avrebbero portato loro conoscenza. Quindi il fatto che lei sapesse così tanto mi stupiva.

Speravo che avremmo potuto aiutarla a rafforzare la sua fiducia: i compagni lo facevano, o almeno così credevo, l'uno per l'altro.

Lei rise, un suono meraviglioso, come quello di un uccello in volo, e tutto il suo viso si illuminò. «È esattamente come suonano.» Mi strinse le dita.

Corsi un rischio. «*Bla bla bla*, Riya, mostrami dove *bla bla bla* il terreno» borbottai, incrociando gli occhi e alzando le dita come zanne, anche se gli ocreziani non avevano zanne. Sentii che prendersi gioco di loro era qualcosa di cui aveva bisogno in questo momento, e volevo darle tutto ciò che desiderava.

Lei rise ancora e si portò una mano alla bocca. «Oh, Madre Terra, è divertente.» Si guardò intorno come se qualcuno stesse guardando, poi rise anche di questo. «Mi piace il fatto che abbiamo un posto tutto nostro. Ed è sicuro.» Disse quella parola come se fosse un tesoro.

La strinsi a me. «Sì. Il più sicuro possibile. Gli unici pericoli qui sono i nostri difetti, Riya. E, naturalmente, le bestie selvagge che vivono vicino alle foreste. Possono essere feroci, quindi dobbiamo evitarle. Ma qui non ci sono padroni di schiavi. Possediamo il nostro destino, adesso.»

Insieme guardammo la terra arida, oltre i bordi argentati della cupola che brillava sotto il sole zandiano.

Lo feci. Le presi la mano, anche se non era necessario – era agile e veloce – ma mi godetti il calore delle sue piccole e delicate dita nelle mie. Quando raggiungemmo la collina, a pochi passi da casa nostra, sussultò.

«Ma è così carino.» Sbatté le palpebre. «È magnifico. Possiamo berci? Nuotarci dentro? Usarlo per l'irrigazione?»

«Tutto quello che vogliamo.» Volevo sentirla ridere ancora, quindi decisi di fare un'altra battuta. Abbassai la voce. «Ma probabilmente non dovremmo usarlo come toilette, perché questa è la parte superiore della sorgente e tutta l'acqua scorre a valle verso il nostro sistema di pompaggio. E le evacuazioni di Jax potrebbero rovinare il sistema di filtraggio.»

Lei rise ancora finché non sbuffò, e poi ridemmo entrambi e all'improvviso, senza nemmeno renderci conto di come fosse successo, ci trovammo distesi insieme in una delicata macchia di fiori viola che cresceva accanto al ruscello.

Si allungò per toccarmi il viso e io aspettai, trattenendo il respiro. Lasciai che fosse lei a fare la prima mossa, anche se desideravo ardentemente dominarla, prenderla, farla mia, ancora e ancora. «La tua pelle è così calda.» La sua voce era piena di meraviglia. Le sue dita mi stavano provocando delle reazioni e io ce l'avevo già così duro da far male, *kazo*.

«Le tue antenne.» Si allungò per accarezzarle con entrambe le mani.

Gemetti mentre si irrigidivano per il bisogno. «Riya...»

«Ti fanno eccitare?» sussultò e poi mi guardò. «Come il cazzo. Ti piace quando faccio... questo?» E si mise in ginocchio e si chinò su di me. All'inizio sentii solo il profumo floreale dei suoi capelli e quello muschiato del suo corpo, poi dimenticai tutta la mia *kazo* di esistenza mentre chiudeva le sue piccole labbra attorno all'antenna sinistra e succhiava, per sperimentare.

«Riya» gemetti, il cazzo si contrasse, il desiderio crebbe. «Quando lo fai...»

«Questo?» chiese con una finta innocenza che mi fece venir voglia di sculacciarla. Provò con l'altra antenna. «È come se ti leccassi il cazzo, Ronan?»

Si abbassò per accarezzarmelo da sopra i pantaloni, stuzzicandone il contorno netto con il palmo della mano, tracciandolo con le dita. «Ti sembrerebbe di avere due bocche addosso se succhiassi qui e strofinassi là?» si stava dando da fare con la mano, accarezzando su e giù, e *kazo,* il cazzo stava per esplodermi contro il tessuto. Mi abbassai per liberare il membro dolorante e lei lo afferrò, accarezzandolo con decisione, e io tremai.

«Succhiami le antenne più forte» le ordinai, «e continua ad accarezzarmi così.» Certo, come se non fosse lei l'unica ad avere il controllo totale per il momento, e non mi interessava affatto. Era così bello che tutto ciò che volevo fare era perdermi in questo mare di piacere.

Lei ridacchiò. «Sì, padrone» sussurrò, tutta obbediente, e il mio cazzo si tese di più al sentire quella parola sulle sue labbra. Poi avvicinò di nuovo la bocca al mio corpo e fece quello che le avevo comandato, come se fosse l'unica cosa al mondo che le desse piacere. I suoi piccoli gemiti e i sospiri mi fecero eccitare ancora di più finché non ce la feci più.

«Sulla schiena» ordinai rudemente, e la girai. Le allargai le cosce con una gamba e mi strinsi a lei. Allo stesso tempo, le tirai le braccia sopra la testa e le fermai i polsi con una mano, mentre con l'altra giocai con il capezzolo forato, attraverso la maglietta.

Lei gemette e i suoi occhi si incupirono di desiderio. Si dimenò contro la mia presa, cercando di liberare i polsi. Ma riuscivo a vedere e annusare la sua eccitazione, quindi la tenni più forte e le succhiai il capezzolo attraverso il tessuto sottile finché non divenne teso e duro, delineato dalla seta bagnata, e lei tremò sotto il mio tocco.

«Ronan» implorò, con la voce rauca e selvaggia. «Per favore, *scopami*. Ti prego.»

Per dirlo aveva usato la parola ocreziana, e la cosa mi infastidì. Volevo insegnarle la nostra lingua, farla parlare solo nella nostra lingua. «Padrone», le ricordai, e le diedi una pacca sulla coscia, non forte, ma con una sculacciata decisa. Il suo gemito di piacere mi fece capire che era la scelta giusta, quindi lo feci ancora, e ancora finché lei non alzò i fianchi verso di me, ansimando, con gli occhi vitrei.

«Padrone» sussurrò, e chiuse gli occhi, le ciglia nere sulle guance pallide.

«Tieni una mano sopra la testa» le ordinai, e le abbassai delicatamente i leggings, esponendo la sua figa nuda. «Apri le cosce per me, Riya. E abbassa l'altra mano e allarga le labbra della figa. Il più largo possibile. Mostrami ciò che è mio. Te lo farò fare più tardi anche per gli altri, quindi esercitati ora. Fallo bene o ti sculaccerò finché non lo farai.»

Kazo. Il mio ordine sporco la rese così bagnata che riuscii a vedere i succhi scorrere.

«No...» mormorò, e agitò la testa da una parte all'altra, stringendosi i capelli con la mano.

«Ti avevo avvertita» ringhiai, e la tirai da una parte. Mentre le sculacciavo forte il culo, prima su una natica, poi sull'altra, dissi: «Tu. Farai. Quello. Che. Ti. Dico.»

Controllai per assicurarmi che non avesse veramente paura, ma ero convinto di no perché gridò: «Oh! Sì, padrone, lo farò.» Adesso i suoi capezzoli erano duri ciottoli sotto la maglietta.

La appoggiai sui fiori e mi chinai per farle scorrere la lingua sulla pelle della pancia. Me ne serviva ancora subito, quindi infilai la testa tra le sue gambe per leccare il miele che c'era lì.

Lei gridò qualcosa di incomprensibile e io la avvertii: «Non venire ancora.» Non potevo aspettare un altro secondo, quindi premetti il cazzo nel calore tra le sue cosce. «Ti prenderò forte» dissi.

«Sì, sì» gemette, allungando la mano per afferrarmi le antenne. Poi mi fece il sorriso più malizioso e mi sussurrò: «Più tardi, se vuoi, ti leccherò le antenne e il cazzo finché non mi esploderai in bocca.»

«*Kazo*» ruggii, ed entrai, riempiendola più profondamente che potevo. Avvolse le gambe attorno alle mie e mi venne incontro colpo su colpo, e presto ci unimmo entrambi in un grido di esultanza.

Rimanemmo lì, ansimando finché il nostro respiro non tornò normale, con lei appoggiata al mio petto. Le accarezzai la spalla e sussurrai, improvvisamente preoccupato: «È stato troppo duro? Non voglio farti del male.»

Lei sorrise, con occhi ancora grandi e selvaggi per la nostra passione, e mi baciò il collo. «È stato semplicemente bello, nessun dolore. Penso che lo sperma zandiano possa avere forse delle proprietà curative.» Il suo sorriso vacillò, come se l'argomento dello sperma la preoccupasse.

Cercai di riportarle il sorriso. «Se vuoi, noi quattro possiamo avviare un'attività secondaria vendendo il nostro sperma. Prendi delle graziose fiale di vetro e noi guarderemo il tuo corpo nudo e ci masturberemo ad ogni rotazione del pianeta. Probabilmente riusciremo a procurarci qualche gallone entro la fine di questa settimana, con facilità. Lo etichetteremo come un potenziatore della salute e lo porteremo in tutte le cupole.»

La studiai. Avevo esagerato? Non a tutti piaceva il mio senso dell'umorismo. Le femmine, in particolare, di solito apprezzavano un maschio per la forza e l'abilità sul campo di battaglia, non per la sua ironia. *Kazo.* Speravo di non aver rovinato...

Ma lei sorrise, il suo petto si sollevò sul mio, i capezzoli mi massaggiavano la pelle, trasmettendo felicità e sollievo che mi entrarono in circolo. «Certo, se mai finiste i cristalli, potrebbe trattarsi della nuova esportazione zandiana. Buono per qualsiasi disturbo.»

Scoppiai in una risata fragorosa prima di riuscire a trattenermi. Non avevo mai visto una donna essere una compagnia così divertente. E pensavo che anche lei avesse bisogno di questo. Così, mentre ci facevamo il bagno nel ruscello, feci altre battute sulla purezza dell'acqua e lei mi tenne la mano per tutto il tragitto fino alla cupola.

CAPITOLO SEI

R*iya*

«Non è vero!» Colpii scherzosamente il petto di Jax, mentre attraversavamo il nostro campo più a nord, quello che avevo destinato alle mie erbe più delicate. Era più simile a un grande giardino che a un vasto appezzamento, ma avevo degli obiettivi.

«Giuro che è vero.» Jax si portò una mano al petto e mi regalò un sorriso, quello che mi faceva sciogliere. «Sono già passati quasi due cicli lunari, Riya. Semplicemente non hai notato il passare del tempo perché ti teniamo così... occupata.» Mi fece l'occhiolino e io arrossii.

«Così occupata che sono qui fino a tardi durante questa rotazione del pianeta» ribattei, «e siete fortunati che riesca ancora a camminare.» Gli rivolsi un'occhiata ironica. Ma avvolsi le dita attorno al suo impressionante tricipite, per quanto potevo, almeno. Il mio tocco raccontava una storia diversa dal mio sguardo severo, una storia fatta di passione e di tutte le nostre grida di piacere, ripetute ancora e ancora ieri sera.

«Oh, riesci ancora a farlo?» Inclinò la testa. «Allora non

devo aver svolto bene il mio lavoro.» Fece una smorfia di disapprovazione. «Se la tua figa non sarà completamente devastata entro la mattina, ritengo che abbiamo fallito il nostro dovere di compagni.»

Alzai gli occhi al cielo, perché loro tre erano talmente iperprotettivi che non era nemmeno divertente. Sì, mi prendevano fino a farmi diventare rauca dal piacere, fino a non poter più resistere... e poi mi ricoprivano di affetto e di lodi, mi massaggiavano le membra e i piedi, mi portavano da bere acqua e miele, finché non mi ero completamente ricaricata. Se mi sculacciavano, cosa che facevano spesso, finché non diventavo rossa e implorante, seguivano orgasmi sufficienti a scacciare ogni dolore dal mio corpo, lasciandomi così sazia che dormivo come un sasso a mezzanotte, in un giardino buio e mi svegliavo riposata al punto giusto per iniziare la rotazione del pianeta con vigore.

«Oh no. Oh...» Mi morsi il labbro abbastanza forte da farmi male, tutta la mia pigra beatitudine rimasta si spezzò, come un ramoscello in una tempesta.

«Cosa c'è che non va?» Jax aggrottò la fronte e si avvicinò, scrutando l'area intorno a noi, e mi mise una mano sulla spalla. «Riya?»

«È la mia calendula.» Mi sforzai di tenere le lacrime. Era stupido, ma stavo provando davvero tanto a far crescere le cose qui. Stavo cercando con tutte le mie forze di dimostrare il mio valore ai miei compagni oltre alla possibilità di essere una fattrice. «È tutto morto... di nuovo.»

Mi allontanai dalla sua presa e mi chinai, come se toccare i ciuffi marroni appassiti potesse cambiare il loro destino. «Questa è la terza posizione che provo e ora ho sprecato più semi.» Scavai alla ricerca delle grasse larve bianche che a volte si infiltravano nel terreno e premetti le foglie tra le dita per esaminarle per individuare le tracce argentate delle larve di bruco, ma tutto ciò che vidi fu materia marrone morta.

«Non riesco a capire.» Mi si strinse il petto e mi alzai in piedi, stordita per un secondo. «Ho bisogno di capire.»

Jax aggrottò la fronte e mi studiò il viso, poi si avvicinò. «Riya, la nostra semina sta andando bene» ribatté. «Quando in settimana ho comunicato i tuoi progressi a re Zander, ha detto che sei in vantaggio rispetto a tutte le altre cupole.» Sorrise e aggiunse: «Non che sia una competizione. Siamo tutti sulla stessa barca.»

«Oh, lo so.» Mi morsi il labbro e annuii, forzando un sorriso sulle mie labbra. «Voglio solo rendervi orgogliosi.» *Perché non vi farò avere dei bambini.* Ogni rotazione del pianeta che passava senza dirglielo sembrava una bugia sempre più grande.

«Lo fai già.» Mi toccò il mento. «Non siamo solo orgogliosi, ma felici, Riya. Per la prima volta, io, tutti noi, abbiamo la possibilità di imparare cosa vuol dire vivere la vita, non solo lottare per una futura possibilità di viverne una. Sai quanto è incredibile?» Fece scivolare la mano sulla mia guancia, continuando a guardarmi.

I suoi occhi, così scuri, avevano molteplici riflessi del sole zandiano, che li facevano brillare. Un fascio di luce accentuò il suo zigomo pronunciato, mettendone in risalto il bell'aspetto. Ripresi fiato e misi la mano sulla sua, scatenando un'ondata di emozione che mi colse di sorpresa.

«Anch'io ho questa possibilità» risposi, premendo le sue dita forti sotto le mie più morbide. «Una schiava non ha mai questa possibilità.» La pelle sulla nuca mi prudeva nel punto in cui era stato impresso a fuoco il codice a barre e resistetti all'impulso di toccarlo. Invece, feci scorrere l'altra mano sul braccio nudo di Jax, godendomi i muscoli, forti e definiti.

«Quindi forse la calendula non è una cosa così drammatica» disse, mentre un sorrisetto gli spuntava. «Nel quadro generale.»

Sbattei le palpebre rapidamente. «Hai ragione. Dovrò solo essere creativa e riprovare.» Solo che questa *era* una competizione... anche se non potevo dirglielo. Non si trattava però di me contro gli altri umani, non esattamente. Era più come se sapessi di dover concorrere contro il mio destino una volta che tutti avessero scoperto che non potevo procreare. Se non avessi ottenuto abbastanza successi qui nella fattoria, dimostrando che le mie capacità agricole erano così superiori che tutti avevano bisogno di me come esperta, cosa sarebbe successo?

Confidai a Jax: «La calendula a volte viene chiamata *fiorrancio.*» Pronunciai la parola terrena sulla mia lingua. Non parlavo la lingua umana (nessuno lo faceva), ma sopravvivevano comunque molte delle vecchie parole, come quelle che davano il nome alle piante che ora alimentavano la galassia. «Un'altra schiava mi ha detto che migliaia di cicli fa, sul mio pianeta natale, veniva utilizzato nelle cerimonie di accoppiamento.» Provai a immaginare quello che aveva descritto; migliaia di fiori dorati e rubicondi che adornavano una sposa dalla pelle scura, le sue amiche, le decorazioni... facendo risplendere l'intera città. Queste informazioni sulla Terra, tramandate di schiava in schiava in tutti questi secoli, mi sembravano sacre. «Non so se sia vero. Ma ormai le proprietà della pianta sono comunque ben note.» Gli strinsi il braccio.

«E quali sono?» Non aveva distolto lo sguardo. Jax mi leggeva sempre come un'olografia. Il suo viso era vigile, come se gli importasse davvero quello che dicevo.

«Ha proprietà antimicrobiche e antinfiammatorie e, in base alla tua reazione ad altre erbe che ho provato, suppongo che sarà dieci volte più potente per tagli e graffi zandiani che sulla pelle umana.»

Feci scorrere l'indice su una cicatrice lunga e sottile sul suo braccio. L'aveva capito presto quando stavamo ripulendo un campo. Ci avevo messo sopra degli oli botanici per aiutarlo a guarire, ma il mio obiettivo era di migliorare il modo in cui le ferite guarivano. «Immagina di guarire così in fretta da avere a malapena il tempo di piangerci sopra.» Gli rivolsi un sorriso canzonatorio. Naturalmente non piangeva mai; nessun maschio zandiano lo faceva. Il loro stoicismo di fronte al dolore era cosa ben nota. Non si ferivano così facilmente o gravemente come gli umani; e quando succedeva, lo tolleravano con l'orgoglio di un guerriero.

«Piangerci sopra?» Le sopracciglia gli arrivarono quasi alle antenne e mi ringhiò. «Piangere? Oh, Riya, ti darò io qualcosa per cui piangere.» Aggrottò la fronte e si avvicinò. «Togliti i vestiti e piegati sulle mie ginocchia, mia dolce terrestre.»

Strillai e mi misi una mano alla bocca, nascondendo una risatina. «Hai intenzione di massaggiarmi i muscoli doloranti? Sei un compagno così premuroso. Grazie, Jax.»

Sorrise. «Massaggiare? Suppongo che, in un certo senso, ciò che ho in mente potrebbe essere chiamato così. Potrei usare la mano» e alzò il suo enorme palmo viola e flesse le dita, «per esercitare pressione sui muscoli del tuo sedere. Prendilo come un massaggio, se vuoi.»

Ma anche se i suoi occhi lampeggiavano di eccitazione, vidi delle rughe anche intorno a loro. Il mio compagno era preoccupato per qualcosa?

∼

Jax

. . .

«Il tuo massaggio sembra molto attraente» mi sorrise Riya. Fece scorrere il dito lungo il lato del mio viso. «Ma prima dimmi cos'altro hai in mente. So di non essere l'unica ad essere arrabbiata per qualcosa legato alla rotazione del pianeta.»

«Cosa intendi?» Fui sorpreso dalla sua intuizione. A dire il vero, ero completamente frustrato da una situazione lavorativa, qualcosa di nuovo per me. Il fatto che Riya riuscisse a capirmi così bene fu uno shock, e poi un piacere. Potevo fidarmi di lei.

La tirai contro il mio corpo e lei si appoggiò ai miei muscoli, sospirando, come se si sentisse al sicuro.

Mi spostai e guardai a nord, verso le colline Afir.

«Sei silenzioso.» Mi toccò il quadricipite, accarezzandolo dolcemente. «Hai qualcosa in mente?» Si irrigidì ed ero certo che avesse trattenuto il respiro per un secondo.

«Non voglio farti preoccupare per niente.» A questo punto si rilassò di nuovo.

Mi diede uno schiaffetto con la punta delle dita, poco più di una carezza. «Preoccuparmi per niente? Tutto di te è una mia preoccupazione, da qui a qui.» Mosse il sedere contro il mio inguine e si allungò per accarezzarmi il lato della testa.

Ridacchiai, ma si trasformò in un sospiro. Ammisi: «Sto lavorando su una strada in questo momento, aprendo il terreno e determinando dove passerà.»

«Quella di cui hai parlato l'altra sera» ricordò. «Qual è il problema?»

«Lavorerò per un po' con una squadra di altri tre zandiani... non con i miei cugini. Gli altri due, Arran e Ketral, hanno sempre da discutere. Potrei anche solo affermare che viviamo su Zandia, e loro avrebbero da ridire.» Alzai la voce nonostante intendessi mantenere la calma. «Sto cercando di scendere a compromessi, ma mancano di logica.»

Lei annuì immediatamente. «Voi zandiani, siete abituati a classificare e ordinare, a prendere la direzione senza fare domande. Ora avete la possibilità di mettere in discussione. I tuoi compagni di squadra che ti stanno dando del filo da torcere, forse si stanno mettendo alla prova per adattarsi alle loro nuove vite. Stanno imparando a vivere senza ordini diretti da parte di un comandante. Lavorare come una squadra alla pari è diverso dal lavorare in un sistema classificato. In base alla loro esperienza, le tue discussioni calme e logiche potrebbero non funzionare. Forse potrebbero reagire meglio se qualcuno si facesse avanti e dicesse: *Queste sono le mie idee, ed è per questo che funzioneranno, ed è così che andrà, a meno che voi non possiate immediatamente, proprio adesso, dimostrarmi che sbaglio.*»

«È un'osservazione affascinante, Riya.» Tutto trovò un ordine. «Noi *siamo* abituati a ordinare. In effetti, proprio perché ci ero così abituato, non ero in grado di guardare oltre. È come se fossi dentro una scatola di vetro.» Alzai le mani, come se definissi uno spazio in aria, la larghezza e l'altezza. «Mi hai appena liberato.»

Il suo sorriso era così brillante, i suoi occhi così lucidi di amore e felicità, che la baciai, forte e veloce, lasciando trasparire la mia esuberanza. «Avresti dovuto essere un capitano. O il consigliere di qualcuno.» I miei passi erano leggeri e le toccai il sedere con un sorrisetto. Non stavo affatto scherzando. Questa donna, questo essere umano, era incredibile. Ad ogni rotazione del pianeta mi sorprendeva con nuovi livelli di intuizione, nuovi modi per migliorare la mia vita.

CAPITOLO SETTE

R*iya*

«Riya, ho sentito dire che hai impressionato tutti durante questa rotazione del pianeta.» Tarren prese un'abbondante cucchiaiata del riso pilaf con pomodoro, funghi e basilico che avevo preparato e se lo ficcò in bocca. Era il pasto settimanale del piacere, l'unico vero cibo che i miei zandiani consumavano, ed ero molto orgogliosa di presentare loro gli intrugli più deliziosi che riuscivo a preparare.

Jax annuì. «Se non fosse stato per la tua speciale miscela di erbe che ha impedito alla saliva tossica delle *vipn* di diffondersi nella ferita, Slanic avrebbe perso la gamba.»

«*Kazo*» Ronan sbatté il pugno sul tavolo, poi mi lanciò un'occhiata e mi toccò il braccio. «Mi dispiace, Riya. Sono fiero di te. Sono solo arrabbiato perché gli attacchi delle *vipn* stanno diventando più frequenti. Scosse la testa, poi prese un grosso boccone di cibo. Era piuttosto divertente e dolce che una volta che i miei compagni assaggiavano il mio cibo, non ci fosse letteralmente alcun argomento che potesse chiudergli lo stomaco.

Io però trovai difficile deglutire e gestire il boccone, che in bocca sembrò quasi di cartone. «Potrebbe non ripristinare la piena mobilità» li avvertii, le stesse parole che io e l'ostetrica avevamo espresso a re Zander.

Posai la forchetta e strinsi i pugni in grembo. «Ha perso tantissimo sangue. E i bordi della ferita... sono messi molto male. I denti delle *vipn* sono come rasoi. Distruggono.» Tremai. «Come se la pelle fosse fatta di un sottile strato di carta. Bisognerà curare la ferita regolarmente per garantire che i bordi combacino mentre guarisce.»

Jax mise la mano sulle mie che tenevo strette. «Ma noi siamo fortunati ad averti. E con noi intendo tutta Zandia.» Fece un gesto con la forchetta. «Eri l'unica che sapesse cosa fare.» Gli si illuminò il viso, e riuscii a intravedere un'espressione di orgoglio.

«È mio dovere» dissi, sentendo ancora l'adrenalina. Essere convocata dalla cupola alla sontuosa navicella con emergenza. Trovarmi davanti a Slanic, vederlo contorcersi dal dolore, lacrime di angoscia inespressa nei suoi occhi, la ferita terribile come quelle che avevo visto in battaglia, il dolore peggiore a causa della saliva velenosa della *vipn*.

Avevo preparato il mio kit di emergenza di erbe e intrugli, compresi quelli nuovi che avevo creato, cose che credevo potessero disintossicare la pelle. Grazie alla dolce Madre Terra aveva funzionato. Anche adesso, tremavo di sollievo, venendo da quella situazione estrema. Re Zander mi aveva incaricata di creare una quantità maggiore del mio balsamo e mi aveva chiesto di insegnare a tutti gli altri membri impegnati nell'agricoltura come crearlo, in modo che potesse essere immagazzinato nella cupola di tutti e nelle infermerie. Ero orgogliosa del fatto che il mio piano per rendermi utile stesse prendendo forma.

Re Zander e il dottor Daneth mi avevano guardata con

tale sorpresa, mista a rispetto, che quasi avevo preso il volo per l'orgoglio. Il dottor Daneth mi aveva addirittura chiesto come fosse possibile che potessi fare cose del genere senza sapere come decifrarle. La verità, cosa che gli avevo detto, era che non lo sapevo. Come schiavi non ci era permesso leggere o acquisire conoscenza, ma nelle nostre tende gli anziani ci insegnavano tutto ciò che ricordavano e la conoscenza veniva tramandata oralmente. Mi ero aggrappata a tutto ciò che avevo imparato, immaginando che fosse mio dovere ricordarlo per la generazione successiva, che si trattasse di istruzioni sui semi o di guarigione. E ora che non avevo bisogno di nascondere questo interesse, il mio cervello creava costantemente cose, anche mentre mi rilassavo.

Tarren prese un altro bel boccone, quasi quanto io ne avrei potuto mangiare come pasto, e lo ingoiò. «Ti stai facendo una reputazione come maestra di botanica» affermò. «Dovremo tenerti stretta affinché nessun altro essere ti porti via.» Scherzava, ma aveva un'espressione feroce.

Sorrisi e mi abbracciai da sola. «Non vado da nessuna parte» gli dissi, incontrando il suo sguardo scuro. Quando si aprì in un sorriso lento, quello malizioso che mi anticipava il suo desiderio, arrossii. «A meno che non si tratti della piattaforma fluttuante», aggiunsi, rilassando il mio auto-abbraccio, desiderosa del suo tocco. Di tutti i loro tocchi.

«No.» il suo tono era duro e lo stemperò abbassando la testa. «Ho in mente qualcos'altro.» Si schiarì la voce e guardò Jax e Ronan, inclinando la testa. «Forse…?»

Annuii e Jax sorrise. «Dovevamo già averlo fatto.»

Ronan saltò in piedi. «Andiamo subito.»

«Andare dove?» Guardai da un maschio all'altro. «Avete in mente un posto speciale? Andiamo a trovare Lily? O forse a cercare la corteccia di Agrax? Sapete, credo che contenga un acido speciale, delicato, che può aiutare a ridurre il dolore e la febbre.» Era da un po' che gli chiedevo di portarmi nella foresta. Se fossi riuscita a ottenere un'altra vittoria con una nuova medicina, mi sarei sentita più sicura nel mio posto a Zandia.

Tarren mi guardò accigliato. «Riya, la corteccia è in un posto non sicuro» mi rimproverò, con gli occhi fissi sui miei. «Ti ci porteremo tra una settimana o due, quando avremo il tempo di prepararci adeguatamente per un viaggio del genere e potremo accompagnarti tutti e tre. Fino ad allora, bisognerà aspettare. È chiaro? Non possiamo rischiare che tu vada da sola, non con gli attacchi delle *vipn* in aumento in quella zona.»

Annuii, mordendomi il labbro. Ovviamente non capiva quanto fosse importante per me. E non potevo dirglielo. Quindi sorrisi e basta. «Sì» dissi, frenando la mia ansia. «Allora dove stiamo andando?»

«Dove?» Tarren si alzò in piedi, le sue enormi braccia si incresparono mentre si muoveva. «Ti porteremo a vedere i cristalli alle cascate Eloki. È uno dei posti più belli del pianeta. Dopo una rotazione planetaria come quella odierna, penso che tutti abbiamo bisogno di sperimentarne le proprietà curative. Anche se non c'è tempo, dovremmo trovarlo.»

Mi si riempì di calore il petto. «Ho sempre voluto vederlo!» Balzai in piedi, con il cuore che batteva forte. «Grazie.» Risi, ma avrei persino potuto ballare per l'eccitazione.»

Lo sguardo triste sul volto di Ronan mi lasciò senza parole e mi fermai. «Che c'è? Cosa c'è che non va?»

«Niente.» Deglutì. «A parte il fatto che ci abbiamo messo così tanto tempo a chiederti di andare a fare qualcosa di divertente, *kazo*. Per le stelle, siamo dei compagni miserabili. Come ci sopporti?»

«Ronan.» Lo scrutai, cercando di capire se facesse sul serio. Lo abbracciai. «Come puoi dirlo? Tutti noi siamo stati così impegnati con il lavoro. So bene che c'è poco tempo per dormire, figuriamoci per i viaggi di piacere. Non vi considero affatto miserabili» gli assicurai.

Era ancora rigido. «Ti abbiamo tenuta qui per interi cicli lunari senza una visita. Dobbiamo fare meglio.»

«Non posso lamentarmi» dissi, toccandogli un'antenna, cosa che di solito lo faceva ringhiare e sorridermi. «Sono sicura che tra qualche ciclo solare le cose saranno così calme che non ci sarà altro che tempo libero e tutta la rotazione del pianeta a disposizione.» Questo pensiero mi metteva a disagio, perché tra qualche ciclo solare, dove mi sarei trovata? Mi morsi la lingua e aggiunsi: «Ma oggi mi piacerebbe vedere i cristalli.»

Gli toccai di nuovo le antenne e sussurrai, con un tono che tutti potessero sentire: «L'unica preoccupazione che ho è se avremo privacy alle cascate.»

Rilassò le spalle e rise, poi mi afferrò con forza. «Nel caso avessimo bisogno di scoparti lì, è questo che intendi?»

«No, nel caso in cui dovessimo discutere di una strategia di gestione del territorio» ribattei, e gli feci una smorfia.

Ringhiò e mi prese tra le sue braccia. «Assicurati di portare alcune delle cose nella scatola» suggerì a Jax. «Questa qui si comporta in modo molto esuberante oggi e potrebbe aver bisogno che qualcuno le ricordi come parlare in modo appropriato ai suoi compagni.»

Ridacchiai mentre ci dirigevamo verso la navicella che ci avevano appena consegnato, era Ronan a trasportarmi. La maggior parte delle prime cupole ora avevano dei veicoli condivisi; Un giorno ne avremo avuto uno dedicato, ma i tempi di produzione non riuscivano a tenere il passo con le necessità, quindi ci alternavamo.

«Grazie *kazo,* è il nostro turno per la navicella» disse Tarren, mentre sincronizzava il suo dispositivo di comunicazione con i controlli e digitava le coordinate. «E per fortuna è uno dei nuovi modelli con guida automatica.»

«Perché sei troppo pigro per capitanarlo» concordò Ronan, annuendo.

Tarren sbuffò. «Ancora di più perché devo tenerti d'occhio, per assicurarmi che non cadi accidentalmente dalla porta di emergenza o che non premi pulsanti che non dovresti toccare.» Lui alzò gli occhi al cielo e io risi. Adoravo la loro affettuosa rivalità. All'inizio temevo sul serio che non andassero d'accordo. Ora sapevo che faceva parte del modo in cui interagivano e che il loro legame era così profondo che non poteva essere infranto.

Mentre la navicella sfrecciava oltre la nostra cupola, il mio battito accelerava man mano che si aprivano nuovi panorami. Vidi le cupole vicine, e poi la collina Eloki, e... oh, *Madre Terra*.

Mi vennero le lacrime agli occhi e mi misi una mano sulla bocca, mentre mi trovavo di fronte alla scena più maestosa. La cascata doveva essere alta centinaia di piedi, e l'acqua era bianca e fragorosa, si infrangeva in onde, ma da questa distanza mi ricordava anche fiorellini bianchi mossi dalla brezza. Gli arcobaleni lampeggiavano e danzavano attraverso gli spruzzi, e potevo già sentire il ruggito, una montagna d'acqua, che cadeva senza fine in una pozza blu intenso, ceruleo, azzurro. E da ogni lato, per quanto riuscivo a vedere, c'erano cristalli. Cave, grotte, colori diversi, tutti scintillanti e brillanti come un immenso tesoro. Sembrava un sogno.

«È anche meglio degli ologrammi» mormorai, con gli occhi spalancati.

«Nessuna immagine può rendergli giustizia» concordò Jax, prendendomi la mano.

Tutti e tre tacquero, e mi chiesi se questa scena non li

colpisse più potentemente di quanto non colpisse me. Avevano una profonda connessione con questi cristalli, che alimentavano il loro sangue, la loro stessa esistenza. Questo era stato in parte ciò che aveva reso la conquista dei finn così spregevole. Avevano cercato di ripulire completamente questo pianeta dal suo cristallo. Di venderlo per farne pistole laser. Poiché sapevano che gli zandiani ne avevano bisogno per vivere, avevano cercato di proposito di sterminare l'intera specie.

Ma poi l'avevano pagata.

«È un luogo sacro» disse infine Tarren. «Lo senti anche tu?» mi cercò con lo sguardo.

«Sì.» Gli toccai il viso, lungo la cicatrice. «Sì.»

«I tuoi cristalli provengono da qui» disse a bassa voce, e mi toccò l'orecchio. Spinsi la testa contro il calore del suo palmo.

Jax mi afferrò la nuca, facendo scorrere il pollice lungo le ciocche di capelli. «I cristalli non servono solo per bellezza.» Mi piazzò un bacio sul collo. «Ci ricordano che per noi sei sacra quanto la vita. Indossi i cristalli per dimostrare che sei necessaria per noi, per la vita e il nostro futuro. È un legame che non può essere spezzato.»

Mi commossi e misi una mano sopra la sua, così entrambi i palmi premevano contro il mio corpo. «Grazie. Non sono mai stata così apprezzata in tutta la mia vita.»

Costrinsi i miei pensieri a restare qui, in questo momento, per non balzare verso il futuro. «Possiamo uscire? Posso toccare i cristalli?»

«Andiamo.» Ronan tese la mano. «Voglio che guardi tutti i colori e mi dici quali sono i tuoi preferiti, poi li confronterò e vedrò se i miei corrispondono. Ho una predilezione speciale per quelli con sfumature rosse.» Mi sorrise. «Non so perché, ma è così.»

«Il muschio è spesso lungo la cascata» disse Jax. «Possiamo rilassarci lì, a distanza di sicurezza dai bordi.»

«È così rumorosa.» Dovetti quasi gridare per farmi sentire. Così vicino alle cascate, la potenza era straordinaria e al tempo spesso terrificante. Così tanta acqua poteva schiacciare e distruggere qualsiasi cosa, anche se era una forza vitale. La natura era una dea feroce.

Le rocce tempestate di cristalli erano intervallate da felci, sparse tra il fitto muschio. Andai verso quella più vicina e feci scorrere le mani sui cristalli, rosa e verde acqua, acquamarina e granato, permettendo alla punta delle dita di sentirli. Poi chiusi gli occhi e toccai di nuovo e, con mia sorpresa, sentii un battito, una scintilla, attraversarmi.

Sorpresa, sbattei le palpebre e mi guardai intorno: era reale? I miei compagni mi guardarono, con la fame negli occhi.

«C'è energia qui» disse Jax sorridendo alla mia reazione. «Lo sentiamo tutti. Se puoi sentirla anche tu, ciò non farà altro che rafforzare il nostro legame. Non sapevo se un essere umano l'avrebbe percepita, ma... abbiamo molto da imparare su come interagiscono gli zandiani e gli umani. Sugli scambi reciproci.»

Sembravano ancora più potenti di prima, come se l'aria stessa qui li rivitalizzasse. Non avevo mai visto Ronan così alto, o Tarren così magnifico. Il profilo di Jax era bello oltre ogni immaginazione, i suoi muscoli erano perfetti.

Jax fece un cenno ai suoi cugini. Ancora una volta comunicavano senza parlare e quando Jax si girò verso di me e mi tese la mano, indicando una fitta macchia di soffice muschio a poche decine di metri di distanza, sorrisi.

Non ero sicura che sarebbe stato appropriato. Ora che ero qui, l'accoppiamento vicino a questa cascata non era solo accettabile, ma necessario. Questo posto mi chiamava.

Volevo essere tutt'uno con i miei zandiani, e riuscivo a malapena a contenere la mia eccitazione mentre Jax mi spogliava, senza parlare. C'era troppo rumore per parlare e in questo momento non avevamo bisogno della lingua.

Cademmo in un ritmo che era diventato naturale, un ordine che comprendevamo da molte notti insieme. E quando mi imbattei nella bocca di Ronan, e nel cazzo di Jax, e poi quello di Tarren, gridai i miei orgasmi, urlando la mia gioia contro l'acqua ruggente che inghiottiva i miei suoni, ma li rigettava nei suoi echi attraverso la valle. E quello che gridai fu: *sono felice.*

CAPITOLO OTTO

Tarren

«Ho una notizia fantastica» gridai, con il cuore che batteva forte mentre entravo nella nostra cupola, a tarda sera. Il cielo era scuro, con le stelle e le costellazioni luminose come diamanti su inchiostro nero. La cupola profumava di pane, qualcosa che Riya doveva aver cotto durante la rotazione del pianeta. Anche se non mangiavo come lei, avevo imparato ad apprezzare gli aromi accoglienti associati alle sue abitudini umane.

Jax, seduto su uno sgabello, con le gambe divaricate, guardava accigliato una grande mappa sul tavolo, tamburellando con le dita per concentrarsi. Ronan giaceva su un divano, Riya era accoccolata accanto a lui; le stava trasmettendo qualche ologramma sulla scheda Comunicazioni. Gli occhi le brillavano mentre i capelli le sfioravano la spalla. Il cazzo mi tremò, immaginando i suoi capelli sulla mia pelle, ma... più tardi.

«Katya è incinta» gridai, sbattendo la porta e battendo i miei stivali sul pezzo di stoffa che Riya ci ammoniva di usare. «L'ha annunciato proprio adesso.»

Jax balzò in piedi e la mappa cadde a terra nella fretta. «Che bella notizia» ruggì, agitando in aria il pugno.

Ronan si avvicinò e mi abbracciò forte. Poi fece un passo indietro e rise. «Beh, forse dovrei riservare l'abbraccio allo zandiano che ha messo lì il bambino» osservò, e tutti ridemmo, un po' troppo forte, forse. «Dovremmo festeggiare tutti. Riya, cosa ne pensi?»

Ma Riya era pallida, con gli occhi spalancati, come sotto shock. Poi sbatté le palpebre e si sfregò le mani. «Sono... fuori di me dall'eccitazione» disse, a voce bassa.

Kazo.

La nostra piccola compagna era dispiaciuta di non essere rimasta incinta per prima? Stelle, non avrei mai voluto che si sentisse un fallimento. Mai.

Si toccò il viso e guardò fuori dalla finestra per un momento, e percepii un'ondata di disagio in lei. Aveva paura? Mi rivolsi a Jax e Ronan per avere chiarimenti, ma nessuno dei due aveva colto la sua espressione, e quando si alzò in piedi e spostò i lunghi capelli dietro le orecchie, stava sorridendo anche lei, e le guance erano tornate al loro colore normale.

«È incredibile» disse. «Un bambino. Il futuro. Naturalmente sapevamo che sarebbe successo.»

«Ma nessuno ne era assolutamente certo» aggiunse Ronan. «Quindi è un sollievo. I primi piccoli del progetto di ripopolamento.» Afferrò Riya per la vita e la fece oscillare in cerchio. «Che ne dici di trascorrere un po' di tempo stasera ad assicurarci di essere il secondo gruppo ad annunciarlo?» La mise giù e fece un passo indietro. «A meno che... tu... non sia...già in attesa?» spalancò gli occhi e il suo viso rimase impassibile.

Sbuffai, perché le stava toccando la pancia come se fosse fatta di qualcosa di fragile.

Ma lei scosse la testa. «No. Non lo sono.» Il tono della sua voce, quasi triste, mi portò a chiedermi cosa le stesse passando per la testa.

«Non *ancora*» la corresse Jax, chinandosi per baciarle il collo. «Ma succederà presto.»

Ronan era stordito. «Pianeta zandiano, popolazione X più uno!» gridò, e Riya gli sorrise, i suoi occhi riacquistarono la loro brillantezza.

Feci un respiro profondo. Tutto stava prendendo forma, proprio come lo sognavamo tanti anni fa. Il nostro pianeta... le fattorie... e ora, la promessa di una popolazione in crescita. Tutti i pezzi stavano andando al loro posto come un piano del destino.

L'impulso di prendere la mia compagna mi travolse e strinsi Riya nel mio abbraccio. «Presto vedremo la tua pancia gonfiarsi con un bambino» le ringhiai all'orecchio. «Mio.» Non sapevo se sarebbe stato mio o di uno dei miei cugini e in questo momento mi interessava poco, bastava che succedesse.

«Niente mi renderebbe più felice.» La sua voce sembrava debole. Allungò la mano e seguì la cicatrice sulla mia guancia. Quando lo aveva fatto per la prima volta qualche ciclo lunare fa, ero trasalito, ma ora mi appoggiai al suo tocco morbido, sapendo che lo faceva per affetto. Le piaceva ogni parte del mio corpo, mi diceva, e le sue dita non mentivano. «Sei così forte. Nobile. Un giorno genererai una dozzina di bambini.» Le si riempirono gli occhi di lacrime.

«Emoziona anche me» ammisi, allungando la mano per stringerle il sedere. Avevo imparato che non tutte le lacrime significavano angoscia: a volte gli esseri umani piangevano quando provavano emozioni forti, come la felicità. Ero orgoglioso di averlo capito questa volta. «Ma mio cugino ha ragione. Dovremmo dedicare un po' di tempo a garantirlo.» Sorrisi e le diedi uno schiaffetto nel punto in cui le avevo afferrato la pelle, e lei squittì, quel piccolo suono sorpreso che amavo, *kazo*.

«Ho sentito dire che le umane diventavano più fertili quanto più sono bagnate quando scopano» annunciò Jax, togliendosi gli indumenti. «Riya, questo significa che dovrò sculacciarti bene e forte proprio adesso, perché sappiamo tutti che ti fa inzuppare in modo indecente.»

«No...» gemette, ma le ciglia svolazzarono, e vidi il rossore rivelatore di eccitazione sulle sue guance. Alla nostra piccola umana piacevano le punizioni.

«Penso che potrebbe avere bisogno di una dose di cinghia» suggerì Ronan. «Si eccita molto di più quando la frustiamo.»

«La cinghia fa male» si lamentò Riya, ma vidi i suoi capezzoli spingere sotto la veste sottile e sapevo che le piaceva molto più di quanto ammettesse.

Ringhiai e strappai il tessuto in due e soffocai il suo grido di sorpresa con la bocca. Lei ricambiò il mio bacio, incerto, poi impaziente, allungò le mani per afferrarmi le antenne.

Le schiaffeggiai forte il culo. «Non ancora» le ordinai, abbassandole le mani. «Ti dirò io quando. Tienile giù.» Le leccai i capezzoli e li morsi finché non gemette, il suo respiro divenne più veloce, ma lei obbediente tenne le mani lungo i fianchi, anche se si dimenava sotto le mie cure.

«È così obbediente» disse Jax, con la voce rauca dal bisogno. «Adoro il modo in cui l'abbiamo addestrata bene.»

«Giusto.» Le schiaffeggiai di nuovo il culo, facendola gemere. Premette il bacino contro il mio ma non mosse le mani fuori posto. «Lei è la nostra piccola schiava del sesso, vero, Riya?»

In principio, un commento come questo sarebbe stato folle, soprattutto considerando il suo passato. Adesso, però, queste parole le facevano crescere l'eccitazione, perché ne sentivo l'odore nell'aria.

«Sì, vi prego, sono vostra» sussurrò. «Posso toccarvi?»

«No.» Mi sedetti sulla piattaforma fluttuante e me la tirai sulle ginocchia. «Non finché non ti avrò dato il permesso. E penso che stasera tutti e tre raggiungeremo l'orgasmo almeno una volta prima che tu ne ottenga uno solo. Se vieni prima del permesso, userò la frusta.»

Si irrigidì: la frusta era lo strumento più duro che avevamo, e sapeva che serviva solo per infrazioni gravi. In effetti, non l'avevo mai usata su di lei durante i nostri giochi. Ma volevo assicurarmi che capisse cosa doveva fare.

«Sì, padrone» sussurrò.

«Apri le cosce» ordinai. «Mostraci la tua eccitazione. Ti sculaccerò finché non sarai due volte più bagnata, poi ti prenderò forte. Non potrai venire, però, finché non succhierai Jax e lascerai che Ronan ti venga nel culo. Capito?»

«Sì.» Mosse le cosce e vidi dell'altra umidità raccogliersi nelle sue morbide pieghe. Le piaceva essere stuzzicata, anche se allo stesso tempo lo odiava, e i suoi orgasmi dopo una sessione di questo tipo erano così feroci che quasi sveniva dal piacere. Avevo intenzione di portarla a questo stasera.

Iniziai deciso con sculacciate forti, senza darle il tempo di scaldarsi. Quando lo facevo, le provocava più dolore, ma la eccitava anche ferocemente, e lei lo avrebbe sopportato finché le avessi tenuto fermi i fianchi che si agitavano e le cosce che si dimenavano. Sculacciai finché il sedere si arrossò e lei mi implorò di smettere, poi mi spostai e la tenni in modo che fosse seduta sulle mie ginocchia, con la schiena contro il mio petto.

«Ahi, Ahi, Tarren, ahi» disse, spingendo la testa contro la mia spalla. «Fa male, hai finito? Ti prego, adesso scopami!»

«Controlla se è abbastanza bagnata» ordinai a Jax, che era già lì.

«Puoi appoggiarti allo schienale, sollevarle le gambe e allargarle?» chiese Jax.

«Posso, cugino.» Sorrisi e mi appoggiai contro la testa della piattaforma del sonno e inclinai il corpo di Riya afferrandola sotto le cosce e sollevandola. «Gambe su, umana» ordinai, «belle alte, e ben divaricate. Fai quello che vuole Jax.»

Lei piagnucolò ma obbedì, assistendomi, mostrandosi come le era stato ordinato.

«Allunga la mano e allarga le labbra della figa per Jax,» ordinai. «E se non sei abbastanza bagnata, ti verrà in aiuto la cinghia.»

«Sono bagnatissima» gemette e si abbassò. *Kazo,* avrei voluto essere io ad assaggiare il suo miele in questo momento. Sarebbe venuto il mio turno, però, quindi le spinsi le gambe più in alto per dare a Jax il dolcetto che desiderava.

Si chinò e nascose la testa tra le sue cosce, leccandole la pelle finché lei non gridò e la sentii tremare tra le mie braccia. «Jax, Tarren, devo venire, vi prego» implorò.

«Conosci le regole» le ringhiai all'orecchio. «Vuoi per caso la frusta?»

«No, non voglio la frusta, ma non credo di potermi trattenere» implorò, spingendo le cosce contro la mia presa.

«Peccato» dissi, senza comprensione. «Fa parte della tua formazione. Hai tre padroni da accontentare, Riya. Devi imparare a gestire tutto ciò che decidiamo di darti. Gli orgasmi sono una ricompensa, oggi. Te li guadagnerai dandoci piacere.»

«La voglio sdraiata sul bordo della piattaforma del sonno», annunciò Jax. «Riya, lascia cadere leggermente la testa sul bordo della piattaforma e apri la bocca più che puoi.

Ti scoperò la gola. Se mi darai piacere, chiederò a Ronan di leccarti la figa come ricompensa. Se non mi soddisfi, invece te la sculaccerà.»

Riya sussultò e io la spostai nel punto desiderato. Sembrava un po' spaventata, ma quando allargò le gambe era così bagnata che gocciolava dall'interno delle cosce e i capezzoli erano tesi come proiettili.

Aprì la bocca e chiuse gli occhi.

Jax

CE L'AVEVO COSÌ duro che mi faceva male, e la vista di Riya nuda e spalancata, con la bocca aperta per darmi piacere, era senza paragoni. L'altezza era perfetta e le afferrai la testa con entrambi i palmi. «Apri gli occhi» le dissi, e lei lo fece, guardandomi a testa in giù. «Non potrai parlare con il mio cazzo in bocca» le dissi, «e ti scoperò di brutto per molto tempo. Stringi la mano di Tarren se hai bisogno d'aria e lui mi avviserà.»

«Sì, padrone» sussurrò, dando la mano a Tarren, che giacendo accanto a lei, già le leccava i capezzoli.

«E tieni quelle cosce larghe» le ricordai, «così Ronan può punirti la figa se è necessario. Ora apri.» Le diedi uno schiaffo sulla guancia, non forte, un colpetto possessivo che la fece sussultare, ma aprì la bocca.

Affondai, centimetro dopo centimetro, il caldo velluto della sua lingua era come un paradiso. La sua gola era stretta e la sua presa sul cazzo, così stretta, mi fece girare la testa dal piacere. Le afferrai la testa e la tenni, muovendola mentre lo facevo entrare e uscire, prendendo il ritmo. La sentii irrigidirsi e mi tirai fuori, e tossì e ansimò per respirare. Poi alzò lo sguardo verso di me, appoggiò obbedientemente la testa all'indietro e aprì la bocca.

Pompai di nuovo, questa volta andando più in profondità, e passarono solo pochi secondi prima che sentissi un formicolio nelle palle. «Ti vengo in bocca» ruggii. «Ingoia tutto, Riya. Non perderti nemmeno una goccia.»

Non poteva parlare ma vidi dall'espressione di Ronan che era più bagnata che mai, perché lui iniziava a leccarle il clitoride. Sollevò i fianchi e lui li afferrò proprio mentre io le entravo in gola, pulsando ancora e ancora, uno dei migliori orgasmi della mia vita. Avere Riya trattenuta e soddisfatta mentre le scopavo la bocca era la cosa più eccitante che avessi mai visto, *kazo,* e ruggii il suo nome ancora e ancora, la sensazione mi travolse.

Quando mi tirai fuori, lasciando una scia di sperma arcobaleno sulle sue labbra, lei ansimò per respirare e cercò di spingere il suo corpo nella bocca di Ronan. «Oh, per favore, scopami, per favore» gemette, rigirandosi tra le sue mani.

«No» disse. «E se me lo chiedi di nuovo, dovrò punire la tua figa.»

«Fallo comunque» disse Tarren. «Voglio sentire quanto si bagna quando la schiaffeggi.»

«Ottima idea, cugino» concordò Ronan.

Barcollai verso la piattaforma fluttuante e mi sdraiai accanto a Riya, esausto, con il corpo che pulsava ancora di piacere. Tarren era ancora dall'altra parte e giocherellava con uno dei suoi capezzoli.

«Riya, è stato fantastico» mormorai, allungando la mano per stringerle l'altro capezzolo.

~

RONAN

«GINOCCHIA SU» ordinai a Riya, e lei obbedì, posizionando le piante dei piedi sulla piattaforma e sistemando le gambe. Ormai sapeva come mi piaceva e si metteva nelle posizioni che preferivo quando glielo ordinavo. Mi si indurì il cazzo alla vista della figa gonfia, ma era il piccolo, scuro buco del culo che avevo intenzione di prendere stasera. Il suo culo, sempre stretto, me lo faceva venire durissimo e adoravo il modo in cui lottava contro il dolore, prima che si trasformasse in piacere.

«Questa è per Tarren» dissi, e le schiaffeggiai la figa con il palmo della mano.

Lei gridò e chiuse le ginocchia di colpo, ma lo sguardo nei suoi occhi mi fece capire quanto le piaceva.

«Gambe aperte» le ricordai. «O può darsi che ti faremo aspettare fino a domani per avere un orgasmo.»

«Non lo fareste» ansimò, con le pupille che si dilatano ulteriormente.

Alzai le sopracciglia. «Ho sentito da altri zandiani che la negazione dell'orgasmo è un modo meraviglioso per garantire l'obbedienza delle loro umane» dissi. «Penso che un giorno dovremo verificare se vale anche per te.»

«Ma non stasera» disse, con tutto il corpo teso.

«No, se fai la brava» concordai, e le schiaffeggiai di nuovo la figa, più forte.

Fece un respiro profondo e fece scattare le cosce, ma le gambe rimasero aperte.

«Ancora abbastanza succosa per te, Tarren?» chiesi, schiaffeggiandola una terza volta, più forte.

Lei gemette e alzò i fianchi verso di me. «Fallo ancora.»

Immersi un dito dentro di lei. «Sei così bagnata, Riya.»

La schiaffeggiai un paio di volte, più leggermente, assicurandomi che le ultime arrivassero sul suo clitoride. Il suo corpo si contorse e gridò, un verso di piacere.

«Quasi abbastanza bagnata» ringhiò Tarren, così la schiaffeggiai di nuovo, il suono riecheggiò nella stanza.

«Girati» dissi, toccandole il fianco, «e mettiti su mani e ginocchia. Sai che è il mio modo preferito di fotterti il culo.»

«È anche il mio preferito» mormorò, e io gemetti per l'improvviso bisogno che mi attraversò il corpo.

Presi la bottiglietta di lubrificante che stava sulla coperta e ne premetti la punta contro il suo buco. La strinsi, lasciando che una buona quantità venisse spruzzata nel suo corpo. Lei si spostò e borbottò qualcosa di incomprensibile, quindi le schiaffeggiai il culo e schizzai di nuovo. Quando mi spruzzai il lubrificante sul cazzo duro come la roccia, non vedevo l'ora.

«Tieni le natiche morbide e aperte per me» le ricordai, premendo la punta verso la sua entrata. Lei si contrasse, poi si rilassa e io spinsi.

«Oh» gridò, con voce eccitata, come faceva sempre quando uno dei nostri cazzi le entrava nel culo. Le tenni i fianchi fermi mentre spingevo dentro, centimetro dopo centimetro, godendomi i suoi movimenti. Una volta che fui completamente piazzato, come sempre, lei si rilassò mentre i suoi muscoli accettavano il mio membro, emettendo un basso gemito di apprezzamento.

«*Kazo* è così bello essere dentro di te in questo modo» dissi, stringendola abbastanza forte da lasciarle dei lividi. «Ti scoperò forte. Ricorda, non puoi venire e, se lo fai, verrai punita.»

«Lo ricordo» ansimò. «Ma potrei dover venire comunque.» Adorava essere costretta ad aspettare, quindi non mi sentii in colpa. Ci aveva detto più di una volta che essere costretta a resistere portava degli orgasmi migliori.

Stuzzicarla era davvero divertente, *kazo*: portarla al limite del suo autocontrollo e costringerla a restare lì, a prenderlo, a prendere tutto ciò che volevo darle. Mi dava alla testa come nient'altro. La penetrai a lungo, estraendo il cazzo e spingendolo dentro, a volte abbassandomi per toccarle il clitoride finché non divenne frenetica sotto il mio corpo e mi resi conto che mancava pochissimo perché venisse.

Sudavamo entrambi quando ruggii il suo nome e spinsi in profondità, venendo così forte che vidi le stelle, riempiendole il culo con il mio sperma. Stava gridando il mio nome e non sapevo se mi stava implorando di essere liberata o se era un'invocazione all'universo perché la aiutasse a resistere. In ogni caso, il mio orgasmo fu la cosa più gloriosa del mondo e caddi accanto a lei, soddisfatto, e la tenni tra le braccia finché non tornai in grado di intendere.

TARREN

RIYA ERA COSÌ bisognosa ora che i suoi occhi erano vitrei di desiderio e tutto il corpo era teso per il bisogno di venire. Ronan le strofinò delicatamente il culo, pulendola dopo averla scopata, ma vedevo che aveva solo una cosa in mente in questo momento... Il mio cazzo, che se era fortunata, le avrebbe garantito un orgasmo tutto suo.

Mi fissò con gli occhi spalancati, avevo altrettanto bisogno di lei. Era sotto la mia pelle, nella mia mente, era quella a cui pensavo quando mi addormentavo e quando mi svegliavo la mattina. Guardare i miei cugini che la tormentavano e la lasciavano piena di desiderio me l'aveva fatto venire così duro che riuscivo a malapena a sopportare la sensazione. Lei moriva dalla voglia di un cazzo e sarebbe stato il mio a soddisfarla. Sarebbe stato il mio a darle piacere stasera.

Mi chinai per leccarla, il sapore mi fece impazzire, e poi la baciai, e lei attaccò avidamente la mia bocca, spingendo la lingua per incontrare la mia, spingendo i fianchi verso di me.

«Vuoi assaggiarti?» le chiesi, e mi chinai per leccarla ancora, ancora e ancora, prima di premere le labbra sulle sue. «Assaggia questa figa, quella che tutti noi amiamo così tanto.»

«Mmm» mormorò, succhiandomi la lingua e abbassando la mano per stringermi il cazzo.

«Sì, tienilo stretto, strofinalo così» la incitai, mentre iniziava ad accarezzarmi. «Infilati le dita nella figa e spargi i tuoi succhi su tutta la mano per renderla più viscida mentre mi accarezzi.»

Lo fece, e la sensazione del suo palmo bagnato fu pura felicità. Riuscii a prendermi solo qualche minuto prima di girarla sulla schiena. «Andrò così in profondità che urlerai» la avvertii, inginocchiandomi sulla piattaforma fluttuante e tirandole i fianchi in modo che il suo culo fosse sulle mie cosce. Le allargai le gambe e adeguai la mia posizione in modo che il cazzo spingesse nella fica. «Così, piccola umana.»

Premetti contro il suo corpo e lei gridò, tremando, mentre la allargavo e la riempivo. Anche se era bagnata, il mio cazzo era così grosso che dovetti muovermi lentamente per evitare di farle male mentre entravo.

«Tarren, è così bello» borbottò, scuotendo la testa.

«Stringiti forte i capezzoli» ordinai. «Tirali finché non dirò di fermarti.»

Lo fece, afferrando le protuberanze dure e strattonandole.

I suoi capezzoli erano così belli, tesi ed eretti: sarei potuto rimanere a guardarla per tutta la rotazione del pianeta. «Tarren, ti prego, ho bisogno di te» disse.

Ero certo che ormai il formicolio ai capezzoli fosse a un livello perfetto per aumentare la sua eccitazione. Avevo imparato a conoscere bene il suo corpo in questi ultimi cicli lunari e non volevo causarle dolore... solo un piccolo bruciore, sufficiente per massimizzare il suo piacere. «Fermati lì e mantieni la posizione» le dissi «mentre ti colpisco. Se lasci andare o riduci la pressione, non ti lascerò venire. Voglio che tu senta i capezzoli doloranti mentre la figa esplode.»

«Oh, Madre Terra» mormorò, ma mantenne la tensione sui capezzoli.

Prima avevo pensato di frustarla, ma in questo momento l'unica cosa a cui riuscivo a pensare era esplodere nel suo corpo. Usando i suoi fianchi come leva, la colpii, dapprima lentamente, poi più forte, finché non sentii che il mio rilascio si stava avvicinando.

«Vuoi venire?» mormorai, con la voce bassa e ruvida.

«Sì!» Era rauca dal bisogno e giocherellava con i suoi capezzoli per entrambi.

«Pensi di essere stata una brava piccola umana con noi stasera? Ti sei bagnata abbastanza e hai accettato bene la scopata in bocca e nel culo? Ne hai amato ogni secondo?» Mentre parlavo, spingevo più forte.

«Sì» gemette. «Sono la vostra servizievole schiava del sesso. Adoro quando mi prendete la bocca e il culo, adoro tutto, ma per favore lasciatemi venire, non fatemi più aspettare!»

«Se ti dicessi di aspettare fino a domani, pena la frusta, aspetteresti?»

Le stuzzicai il clitoride con l'indice.

Lei sussultò contro le mie mani. «Aspetterò se me lo dici, ma ti prego, per l'amore del pianeta, per favore lasciami venire!»

Le toccai il clitoride ancora qualche volta. «Sarai buona con noi anche domani, e offrirai il culo e la figa per sculacciate e *scopate*? Senza protestare?»

«Sì, qualunque cosa» disse, con un tono di disperazione.

«Allora puoi venire» decretai. «Quando te lo dirò.»

Pompai ancora una volta. «Ora.»

E lei urlò ancora e ancora, contorcendo il corpo, mentre entravo in lei più forte che mai. «Tarren» gemette. *«Tarren-RonanJax!»* E fece una smorfia e tutto il corpo si irrigidì, poi si afflosciò, ansimante, mentre un velo di sudore le copriva il corpo.

Annunciai il mio orgasmo con un ruggito, il fuoco mi lampeggiò negli occhi, e poi crollai accanto a lei, afferrandola, come se, tenendola stretta, avessi potuto tenerla con me per sempre.

Quando tornai in me e mi guardai intorno, notai che mentre Riya era sdraiata sul mio petto, la sua altra mano era in quella di Ronan. Disteso ai piedi della piattaforma del sonno rilassato e disinvolto, Jax le teneva una mano sul polpaccio, accarezzandolo su e giù. Adorava massaggiarle i piedi e le gambe: sorrisi alle nostre solite posizioni. In qualche modo, nessuno protestava mai del fatto che fossi io di solito a tenerla contro il mio corpo, quello che la scopava per ultimo.

∾

Riya

. . .

CI STENDEMMO SULLA PIATTAFORMA FLUTTUANTE, a rilassarci. Circondata dai guerrieri più feroci di questo pianeta, mi godevo la sicurezza e il comfort assoluti che mi offrivano. Quando eravamo insieme, perdevo tutte le mie paure, tutto il mio brutto passato, e vivevo semplicemente nel momento. Una gioia che non avevo mai saputo esistesse.

Ma ora, mentre ci rilassavamo insieme, il peso del mondo scivolò di nuovo nel mio cervello, depositandosi come una fitta nebbia, liberando i tentacoli della solita ansia. Sospirai.

Jax mi strinse il polpaccio. «Riya...» La sua voce suonava soddisfatta, ma anche interrogativa.

«Sto benissimo» gli dissi, ed era vero. «Mi sto solo rilassando. Mi assicuro che le gambe mi funzionino ancora.»

Ronan ridacchiò. «Se non funzionano, ti porterò in giro in braccio come una bambina cresciuta.»

Risero tutti e tre, ma il mio disagio aumentò quando Tarren mi mise una mano sulla pancia. «Presto, quindi, ne porterai due, Ronan: lei, e quello che coverà per noi.»

Mi morsi il labbro, cercando di non irrigidirmi sotto il suo palmo, sentendomi meno protetta ora e più... intrappolata. Legata dalle mie stesse bugie e dai miei segreti.

«Non avrei mai immaginato che la vita potesse essere così» disse Ronan, con voce dolce e meditabonda, premendo il mio palmo sulle sue labbra.

«Nemmeno io.» Il dolore mi squarciò il petto. Madre Terra, faceva male. Se fossi stata onesta con loro fin dall'inizio, non sarei qui adesso, a godermi questa intimità. Ma a dire il vero avrei evitato l'inevitabile conflitto che mi aspettava come un cancro predeterminato.

«Penso che quello che mi piace di più» disse Tarren, con la voce lenta, come se assaporasse le parole mentre le diceva «è la fiducia che abbiamo costruito.»

Ronan e Jax emisero versi di assenso mentre Tarren continuò. «Per noi tre, il legame si è ulteriormente approfondito condividendo te, Riya. Avere te al nostro fianco, a lavorare con noi, mi rende felice.» Mi attirò a sé per darmi un bacio inaspettato sulla tempia, e io gemetti.

Jax mi accarezzò la caviglia. «Sapere che non dobbiamo preoccuparci delle bugie o degli inganni, che torniamo a casa in un luogo pieno di sicurezza e affetto, è tutto.»

Ronan intrecciò le dita alle mie. «Hanno ragione. Ci sono così tanti esseri nella galassia che sono pieni di miseria, anche quelli di cui dovremmo fidarci di più. Come Gunt, che rubava i cristalli a re Zander.»

La presa di Tarren si fece più forte. «Non menzionare quel *kazo* di pezzo di escrementi a Riya. Disonori la sua purezza tirandolo in ballo.»

Sbattei le palpebre rapidamente, una sensazione di freddo mi attanagliò il petto. «Voglio conoscere il vostro passato. Raccontatemi.»

«Era un ladro disonesto che non meritava di condividere la stessa aria che respiriamo. Il suo inganno e il suo tradimento ci sono costati cari e hanno ferito gli zandiani a cui teniamo molto.» Il tono di voce di Tarren era duro. «Svendeva i cristalli nel corso di ogni trasferta che facevamo con lui. Non avevamo idea che ci stesse mentendo. Gli zandiani non mentono mai.»

Jax mi massaggiò le dita dei piedi, una cosa che di solito mi faceva gemere di piacere e sciogliere tra le coperte, ma in questa rotazione del pianeta mi sentivo tesa. «È orribile.»

«La prigione è fin troppo bella per lui.» Il corpo di Tarren si tese, prima di rilassarsi. «Non sarà mai perdonato, finché lui e io vivremo.»

Annuii. «Immagino che alcune cose... siano troppo grandi per essere perdonate.» Mi stupii del fatto che la voce non mi tremasse.

Gli zandiani non mentono mai. Come avrebbero mai potuto, i miei guerrieri, perdonare il mio inganno?

«Puoi prendere una coperta? Ho freddo.»

Ronan saltò giù e recuperò la mia coperta di pile preferita dal divano laterale che lui prediligeva. La mascella era arrossita mentre me la sistemava addosso. «Mi piace dormirci sopra» ammise. «Ha il tuo odore. Non mi dispiace affatto che tu dorma con Tarren quasi tutte le notti, ma io dormo meglio con il tuo profumo vicino a me.»

Allungai la mano e gli passai le dita tra i capelli. «Puoi dormirci quando vuoi. Io la voglio solo adesso.» Anche con la coperta addosso, il freddo non avrebbe lasciato le mie ossa.

CAPITOLO NOVE

R*iya*

Mi accelerò il respiro mentre uscivo dalla cupola e guardavo oltre i miei giardini; stringevo il coltello in tasca per assicurarmi che fosse ancora lì. Mettendomi la sacca di tela in spalla, feci un respiro profondo. Si sentiva il profumo di terra bagnata, inumidita da una pioggia recente, e l'odore verde dei miei germogli. I miei compagni erano tutti via per i loro compiti quotidiani e io avevo dei progetti miei.

Guardai di nuovo la cupola, vedendo le calendule riflettersi come fuoco attraverso il vetro increspato, ondulando nel mio campo visivo come tappeti arancioni. Avevo scoperto il segreto per farla crescere.

Una volta richiesto l'invio dei testi antichi alla nostra unità di comunicazione, avevo iniziato l'arduo lavoro di traduzione. Quella umana era una lingua morta, non solo morta ma dimenticata, ma alcuni esseri nella galassia avevano collezionato biblioteche di cose antiche. Gli scritti di Alexandrine, una galassia esplosa eoni fa, dopo che un piccolo gruppo era fuggito con le navicelle. Le pergamene del pianeta

Tarrexiano, annientato in una battaglia dimenticata da tempo dalla storia. E tomi dalla Terra, libri che molto tempo fa erano stati sotterrati dalla polvere, ma che in seguito erano stati scansionati in formato elettronico per tramandarli finché qualcuno li avesse ritenuti degni di spazio su qualche server galattico.

Non ero un genio. Ma sapevo che avrei potuto imparare a decifrarli da sola e l'avevo fatto. Re Zander aveva detto che tutti gli esseri umani avrebbero ricevuto una formazione nel tempo, una volta creato un programma, ma mi aveva permesso di provare da sola.

Avevo passato ore a lavorare sugli strani simboli, usando un elenco di parole per tradurre le frasi arcaiche nella mia lingua. Lentamente le parole avevano preso vita, erano esplose in colori tridimensionali, mentre sbloccavo, riga per riga, i consigli di agricoltori e piantatori umani, come me, vissuti tanti anni fa.

Avevo appreso così tante cose che potevo insegnare ai miei compagni, ma prima dovevo assicurarmi che i miei giardini fossero affidabili, che ciò che aveva funzionato una volta avrebbe funzionato ancora e ancora. E in questo momento, avevo bisogno di alcune piante che crescevano solo qui, perché la miscela di vecchi semi della Terra con piante zandiane si stava rivelando utile per rafforzare di decine di volte gli unguenti e le lozioni della Terra.

Tarren mi aveva proibito di oltrepassare i confini della nostra proprietà senza di lui o un altro compagno e mi aveva detto che non avrei potuto assolutamente, mai, viaggiare da sola, finché questa ondata di *vipn* non fosse stata studiata e contenuta. Il motivo per cui questo covo si stava spostando verso il limite della foresta era un mistero, che agli zandiani non interessa tanto quanto i progetti di ripopolamento.

Dovevo prendere la corteccia dal cespuglio di Argrax.

Avevo sentito dire che conteneva un potente medicinale, l'acido salicilico, che aiutava a ridurre la febbre e l'infiammazione. Se era vero, ero sicura che se fossi riuscita a estrarre l'acido dalla corteccia, avrei potuto includerlo in un unguento che avrebbe velocizzato di cinque volte il tempo di guarigione zandiano.

Il fatto era che la corteccia si trovava nella foresta dove non sarei dovuta andare. Tuttavia, avevo il mio coltello come protezione e, infilata nella borsa, una miscela acida che avevo creato, che tenevo ben chiusa in una fiala di vetro. Un'arma chimica. Mi sarebbe dispiaciuto ferire un essere vivente, ma per ogni evenienza...

Nel profondo della mia mente crebbe un'idea, immaginando questo fluido spruzzato su larga scala su una nave nemica, mentre indeboliva il metallo, facendolo spaccare come un baccello maturo in autunno, marrone e fragile. Dopotutto, forse un giorno sarei diventata il generale guerriero di Jax.

Scossi la testa e impugnai nuovamente il coltello. C'era silenzio, a parte i trilli dei Barillia, uccelli dalle piume vivaci il cui richiamo rauco ci svegliava al mattino, uccelli che non erano destinati a diventare cibo, poiché la loro carne era amara e caustica. Le loro uova, tuttavia, erano divine e avevo scoperto che i gusci, frantumati in una polvere fine, costituivano un buon fertilizzante per le erbe.

Un suono mi fece girare la testa, ma si trattava solo di un ramo mosso dal vento. Mi muovevo velocemente, le mie gambe erano forti sul terreno irregolare. I boschi erano a sole sette miglia dalla cupola, ma era un altro mondo, un posto che non riuscivo mai a vedere. Anche se ero nervosa all'idea di disobbedire ed ero costantemente in guardia per le *vipn*, l'esultanza di un'avventura in solitaria mi riempiva di gioia vertiginosa, e gridai e corsi avanti, sentendo i miei capelli che si scioglievano dietro di me, più libera di quanto non fossi mai stata.

La professione medica mi aveva reso forte e le mie attività quotidiane mantenevano i miei muscoli tonici e tesi, e trovai che correre a lungo non fosse faticoso. Eppure, mentre mi avvicinavo alle zone buie e nebbiose della foresta, rallentai, ansimando, e mi guardai intorno in cerca di pericolo. Non vedendo nulla di straordinario, mi avvicinai, mantenendo i miei passi morbidi e sciolti, cercando con gli occhi la ricompensa.

L'Agrax era un'epifita; cresceva avvolta attorno ad altri alberi, con le radici esposte, assorbendo ciò di cui aveva bisogno dall'aria uggiosa, usando l'ospite come sostegno per rimanere lontano dal suolo della foresta. Prediligeva l'ingresso del bosco, dove la luce solare era più forte, ma non l'esposizione diretta, perché era troppo secca. Non mi preoccupavo troppo per le bestie perché preferivano l'altra parte del bosco, dove era più buio e protetto. Tuttavia, in questi giorni si erano avventurate ulteriormente, quindi dovevo stare all'erta.

Un'altra schiava mi aveva detto che sulla Terra, tante migliaia di anni fa, i miei antenati seguivano gli animali a piedi, cercando impronte, tracce, escrementi ed erba schiacciata per indicare il percorso tanto chiaramente come se fosse l'animale stesso ad alzarsi e indicare la posizione. Se solo avessi potuto farlo con le piante di cui avevo bisogno.

Tenni il coltello a portata, il pugno stretto, pronto a colpire se necessario, ma non arrivò nulla, e mentre avanzavo lentamente nell'oscurità, il mio battito cardiaco si calmò e riuscii a guardarmi intorno ed esaminare l'area come una botanica.

Muschio sui lati degli alberi: tutti dallo stesso lato. Aghi degli alberi, foglie sotto i piedi, che formavano un tappeto imbottito. Crescite fungine di colore blu brillante mostravano radici sporgenti: poteva essere la Lissa, un fungo tossico da crudo, ma che da cotto rilasciava una potente medicina che poteva aiutare a conciliare il sonno? Mi accovacciai e ne tagliai un po' con il coltello, lasciandolo cadere in un contenitore pulito che sigillai, quindi pulii il coltello sul muschio. Sapevo che era meglio non toccarlo con le dita scoperte.

Mentre mi avventuravo oltre, l'aria si faceva umida e aleggiava un odore floreale. Non si sentivano i richiami di uccelli qui, solo lo scricchiolio dei detriti sotto i miei piedi. Mi fermai mentre un'ombra passava sopra il sole. La strada era lunga e dovevo partire presto se volevo fermarmi alla cupola di Holla sulla via del ritorno a casa. Aveva delle erbe di cui avevo bisogno, non per un progetto, ma per me stessa. Se fossi rimasta nei tempi previsti, avrei potuto fare tutto e precedere comunque i miei compagni a casa per evitare domande.

Fu allora che la vidi: l'epifita di cui avevo bisogno. «Ti ho trovata!» esclamai. Presi un'altra fiala e raschiai la larga corteccia nel contenitore. Con mia sorpresa, si arrotolò in piccole pergamene e fu facile ottenerne una grande quantità.

Mi misi i guanti e staccai con attenzione un Agrax più piccola dal ramo su cui era inerpicata, facendo attenzione a non strappare le radici o le foglie. Non era tossica, ma non volevo danneggiare la fragile pianta. La avvolsi in un pezzo di stoffa priva di lanugine e la misi nella borsa. Se questa corteccia si fosse rivelata utile, forse avrei capito come far ricrescere questo cespuglio nella mia cupola. Ne staccai un'altra.

Fu allora, mentre mi giravo per mettere la seconda Agrax in borsa, mentre il successo mi inondava il cervello di oro liquido, che vidi gli occhi delle *vipn*. Occhi rossi, tre paia, uno molto più basso degli altri. Era un cucciolo? Cosa stavano facendo qui?

Mi accovacciai e mi bloccai, con il coltello stretto in una mano e l'Agrax nell'altra, come una spada. Il cuore accelerò finché il battito non si tradusse in un'ondata di energia. Ero in guardia, pronta a reagire. Gli animali sembravano pronti quanto me, e poi il piccolo emise un verso stridulo di dolore che fu inconfondibile. Allora i due animali più grossi si chinarono e uno di loro guaì in risposta; il secondo tornò a guardarmi e ringhiò, un lungo, basso ringhio rabbioso, e vidi lunghi denti bagnati di saliva. Saliva avvelenata?

Non potevo rischiare di essere morsa. Lasciai cadere l'Agrax e frugai nella borsa, cercando finché non afferrai il vetro liscio della mia fiala di acido. Tenendola a portata di mano, aspettai, nauseata al pensiero di poter distruggere un animale, anche se feroce, ma sapevo che avrebbe potuto essere necessario per salvarmi la vita.

Il piccolo piagnucolò di nuovo e si leccò la zampa: ora che i miei occhi si erano adattati potevo vedere chiaramente. Notai qualcos'altro: i segni di graffi, segni di artigli, sul tronco di un albero dove cresceva un'Agrax.

Rimasi ferma e mi colpì l'ispirazione: senza distogliere lo sguardo dagli animali, come se interrompere il contatto visivo potesse permettergli di avanzare, spostai la fiala che avevo in mano, mi accovacciai, toccai l'Agrax con le dita nel punto in cui l'avevo lasciata cadere e sbucciai via una lunga striscia di corteccia sottile. Mi si arricciò in mano, rilasciando un gradevole aroma legnoso. Lo lanciai verso il trio.

Quello più alto ringhiò più forte e ululò e mi tremarono le gambe. Ma poi scattò in avanti, afferrò la corteccia in bocca e si ritirò, lasciandola cadere ai piedi dell'altro adulto. Lei (immaginai che fosse una lei) masticò la corteccia, che scricchiolò morbida e scivolosa e poi, con mia sorpresa, si chinò per sputare il boccone sul suo piccolo... sulla sua zampa.

Dolce Madre Terra! Queste bestie intelligenti usavano la medicina per guarire!

Feci un passo avanti, sperando di riuscire ad andarmene mentre erano occupati, ma quello più grande ringhiò e si mosse come se stesse per saltare, e io mi bloccai. Ripetei la precedente azione; staccai un pezzo di corteccia, lo lanciai in avanti.

Questa volta quello più grande masticò la corteccia e, quando passai oltre il loro gruppo, non mi fermarono. Ancora qualche metro e corsi più veloce che potevo, tenendo ancora in mano il coltello, il ramo e la fiala, senza fermarmi a guardarmi indietro, finché non fui a due chilometri di distanza, poi quattro; riuscivo a malapena a respirare, mentre mi dirigevo verso la fattoria di Holla.

Mi girai, quasi aspettandomi di vedere un'orda di mostri pelosi che correvano verso di me, con le zanne scoperte, ma il campo era vuoto, quindi corsi di nuovo finché non mi bruciò il petto. Mi chinai, ansimando; quando alzai lo sguardo, una cupola scintillante rifrangeva il sole nei miei occhi in mille frammenti, e mi resi conto di essere arrivata a casa di Holla. Mi avvicinai e, quando mi vide, sfoderò un'espressione attonita, per lo shock e lo sgomento.

«Riya!» Allungò le braccia per abbracciarmi, poi vide il mio coltello, si tirò indietro. «Vieni nella cupola.» Mi tirò per il braccio. «Cosa fai qui, da sola? Sei ferita?» Mi fece sedere su uno sgabello di legno. «Cosa sta succedendo, santa Madre Terra? Dove sono i tuoi compagni?»

Lanciò uno sguardo fuori dalla cupola, verso l'erba alta mossa dal vento, poi verso di me. Anche se ero esausta, feci attenzione a rimettere l'Agrax, la fiala e il coltello nello zaino.

«Stavo correndo» raspai, e afferrai la mia busta d'acqua.

«Conservatela, ne prendo altra» propose, e andò a prendere una brocca. L'acqua non era mai stata così buona. La trangugiai, avida di averne ancora, e lei la riempì nuovamente.

Finalmente sazia, la guardai. «Grazie» dissi. «Ho bisogno di un tuo consiglio.»

Lei annuì e prese fiato. «Mi aspettavo che venissi. Ma non così.» Indicò il mio aspetto sudato e selvaggio. «Cosa c'è nella tua borsa?»

«La mia salvezza» mormorai, e fui grata del fatto che non mi chiese cosa intendessi.

«Quindi?» Alzò un sopracciglio.

«Vorrei…» non mi venivano le parole. «Ho bisogno…»

Aspettò, silenziosa, immobile.

«Non posso dare alla luce dei piccoli.» Forzai la frase. «C'è qualche modo in cui puoi aiutare?»

I suoi occhi, così pieni di empatia, incrociarono i miei. «Dipende» disse «dal motivo dell'infertilità.»

«Shock stick.» Alzai il mento. «Le mie tube di Falloppio sono state sfregiate.» Strizzai gli occhi per un secondo. «Da tutta quell'elettricità, nel tempo.»

«Oh, Riya.» Impallidì. «Mi dispiace davvero tanto.» Lo sguardo nei suoi occhi mi anticipò cosa stava per dirmi.

«Ci sono delle erbe» cominciai, afferrandole le mani e sporgendomi in avanti. «Vecchie tradizioni.» Mi tremava la voce e mi resi conto che le stavo stringendo troppo forte le dita, ansimando sul suo viso. Allentai la presa sudata. «Cose di cui parlavano le schiave anziane. Io non le coltivo, ma penso che tu lo faccia.

«Quelle funzionano per disturbi specifici.» La sua voce era gentile. «Ci sono erbe per favorire il ritorno delle mestruazioni e unguenti che possono rendere una donna più fertile. Tuttavia, se in principio non è assolutamente fertile, le erbe non avranno alcuna efficacia.»

«Devo provarle.» Battei il piede.

«Riya.» Guardò in basso. «Il danno causato dagli shock stick è... irreversibile.» Parlava lentamente, come a una bambina, ma la sua voce era gentile. «Nessuna erba può annullarlo. Mi dispiace.»

«Ma potrebbe non essere quello!» Mi alzai e camminai avanti, allargando le braccia come per spiegare. «Potrebbe essere qualcos'altro, e che fossero loro a pensare che si trattasse semplicemente di quello.» Mi abbracciai. «Gli ocreziani sono notoriamente bugiardi, e anche negligenti, quando non si preoccupano più di una schiava. È possibile che sia... reversibile. Anche se è una piccola possibilità, devo provarci.» Le lacrime mi bruciavano gli occhi e la stanchezza del viaggio mi cadde addosso come una pietra. Affondai sullo sgabello e nascosi la testa tra le mani prima di guardarla. «Ti prego.»

Alzò una mano. «Ma prima devo capire il tuo corpo, Riya. Quand'è che senti il dolore lancinante dell'ovulazione o non lo senti mai? Devo capire i tempi delle tue mestruazioni. E dovrò chiedere informazioni...»

«Per favore. Senza domande. Ho bisogno delle erbe. Queste sono cose che non ho coltivato, anche se le conosco. Non sono semi inclusi nel mio pacchetto e, se li chiedo, altri potrebbero chiedermi perché ne ho bisogno. Sono diventata un po' una sperimentatrice, ma non voglio rischiare di fare domande.»

Mi avvicinai e le presi le mani. «Ti prego.»

Lei sbatté le palpebre e inclinò la testa, poi si avvicinò, finché non ci trovammo quasi naso a naso, guardandoci negli occhi. Non era intimo come con i miei compagni, ma era più vicino di quanto non fossi mai stata con un altro essere umano.

«Hai mangiato mele?» fece un passo indietro, guardandomi, e lanciò uno sguardo alla mia pancia, poi di nuovo al mio viso.

«Mele? Madre Terra, magari.» Sorrisi. «Non ci vorranno anni per far crescere anche un solo albero? Quanto mi piacerebbe averne uno, però.» Coltivavamo mele nell'agrifarm, ma non mi era mai stato permesso di mangiarle. Tuttavia, a volte mangiavamo quelle marce scartate dai padroni degli schiavi.

«Hmm.» Si morse il labbro. «Chissà.»

«Che cosa?» Mi misi una mano sulla parte bassa della schiena. Non ero abituata a correre e mi faceva male il corpo. Allungai i polpacci. «Devo tornare a casa presto.»

«Ti darò le erbe» disse infine, e recuperò un pacchetto di foglie secche dalla sua scorta. «Non possono funzionare per il disturbo che descrivi. Possono, tuttavia, rafforzare una gravidanza e te le do solo perché tu abbia la sensazione di fare tutto il possibile.»

«Grazie.»

«Non l'hai detto ai tuoi compagni» disse.

Ci guardammo per un secondo. «Posso fidarmi di te?» mi si incrinò la voce.

Mi prese la mano e mi chiuse il pacchetto nel pugno. «Sappi che agirò sempre in quello che credo sia il miglior interesse» disse, e questo fu quanto di più vicino a una promessa di segretezza potessi ottenere. Non desideravo approfondire cosa significasse *il miglior interesse* e se fosse il mio, purché potessi ottenere ciò per cui ero venuta.

«Grazie.» Le strinsi la mano. «Ti ripagherò.»

Lei scosse la testa. «Fai quello che serve per garantire il successo della tua fattoria e della tua famiglia, e questo mi risarcisce di tutto.»

Annuii. «Devo andare.» Riposi il pacchetto nella mia borsa insieme agli altri miei tesori.

«Riya, no.» La sua voce era ferma. «Si sta facendo buio e non sarà sicuro. I miei compagni ti accompagneranno a casa.»

«No! Ce la farò.» Mi alzai, con tono severo, e corsi fuori, sperando di riuscire a tornare prima che i miei compagni rincasassero per la notte.

~

JAX

TARREN, Ronan e io chiamammo a squarciagola. Eravamo tornati alla cupola per scoprire che era scomparsa. Semplicemente andata.

La mia mente stava impazzendo cercando di capire dove fosse andata. Cosa poteva esserle successo?

Lei sapeva che non doveva lasciare la cupola. L'avevamo avvertita molte volte. Maledissi il fatto che non le avevamo mai dato un dispositivo di comunicazione per poter comunicare con lei o rintracciarla, ma semplicemente non era stato necessario. Non visto che non si era mai allontanata dalla nostra fattoria.

Che *kazo!*

«Riya! Riya!» La voce di Tarren era diventata rauca. Era già in cima alle colline, lontano dalla nostra fattoria.

E se fosse stata morsa da una *vipn*? O rapita da degli intrusi? E se... oh cavolo... e se fosse caduta nella miniera?

«Vado a controllare la miniera!» Gridai a Ronan e corsi verso l'apertura.

«Aspetta! Jax!»

Mi fermai e mi girai. Ronan indicò un punto nel paesaggio. Una piccola figura che correva fuori da quella maledetta foresta.

Il cuore mi balzò in gola. Era Riya, doveva essere lei. E se non fosse stata lei? No, era lei.

Corremmo tutti e tre verso di lei.

Tarren arrivò per primo e provai compassione per Riya, perché Tarren, quando era arrabbiato, era un essere spaventoso da vedere. Certo, non le avrebbe mai fatto del male. Ma la sua stazza e ora la cicatrice sul viso rendevano il suo volto terrificante quando guardava in cagnesco. Ed era furioso. Lo capivo dall'assetto delle sue spalle, dal passo dei suoi piedi. Era stato il più frenetico tra noi tre, se si potesse quantificare questo genere di cose. Il suo bisogno di proteggerla e l'impotenza di non sapere dove trovarla lo avevano fatto impazzire di preoccupazione. E sì, eccola che veniva caricata in spalla. Tarren batté la mano carnosa sul suo sedere all'insù mentre la trasportava dentro.

Ronan e io li raggiungemmo alla cupola, anche se Tarren non ci stava certo aspettando.

«Dove sei stata?» le chiesi, ma Tarren trasportò la nostra compagna a testa in giù nella camera. «Nella foresta? Per cercare la corteccia di Argrax?»

«Io-io...»

Stavo cercando di dare un senso a quello che era successo, ma Tarren era ancora in modalità guerriero. La fece cadere in piedi, facendola girare velocemente per allontanarla da lui. Lui le fissò le mani al muro con una mano e iniziò a colpirle il sedere con il palmo della mano, velocemente e con forza.

«Ahi! Ah!» gridò, ma non sentii alcuna indignazione e, sul serio, la stavo ascoltando. Perché non conoscevamo ancora nemmeno la sua versione e Tarren stava già sfogando la frustrazione sul suo culo.

No, sapeva di meritarselo, qualunque cosa avesse fatto. Ed ero abbastanza certo di aver ragione.

Mi spostai su una sedia con le rotelle e mi sedetti, osservando la punizione di Tarren. Ronan mi raggiunse al suo posto. Le sculacciate non erano troppo pesanti, ma gli squittii e le grida di Riya erano reali. Sospettavo che fosse più spaventata che ferita.

Non la biasimavo. Neppure io avrei voluto avere a che fare con Tarren quando era arrabbiato, e lo conoscevo da tutta la vita.

Lui la sculacciava da sopra i vestiti, senza preoccuparsi di spogliarla. Non avrei commesso lo stesso errore. E sì, avevo intenzione di essere il prossimo a punirla. Ognuno di noi doveva scegliere una punizione, perché ci aveva spaventati a morte.

Mentre Tarren la sculacciava, la tensione scomparve dal suo viso e i muscoli del collo si allentarono. Stavo per dirgli di smettere, ma sembrò arrivare alla stessa conclusione. La lasciò andare e se ne andò senza aggiungere altro.

Riya rimase nella posizione in cui l'aveva lasciata, tremando. Il suo respiro era affannoso e veloce. La sua resa, la sottomissione, mi fecero pulsare il cazzo. La rabbia e l'irritazione sparirono completamente. Ora c'era solo piacere. Il mio piacere. La sua punizione.

Mi alzai e camminai al suo fianco, appoggiandomi al muro dove era ancora appoggiata, con il culo fuori e pronto. Forse pensava che Tarren fosse andato a cercare uno strumento. O forse aveva solo paura di muoversi senza permesso.

«Togliti i vestiti, Riya.» La voce mi uscì morbida come la seta, intrisa di minaccia e della promessa di altro dolore.

Tolse le mani dal muro e mi guardò, con un'espressione implorante. Il labbro inferiore le tremava.

Le accarezzai la guancia con il pollice. «Sai perché Tarren è così arrabbiato?»

Spostò lo sguardo verso mio cugino, che era pietrificato, seduto in un angolo.

La sua testa oscillò come se non fosse sicura se scuoterla o annuire.

«Perché aveva tanta paura. Non sapevamo cosa ti fosse successo, Riya. Temevamo per la tua vita.» Inclinai la testa in direzione di Tarren. «Quindi questo è ciò che accade quando spaventi un guerriero gigante. Ti ritrovi il culo dolorante e un altro essere a cui dovrai succhiare il cazzo molto, molto a lungo per farti perdonare.»

Avrei voluto che suonasse sexy, ma gli occhi di Riya si riempirono di lacrime.

La presi tra le mie braccia. «Shh, dolce ragazza. Lo supererà. Lo faremo tutti. Ma prima dobbiamo parlare. E poi c'è la tua punizione di cui parlare. E mi sembra di averti dato un ordine.» Inarcai un sopracciglio verso di lei.

Si affrettò a togliersi i vestiti, la nostra piccola e forte compagna era così contrita. Dovetti spostare il cazzo nei pantaloni per calmare la mia erezione.

Affondai di nuovo sulla sedia per guardare. «Ecco, bellissima» dissi quando finì, e aprii le cosce. «Vieni qui.»

Se ne stava di fronte a me, goffa e arrossita, con le dita intrecciate davanti alla figa.

Le separai. «Tienile dietro la schiena. Ho bisogno di vedere quello che ci appartiene.»

Si succhiò il labbro inferiore tra i denti, cosa che quasi mi fece gemere. Volevo essere io a morderle quel labbro. Abbastanza presto.

«Allora dov'eri, Riya? A cercare la corteccia di Argrax?»

Lei annuì e la sua piccola lingua si mosse fuori per inumidirle le labbra. «E da Holla.»

Il mio istinto si contorse. La nostra compagna era stata

troppo sola qui. Abbastanza sola da svignarsela senza permesso.

Non mostrai nulla nella mia espressione, però. «Sapevi che non volevamo che andassi nella foresta da sola.» Era un'affermazione, non una domanda.

«Sì, padrone.»

Dannazione. Questo mi portò ad afferrare di nuovo il cazzo, e non pensavo nemmeno che lo avesse detto per eccitarmi. Era semplicemente impostata automaticamente sulla modalità schiava, il che avrebbe dovuto farmi odiare quel soprannome. Ma lo adoravo da morire, *kazo*. Quasi quanto amavo il suo tono sottomesso e averla nuda davanti a me. Perché la nostra compagna non era debole. Era una donna forte che aveva appena viaggiato attraverso la foresta e aveva localizzato la sua amica da sola.

«So di parlare a nome dei miei cugini quando dico che siamo così sollevati che tu sia riuscita a farcela. Ma ciò non significa che non ti puniremo ciascuno per averci fatto passare un tale spavento. Non hai nemmeno provato a lasciarci un messaggio?»

Si sfregò le belle labbra. «Mi dispiace.»

Mi alzai dalla piattaforma. «Dieci colpi con la cinghia. Questa è la mia punizione per te. Allarga le gambe e piegati.» Non era troppo crudele. Usavamo la cinghia regolarmente, solo per gioco, ma avrei dato a questa sessione un tono punitivo. Ma quando obbedì e riuscii a intravedere il suo nucleo rosa e scintillante, la punizione volò via dalla finestra. Oh, l'avrei fatta soffrire, ma ero sicuro che sarebbe piaciuto a tutti noi. Appoggiò le mani sulle ginocchia, ma pensai che forse un po' di contatto l'avrebbe rassicurata, quindi dissi: «Ronan, forse potresti sostenerla.»

Ronan sorrise. Anche lui aveva smaltito tutta la sua ira. Spostò la sedia davanti a Riya e le prese il mento, sollevandole il viso verso il suo. Quando iniziò a raddrizzare la schiena, lui emise un suono gutturale di disapprovazione e lei si adattò, inarcando il sedere verso di me e sollevando il viso verso di lui allo stesso tempo.

Lui le passò il pollice sulle labbra. «Brava ragazza, Riya.»

Feci scattare il cuoio sul sedere. Saltò e strillò. Ronan le teneva bloccato il viso, costringendola a guardare e ad essere guardato.

Lo lasciai oscillare ancora e ancora, disegnando strisce sul suo sedere già acceso mentre Ronan le pizzicava i capezzoli con una mano e le infilava il pollice dell'altra tra le labbra. Finii di frustare e lasciai cadere la cinghia.

Il profumo della sua eccitazione riempiva la stanza. Non volevo aspettare un altro momento per metterle il cazzo dentro.

«Qual è la tua punizione?» chiesi a Ronan.

Un sorriso malvagio gli incurvò le labbra. «Le prenderò il suo bel culetto. Dovrebbe sapere che quando viene punita, lo prende sempre nel culo. E non la lasceremo neanche venire.»

«No, non merita di venire, vero?» concordai.

Guardai Tarren, che sembrava ancora scontento seduto sulla sua piattaforma.

Misi il braccio attorno alla vita di Riya e la sollevai per alzarla, con la sua schiena che premeva contro il mio petto. Con le labbra vicino al suo orecchio, dissi: «Devi andare a succhiare il cazzo di Tarren finché non sorriderà di nuovo. E mentre lo fai, Ronan ti scoperà il culo. Ma non osare venire, mia cara compagna, altrimenti ti frusto di nuovo con la cinghia. Capito?»

Lei annuì, con la lingua che guizzava fuori per inumidirsi le labbra. Gememmo tutti e tre.

Tarren non perse tempo a spogliarsi e adagiarsi sulla piattaforma e Riya si insinuò diligentemente tra le sue gambe.

Tirai fuori il cazzo e lo afferrai, guardando Riya prendere il membro di Tarren in bocca e Ronan posizionarsi dietro di lei per prenderle il culo.

Kazo, sarei potuto semplicemente venire a quella vista, ma non volevo. Avrei preferito farlo nella sua piccola figa succosa. Tuttavia, man mano che i loro versi diventavano più forti e bisognosi, dovetti agitare il mio cazzo più forte e le palle si strinsero.

Nonostante tutta la sua scontrosità, Tarren finì per primo, facendo tremare la dannata cupola con il suo ruggito. Quando Riya lo leccò e saltò via, le afferrai i capelli e le tirai su la testa. «Non venire» la avvertii subito prima che il grido di Ronan echeggiasse sul vetro e sul metallo.

Lei piagnucolò, ma obbedì, il suo corpo si rilassò, in una modalità puramente ricettiva.

«Brava ragazza» sussurrai. Non vedevo l'ora che Ronan finisse e si ritirasse. Ero pronto, senza vestiti, con un asciugamano bagnato in mano per pulirla.

La appiattii a pancia in giù sulla piattaforma con il palmo della mano sulla sua nuca. «Allarga le gambe, bellezza. È il mio turno e sono stanco di aspettare la dolcezza che mi spetta. Strofinai la cappella nei suoi succhi. Una spinta e mi trovai nel profondo, proprio dove volevo essere. Gemetti. «Mmm, questa figa è sempre così bagnata per me, non è vero?» Canticchiai, con gli occhi già rivolti all'indietro.

La schiena di Riya si sollevava al ritmo del respiro accelerato. Tarren le bloccò i polsi e li tirò sopra la testa, non che lei stesse cercando di usarli, solo per esercitare il suo dominio.

Mi tirai fuori e spinsi di nuovo dentro. Riya lanciò un grido lamentoso. «Jax» ansimò. «Ti prego.»

«No.» Resi la mia voce dura. «Che cosa ho detto?» Pompai più forte. Più veloce. «Puoi venire, ragazzaccia?»

«No» piagnucolò.

Oh *kazo*, era così bello.

«Giusto.» In qualche modo riuscii a continuare il mio monologo. «Quando vieni punita non puoi venire. Dovrai dormire tutta la notte con la figa e i capezzoli che pulsano perché non ti daremo soddisfazione.»

Lei gemette. I suoi muscoli si strinsero attorno al mio cazzo.

«Stai venendo?» scattai.

Si strinsero di più. «Ehm...»

«Cattiva. Ragazza.» Spinsi così forte che dovette appoggiare le braccia contro Tarren per non finire dentro il materasso.

Le mie parole non contavano, però, perché venimmo entrambi. La camera si offuscò per me, le stelle punteggiavano la mia visuale. Provai un tremore enorme alla fine del rilascio e mi sforzai di rallentare il respiro.

«Non lasciarci mai più, Riya» gracchiai.

Dicevo sul serio questa volta. Non stavo giocando alla punizione.

Se mai ci avesse lasciati non sapevo come ci saremmo ripresi.

Un brivido percorse Riya e qualcosa pizzicò la mia coscienza. Qualcosa a cui avrei dovuto prestare attenzione, ma non riuscii a capire di cosa si trattasse.

Tutto quello che sapevo era che Riya richiedeva qualcosa di più da noi, e non in camera da letto. Ci mancava qualche pezzo importante per renderla felice.

Dovevo risolvere la cosa. Presto.

CAPITOLO DIECI

iya
R Andai nel mio laboratorio, un piccolo spazio di lavoro dove coltivavo le mie piantine e lavoravo su progetti. I miei maschi me lo avevano preparato non molto tempo dopo il nostro arrivo, come favore, non sicuri di cosa ne avrei fatto. Ma i loro sorrisi, un tempo indulgenti, si erano trasformati presto in sguardi orgogliosi man mano che diventavo abile nel creare cose. Adesso entravano con rispetto e annuivano con approvazione quando raccontavo loro dei miei successi. Questo non era più solo un hobby, ma la mia missione, e ogni volta che offrivo qualcosa di nuovo ai coloni, tutto il nostro team ne era orgoglioso. Ultimamente dedicavo più tempo che mai ai miei sforzi.

Quando mi rimproveravano gentilmente per aver passato la notte qui, tracciavano le ombre stanche sotto i miei occhi con dita preoccupate, ridevo e distoglievo lo sguardo, affermando che volevo lavorare duro come loro e aiutare il nostro pianeta ad avere successo. E se pure non nascondevo affatto la mia mania, speravo che attribuissero il mio frenetico bisogno di avere successo alla mia natura. Dopotutto, loro erano fondamentalmente competitivi e comprendevano l'ambizione.

Questa rotazione del pianeta, i miei compagni, occupavano tutti i miei pensieri.

Grazie alla nostra Madre Terra perduta da tempo, ieri sera mi avevano mostrato misericordia nelle loro punizioni.

Quando Tarren mi era venuto a prendere all'inizio, avevo provato una vera paura. I miei compagni mi adoravano, sì, ma non li avevo mai messi alla prova prima.

Ora ero assolutamente certa del loro amore.

Il che non faceva altro che sconvolgermi ancora di più lo stomaco. Ogni rotazione del pianeta che passava mi avvicinava al giorno in cui avrei dovuto lasciarli. Si avvicinava il giorno in cui avrebbero capito che non ero una compagna adatta, perché meritavano qualcuno che potesse dare loro onestà... e bambini. In così poco tempo erano diventati il mio intero universo. Davvero non sapevo come sarei sopravvissuta senza di loro.

Ma il lato positivo era che la mia controversa avventura stava producendo informazioni straordinarie. Esclamai tra me e me mentre toccavo la polvere bianca e fine dal mio panno, lasciandola cadere in un flusso gessoso in un contenitore pulito.

«Madre Terra.» Una preghiera, anche se io non pregavo, e un segno di gratitudine alla vita per avermi concesso questa grazia.

Avevo scoperto l'Agrax e avevo separato il prezioso acido in un sale solubile. Aggiunto a una lozione, avrebbe fornito sollievo dal dolore alle ferite e ai muscoli doloranti. Se assunto internamente, poteva curare il dolore. Il dottor Daneth aveva così tante cose straordinarie da tutta la galassia, ma ero sicura che la mia miscela potesse reggere il confronto. Dopotutto, veniva dalla natura ed era priva di effetti collaterali. E si sarebbe adattata perfettamente alla produzione di massa, se lo desideravamo, per essere prontamente disponibile per tutti gli zandiani.

Avevo analizzato attentamente il file- ologramma dei medicinali conosciuti del dottor Daneth, e questo non era nel registro. Veniva utilizzato sulla Terra molto tempo fa, con solo un lieve successo elencato, quindi non era mai stato proliferato nella galassia. Ma sapendo quello che sapevo riguardo al fatto che la pelle zandiana era molto più sensibile a certi elementi vegetali della Terra rispetto agli esseri umani, credevo che sarebbe stato dieci volte più efficace di quanto lo fosse per i corpi umani. Forse di più!

Ormai stanca, nonostante la mia esuberanza, riposi la mia attrezzatura per la volta successiva.

«Riya?» Ronan bussò alla porta, poi entrò. «Sei sempre qui. Mi manchi la sera.» Mi lanciò uno sguardo fintamente triste. «Sei molto più carina dei miei due cugini, e sai che non vorrei mai scoparli.»

Scoppiai a ridere. «Sì, per fortuna.»

«Hai sentito le novità?» Il suo viso si illuminò mentre mi abbracciava, le braccia forti mi avvicinarono al suo petto muscoloso.

Mi rannicchiai contro di lui e gli baciai la clavicola. «Che notizie? Hai fatto l'imitazione di Tarren sul posto di lavoro durante questa rotazione del pianeta e hai fatto morire tutti dal ridere?»

«No.» Mi toccò il culo. «La tua bocca impertinente ti metterà nei guai, piccola umana.»

«Forse mi piace quel genere di guai.» Spinsi il mio corpo contro il suo.

Ringhiò e poi, come se non potesse concentrarsi finché non pronunciava quelle parole, si tirò indietro per guardarmi in faccia. «Riya, altre tre donne umane hanno annunciato la loro gravidanza. Sono già sei. E dal modo in cui sorrideva la compagna di Zorra, sono quasi sicuro che anche lei sia in attesa, ma non volesse dirlo.» Il suo sorriso era ampio e stava quasi ballando di gioia. «So solo che saremo i prossimi. Lo sento.»

Contrassi le dita. Tutte le prime squadre ora aspettavano un bambino... tranne la nostra. Mi si agitò lo stomaco, sentii la bile in gola e la deglutii con una certa difficoltà. «È una benedizione» dissi con voce soffocata. «Che meraviglia per Zandia.»

Invece di guardarlo, premetti la guancia sul suo petto nudo, sentendo il battito del suo cuore, fermo e regolare. Forte. Potente. Il suo corpo era così compatto e bello, così perfetto da generare un bambino che potesse imbracciare le armi per questo pianeta.

«Ogni essere umano ha il suo tempo.» La voce di Ronan ora suonava sobria e mi accarezzava le spalle. «Non importa chi è il primo o quanto tempo ci vuole.» Sembrava ancora fiducioso, felice. Mi chiesi quanto tempo ci sarebbe voluto prima che il tono della sua voce si trasformasse in interrogativo, poi in ansioso: settimane? Cicli lunari? «Toccherà presto a te.»

Mi si strinse lo stomaco. «Ovviamente.» Il mio respiro gli soffiava contro la pelle. «Ogni essere è unico.»

Alcune di noi sono state rovinate.

«E» aggiunse, sollevandomi il mento con un dito per sorridermi guardandomi, «dovremmo fare ancora un po' di pratica, solo per assicurarci che stiamo facendo tutto il possibile.»

«Dovresti esercitarti a leccarmi fino all'orgasmo» suggerii.

Ti prego. Distraimi da questo dolore.

«E usa il tuo bel, grosso cazzo zandiano per farmi impazzire di desiderio.» Lo strinsi con una mano, godendomi come diventasse ancora più duro sotto il mio tocco. «Lo sai che adoro la tua virilità» sussurrai, mordendogli il capezzolo.

Ruggì e mi diede una pacca sul sedere, poi ordinò: «Fallo di nuovo. Più forte.»

Sorrisi e gli leccai la pelle, poi lo morsi di nuovo, sentendolo tendersi sotto il mio tocco. Forse anche al mio zandiano piaceva un approccio più rude, ogni tanto? Sorrisi. «Vuoi che ti sculacci, Ronan? Non mi dispiacerebbe. Chinati e passami quella cinghia...»

Urlai di gioia mentre mi prendeva in braccio e mi buttava sulla sua spalla, sferrando una raffica di schiaffi sulle mie cosce. «Le sculacciate sono all'ordine del giorno, ma saranno sul tuo culo, non sul mio. E solo per avermela chiesta, userò la cinghia su di te, dolce umana.»

«Oh, no, per favore, farò la brava» lo pregai, ma sapevamo entrambi che mi piaceva quando mi frustava per piacere.

~

RIYA

«HAI QUALCOSA IN MENTE?» Tarren mi mise una mano sulla spalla e la strinse.

«No.» *Sì*. La stessa cosa che mi girava sempre per la testa. Stavo impazzendo per lo stress. «Sto semplicemente godendomi il tramonto. Guarda il cielo, come l'arancio e il blu si fondono insieme.» Osservai l'orizzonte. «Come se si stessero sciogliendo. E poi scintillano all'orizzonte. Ho imparato che la polvere nell'aria, la polvere di cristallo, è ciò che dà al cielo quello scintillio speciale al tramonto.»

«Stai diventando una studiosa ultimamente.» Non c'era un tono di disapprovazione nella sua voce, almeno nessuna che io potessi sentire, ma mi irrigidii sotto il suo tocco.

Come potevo spiegare che ormai lo studio era diventato per me un'ossessione? Dovevo dimostrare il mio valore in qualche modo.

«Ti disturba?» Mantenni un tono leggero, ma mi concentrai su un punto lontano, osservando i bordi delle montagne viola luccicare, i loro profili diventare una linea scintillante più scura.

«Riya?» Mi toccò il mento. «Sembri...» esitò, forse cercando una parola. «Turbata, ultimamente.»

Sbattei le palpebre velocemente e sorrisi. «Sono semplicemente motivata a lavorare sodo.»

«Lavori sodo quanto tre esseri messi insieme» dichiarò, mentre il primo segno di frustrazione irrompeva nel suo tono pacato. «Sono preoccupato che tu non riposi abbastanza. Ho notato che ultimamente ti alzi molto prima di quanto tu abbia mai fatto, a volte ben prima che sorga il sole. Ho sentito che gli esseri umani hanno bisogno di più sonno di noi, e tu non dormi.»

Mi si strinse lo stomaco. «Spero che tu non mi stia suggerendo di interrompere il mio lavoro in laboratorio con le piante.» Incrociai le braccia.

Un lampo di sorpresa lasciò il posto ad un cipiglio ostinato. «Ovviamente no! Ma qualcosa ti rende irrequieta e voglio sapere di cosa si tratta.»

Mi morsi il labbro e distolsi lo sguardo, incapace di incontrare i suoi occhi. C'era una sottile tensione nella nostra cupola adesso, e non riuscivo a capire se fosse tutta causata da me e dalle mie preoccupazioni di essere l'unica umana in una fattoria a non essere incinta oppure no. Ma i miei compagni dovevano averci pensato; tutti parlavano costante-

mente di chi aspettava un bambino, quando e da chi. Era este-
nuante continuare a sorridere quando avrei voluto urlare,
gettarmi a terra e piangere disperata per tutto questo.

Come avevo potuto pensare di poterlo fare? Un'ondata di
nausea mi colpì e mi misi la mano alla bocca.

«Sei pallida» disse Tarren, toccandomi la guancia.
«Mangi abbastanza?» Lo vidi lanciare una rapida occhiata
alla mia pancia piatta, e poi di nuovo ai miei occhi, come se
non volesse che lo vedessi guardare.

«Sto mangiando bene. Tutti i nutrienti giusti per... quelli
consigliati» esitai, non volendo tirare fuori l'argomento.
Stavo seguendo la dieta giusta per prepararmi alla gravidanza.
Una cosa che, però, non poteva accadere.

«Sei preoccupata per... non...» Mi toccò lo stomaco,
allargò le dita. Il calore mi fece trattenere il respiro e sentii la
solita ondata di eccitazione, ma quell'argomento mi rendeva
infelice.

«No» sbottai, e cercai di addolcire la risposta toccandogli
il viso, tracciando la sua cicatrice. «Un giorno sarai un padre
straordinario, Tarren, e lo dico dal profondo del mio cuore.»
Non succederà con me, ma accadrà. Con mio orrore, mi
vennero le lacrime agli occhi e sbattei le palpebre. «Sono solo
preoccupata per un corso che sto organizzando sugli innesti di
steli e sulla propagazione per gli altri umani della cupola»
mentii.

Tarren sospirò. «Sai che puoi fidarti di me, di tutti noi.»

«Lo so.» Mi abbandonai tra le sue braccia.

«Allora, per favore, confidati con me riguardo a ciò che ti
preoccupa.»

«Te l'ho già detto. Solo le lezioni e alcune cose che
voglio realizzare nel mio laboratorio.»

«C'è qualcosa che non ti diamo?» Mi guardò negli occhi.
«Sei infelice, Riya, lo vedo. Non ti stiamo dando ciò di cui

hai bisogno?» Fece una pausa. «Per avere successo come squadra unita per il futuro, dobbiamo essere onesti gli uni con gli altri. È ciò che fanno gli esseri onorevoli.»

Giusto. Perché gli zandiani non mentivano. Come si sarebbero sentiti allora riguardo a tutti i miei inganni? Ogni giorno mi scavavo una fossa sempre più profonda.

Con mio grande shock, vidi dell'incertezza nel suo sguardo. Com'era possibile che questo forte e feroce zandiano, che aveva protetto e servito il suo pianeta con onore, sconfiggendo un migliaio di guerrieri nemici, potesse sentirsi meno fiducioso?

Non ce la facevo a dirgli altre bugie, quindi mi girai dall'altra parte. «Va tutto bene» gli dissi, a voce bassa. «Voglio solo stare da sola a pensare ai miei progetti.»

Lui tacque, poi mi toccò una volta il braccio e se ne andò, lasciandomi al tramonto. Ora lasciai cadere le lacrime e i colori si rifransero come mille schegge di vetro attraverso le goccioline, mentre il sole si librava e poi tramontava veloce oltre il confine del mondo.

CAPITOLO UNDICI

J*ax*

«Che cosa volete?» Ma poi re Zander si voltò e alzò la mano per farmi aspettare. Era giù alla banchina di carico e dava ordini. «Hai ottimizzato la genetica per le prossime squadre?» Stava parlando con il dottor Daneth tramite holo-chat. «Questa fase sarà più delicata, perché anche se desideriamo che i compagni siano predisposti per corrispondenze genetiche ideali, non vogliamo costringere le umane o gli zandiani a vivere in situazioni che detestano per tutta la vita.» Si passò una mano sulla bocca.

Mi allontanai perché ero sicuro che non avrei dovuto ascoltare queste informazioni sensibili.

Dopo una breve discussione con il dottore, chiuse l'ologramma e si girò verso di me. «Jax.»

«Mio Signore.» Mi inchinai.

«Come stanno andando i vostri sforzi di ripopolamento?» Alzò un sopracciglio e, non per la prima volta, alla domanda provai una strana sensazione alla bocca dello stomaco. All'inizio era divertente discutere dell'idea dei piccoli. Adesso mi sforzavo di non ringhiare.

Scossi la testa. «Ancora nessuna notizia, ma sono sicuro che accadrà presto.» Forzai un sorriso. «Non mancano... gli accoppiamenti, nella nostra cupola.» Eravamo insaziabili, tutti noi. Non riuscivo nemmeno a contare le volte.

Ma qualcosa mi fece sbottare: «Re Zander... non avevi intenzione di inviarci i documenti da schiava di Riya? In modo che conoscessimo la sua storia?»

Non voleva parlare del suo passato e non la costringevamo mai: non volevo risvegliare i suoi ricordi passati. Ma sentivo che se ne avessimo saputo di più su di lei, avremmo potuto essere dei compagni migliori.

Non riuscivo a descrivere la sensazione che ricevevo da Riya ultimamente. Eravamo tutti nervosi, desiderosi di lavorare sodo, anticipazione e ansia che riempivano i nostri petti di volta in volta, ma c'era qualcosa in lei che sembrava malinconico. Quando guardava fuori dalla finestra, con la mano appoggiata sul mento, vedeva qualcosa di lontano un milione di miglia nella sua mente. Ero convinto che ci fosse qualcosa di cui aveva bisogno da noi e che non le stavamo fornendo. Era scontenta di noi? Non le bastavamo? Quando le chiedevo se c'era qualcosa che non andava, lei si affrettava a dire di no e a distrarmi con un commento o un bacio. Forse la documentazione conteneva un indizio.

«Oh, i dati non sono mai stati inviati?» Zander si girò e ordinò al dispositivo l'apertura di un altro ologramma. «Li farò portare subito e chiederò di imballarli con le tue cose. Temo che il mio assistente fosse impegnato con la pianificazione degli accordi.»

«Non c'è fretta» dissi, e flettei le dita, anche se, se avessi potuto fare a modo mio, lo avrei mandato a prenderli immediatamente.

La bocca di Zander si piegò in un piccolo sorriso, come se avesse potuto leggermi nel pensiero. «Qui tutto è frenetico» mi corresse. «Ma alcune cose hanno bisogno di più fretta di altre.» Mi porse una scatola. «Ecco altri semi della Terra per Riya. Questi sono arrivati con l'ultima rotazione del pianeta: sono rari, li ho ottenuti da Midraxx. Quelli di Lamira stanno già crescendo a palazzo. Riya può consultarsi con lei se ne ha bisogno, ma immagino che saprà cosa farne.»

L'orgoglio per la mia compagna mi gonfiò il petto, come se avessi qualcosa a che fare con i suoi intrugli. «Prima del tuo arrivo, il dottor Daneth era entusiasta del suo preparato a base di acido salicilico. Dice che è la cosa più innovativa che abbia visto negli ultimi anni. Le ha offerto questo.»

Aggiunse un lettore olografico alla scatola. Lo aprii e vidi strani simboli, numeri. «Matematica?» Inclinai la testa.

«E chimica. A quanto pare lei le capisce e ha già fatto delle cose da sola, senza nessuna formazione, cose che i chimici esperti faticano a fare. Il dottor Daneth ha detto che avrebbe potuto essere una studiosa, un vero dottore, se non fosse nata umana. Insomma, una schiava. Forse può ancora farlo. È intelligente. Prendetevi cura di lei.»

«Lo faccio. Lo facciamo. Sempre.»

∽

RIYA

«QUINDI CI VEDIAMO ALL'OLOCHIAMATA EM questa settimana?» Il sorriso di Lily le illuminava tutto il viso. Ero andata a trovarla nella capitale perché Jax doveva venire a ritirare dell'attrezzatura. Aveva pensato che mi sarebbe piaciuto venire con lui e vedere i miei amici umani.

Scossi la testa. «Io non… c'entro. Quindi non avevo intenzione di farlo. Ho comunque molto lavoro da fare.»

«I tuoi compagni ti stanno facendo lavorare troppo?» I lineamenti delicati di Lily si trasformarono in un cipiglio. «Non lo avrei pensato di loro, perché hanno la reputazione di essere giusti, ma se è troppo puoi sempre...»

«È colpa mia. Mi sono posta degli obiettivi difficili.» Le toccai il braccio. «I miei compagni non sono stati altro che gentili e solidali. «Arrossii sulle guance mentre pensavo a quanto mi avessero aiutata in camera da letto.

«Oh, che sollievo.» Sorrise, ma mi guardò con la testa inclinata quando lo feci anche io. «C'è qualcosa che non va?»

«No. È solo che non voglio partecipare alla riunione olografica se non ho niente da dare.»

«Ma presto sarai una futura mamma, Riya! Anche io potrei essere in grado di concepire. Quando sono stata sterilizzata per diventare schiava del sesso, hanno reso la procedura reversibile. Quindi il dottor Daneth ha eseguito un intervento chirurgico e ora... ci stiamo provando.» Arrossì.

«Non sapevo che volessi avere dei bambini. Ma suppongo che ora sia richiesto a tutte noi.»

Lily aggrottò la fronte. «Non so se è *richiesto*. Ma credo di sentirmi come se dovessi fare la mia parte. Rok sarebbe un ottimo padre e ogni bambino che nascerà sarà un passo avanti per evitare che la loro specie si estingua. Ma l'incontro non riguarda solo la gravidanza, ovviamente tutti condivideranno idee, conoscenze, consigli. Sai che Zorra sta soffrendo di una terribile nausea mattutina e il tuo preparato allo zenzero l'ha aiutata. Voi due potreste parlarne.»

«Oh.» Feci un sospiro. «Allora sì, certo che potrei partecipare e condividere informazioni. Non sapevo che fosse necessario.»

«Beh, non c'è nulla di obbligatorio» spiegò. «E in questo momento, è solo un'idea che ha avuto Bayla: quella di mettere insieme delle umane incinte, perché abbiano supporto e facciano amicizia. Molte di loro sono un po' sole, quindi probabilmente è più per compagnia che per qualsiasi altra cosa.»

Avevo voglia di passare del tempo con delle amiche, ma questa non sembrava certo la soluzione ideale. «Mi piacerebbe» le dissi, sorridendo tanto da mostrare i denti, cosa che probabilmente sembrò finta, ma lei si era rivolta a un'altra umana che indugiava vicino a noi.

«Katrin! Hai un aspetto incredibile. Il tuo viso risplende.»

Katrin mise una mano sul piccolo rigonfiamento della pancia e sorrise. «Sono così felice.» Brillava letteralmente, e mi chiesi se l'essere incinta di un bambino zandiano avesse qualcosa di speciale per l'anatomia di un essere umano, perché non avevo mai visto prima una donna incinta così beata.

Le feci le mie congratulazioni e l'abbracciai, quindi me ne andai velocemente, ansiosa di tornare al mio laboratorio e finire lì il mio effettivo lavoro.

Una volta tornata, andai direttamente nel laboratorio, invece di entrare nella cupola per salutare i miei compagni. Era terribile, ma ultimamente semplicemente non riuscivo a sopportare di guardarli negli occhi, e ogni giorno inventavo scuse sempre più elaborate per evitare la loro compagnia. Talvolta mi ero addirittura inventata una scusa per non accoppiarmi, dicendo che avevo crampi o mal di testa. Tutto questo, a sua volta, spesso si traduceva in un vero mal di testa quando si preoccupavano per me. Jax si era offerto di portarmi dal dottor Daneth. Tarren si lamentava che lavoravo troppo. Poi c'era Ronan, che cercava di farmi sorridere con una storia sciocca. Ero certa che fossero tutti confusi e forse anche feriti, ma a volte non potevo, semplicemente non potevo. Si fidavano di me e si prendevano così tanta cura di me, e non potevo continuare a mentire ancora a lungo, e questo mi stava uccidendo. Avevo il terrore di quello che avrebbero detto e fatto quando avessero scoperto che avevo mentito e che li avevo accettati come compagni sapendo che non potevo portare avanti una gravidanza. Come potevano perdonarmi per questo?

Jax aveva già lasciato una capsula con le consegne nel mio laboratorio, stava accanto alla porta.

Mi chiesi se fossero semi o altri libri del dottor Daneth. Ma quando scrutai attraverso il vetro, qualcosa di inquietantemente familiare attirò la mia attenzione. Vidi un piccolo disco argentato con la scritta Ocrezia. Un disco informativo. Questo mi riempì il cuore di paura, perché aveva l'etichetta:

"SCHIAVA 4356778A-CS-3. RIYA."

OH NO. Fanculo, no.

Mi misi una mano alla bocca e la nausea che mi colpiva sempre più spesso pulsò forte. Corsi fuori e feci appena in tempo a vomitare il contenuto del mio stomaco nel basilico profumato che avevo coltivato vicino all'ingresso della nostra cupola. Anche dopo che il mio stomaco si era svuotato da tempo, le convulsioni continuarono finché non mi vennero le vertigini, la gola irritata e gli occhi pieni di lacrime. Alla fine, piagnucolai, mi asciugai la bocca sul dorso della mano e mi pulii con l'acqua. Muovendomi meccanicamente, mi asciugai gli occhi e mi scostai i capelli dal viso madido di sudore.

Uno strano senso di calma mi avvolse. Naturalmente era destinato a succedere. Re Zander aveva detto che li avrebbe mandati, il giorno che aveva approvato la nostra fattoria. Ora che erano arrivati, dovevo semplicemente accettare che la vita che conoscevo era finita.

Mentre fissavo il pezzo di alluminio olografico, potevo vedere solo i volti dei miei compagni, forti e belli. Ronan, così compatto, la risata che gli illuminava gli occhi, il modo in cui il suo obiettivo fosse farmi sorridere. Jax, perspicace, quello che mi spronava a stare bene con me stessa, per non parlare del suo bel viso. E Tarren, il mio burbero guerriero, quello che avrebbe spostato i pianeti per assicurarmi conforto, quello che mi capiva in modo profondo, facendomi sentire come se non fossi sola in questo universo.

Poi pensai al futuro, a come stare con me avrebbe garantito che tutti i loro tratti e le loro meraviglie svanissero. Qui c'era in ballo molto più della mia vita e della mia sicurezza. Il mio egoismo era costato caro a Zandia, ma non era troppo tardi per rimediare. Dovevo lasciarli stare con un'altra compagna, e dovevo farlo in un modo che mi garantisse che mai avrebbero voluto riavermi indietro.

Li amavo così profondamente che dovevo farlo adesso, e in fretta, prima di perdere il coraggio. Dovevo lasciarli in un modo imperdonabile, perché anche i miei compagni sicuramente sapevano come perdonare.

Dopo aver vomitato ancora una volta, svuotandomi di tutta l'acqua appena bevuta, preparai una piccola borsa e presi il cappotto. Poi mi sedetti al tavolo e registrai il messaggio. Una volta finito, posizionai con attenzione il disco argentato accanto al dispositivo di comunicazione e chiamai Lily. Parlai con voce piatta. «Ho bisogno di aiuto.»

~

TARREN

. . .

Ero così ansioso di vedere Riya dopo una lunga rotazione del pianeta che superai Ronan e Jax, senza preoccuparmi di essere scortese, pronto a mostrarle cosa avevo portato. Il cuore mi batteva forte per un'ansia insolita mentre portavo il pacco tra le braccia, sperando che le facesse piacere. Forse anche che la aiutasse a uscire dalla sua attuale crisi, che percepivamo tutti.

Ma Jax e Ronan non accettarono il mio dominio.

Ronan mi diede una gomitata. «Aspetta il tuo turno, cugino.» Stava sorridendo, ma il suo gomito mi colpì forte nelle costole.

«Oof,» grugnii, accigliandomi. Se non avessi avuto in mano questa preziosa consegna di testi della vecchia Terra caricati sulle comunicazioni olografiche, lo avrei lasciato cadere subito.

Approfittando della nostra mini-scaramuccia, Jax ci superò entrambi ed entrò nella cupola.

«Riya!» chiamò, con voce allegra. Poi... «Riya?»

Sentendo un tono interrogativo nella sua voce, mi allontanai da Ronan e trottai verso la cupola, lasciando cadere il pacco vicino alla porta. «Cosa sta succedendo?»

Guardai accigliato il nostro tablet di comunicazione di gruppo, con la schiena dritta.

«Che cos'è?»

«È un messaggio. Da Riya.» La sua voce era strana, piatta.

«Cosa dice?» Il tono entusiasta di Ronan vacillò. «Dov'è?»

«Se n'è andata.» Jax era inespressivo. Mise giù l'unità di comunicazione e andò alla finestra. «Se n'è andata.»

«Di nuovo nella foresta?»

Guglie ghiacciate di ansia mi attraversarono il petto

mentre afferravo l'unità di comunicazione e riproducevo il messaggio.

Jax, Ronan, Tarren, devo andare. Mi dispiace di non essere abbastanza coraggiosa da dirvelo in faccia, ma è ora di essere onesta. Questo gruppo di accoppiamento non funzionerà e dovrete scegliere un'altra compagna.

Vi ho ingannati.

Non posso avere figli.

So come la pensano gli zandiani riguardo alla menzogna, quindi capisco che mi odierete, giustamente. Non so cosa farà di me re Zander, dato che non sono in grado di riprodurmi, ma mi metterò alla sua mercé. Forse mi permetterà anche di restare su Zandia. In ogni caso, lo spero...

La sua voce si interruppe, soffocata.

Spero che riuscirete a trovare una donna migliore, una che sarà in grado di impegnarsi completamente con voi e darvi ciò di cui avete bisogno e che meritate.

«*Che kazo?*» ruggì Ronan.

«Ha mentito.» La mia voce era bassa anche se mi tremavano le mani. Vedevo rosso.

«Cosa significa questo? È sterile?» Ronan gli afferrò la testa. «*Kazo* dimmelo!»

Jax toccò il disco. «I suoi dischi. Scopriamolo.» Fece scivolare il sottile disco argentato nella porta di comunicazione e i documenti apparirono sullo schermo.

SCHIAVA CONSIDERATA incapace di essere fecondata. Informata delle sue condizioni fisiche. La schiava sa che non potrà mai rimanere incinta.

. . .

«*KAZO.*» Il tono di Ronan era basso, incredulo. «Non può essere giusto. È il rapporto sbagliato.»

«No.» Jax scosse la testa. «C'era un'etichetta con il suo nome e il numero da schiava. Il codice a barre sul suo collo.»

Ripresi il dispositivo per leggere altro.

«Re Zander l'ha letto?» Ronan si avvicinò a me per vedere.

«Non so chi ha fatto cosa, *kazo*.» La mia frustrazione traboccò e mi alzai, avevo bisogno di allontanarmi dal suo respiro, dal suo odore di sudore, dalla sua presenza. Riya ci aveva mentito. Ci aveva ingannati di proposito per tutti questi cicli lunari.

Era così disonorevole. Così lontano dai modi zandiani. Ovviamente, lei non era una zandiana, era un *kazo* di essere umano. E gli umani mentivano. Come avevamo potuto fidarci di lei? Ci eravamo fidati di lei con tutto il *kazo* di cuore!

«È sterile. E lo sapeva.» La voce di Jax era piatta. «Lo sapeva e non ce lo ha detto.» Guardò fuori dal vetro. «Ha lasciato che chiedessimo se fosse incinta e che ci preoccupassimo, e, da sempre, lo sapeva.»

«Non lo capisco. Perché ha mentito?» Non riuscivo a capirlo.

Jax alzò le spalle. «Aveva paura di essere mandata via. Le manca l'onore. Forse pensava che non lo avremmo mai scoperto. Forse è solo un *kazo* di essere umano che prende decisioni crudeli. O magari non valiamo la verità. Chi lo sa.»

«Parla per te. Io la valgo, la verità.» Ma a Ronan tremava la voce.

Presi l'unità di comunicazione e scorsi ulteriormente.

Si palesò il titolo successivo.

. . .

SCHIAVA 4356778A-CS-3 CONDANNATA PER OMICIDIO. SENTENZA DI MORTE.

«SAPEVAMO che era stata salvata dalla capsula della morte» disse Jax, con voce stranamente calma. «E che ha ucciso una guardia. Gli esseri umani non vengono condannati a morte a meno che non si tratti di un motivo grave.»

Afferrai l'unità di comunicazione. «Ha ucciso due guardie.» Continuai a leggere. «Non una. Dice che li ha attaccati perché hanno scoperto la sua incapacità di riprodursi e voleva far pagare loro per i suoi difetti. Quindi ha usato attrezzi da giardinaggio per tagliare loro il collo mentre dormivano. Hanno detto che uno dei suoi difetti psicologici si chiama *effetto psicotico*. È una condizione umana in cui un essere manca di emozione ed empatia. Pare che non volessero una cosa nel genere nella loro linea di allevamento.»

«Per quanto io sia arrabbiato con lei, probabilmente se lo meritavano» commentò Jax. In questo momento sembrava privo di qualsiasi emozione.

«In ogni caso, è stata una decisione avventata.» La voce di Ronan era dura. «Una cosa stupida. Gli schiavi sanno che la pena è la condanna a morte se tolgono la vita a una guardia. Perché avrebbe dovuto rischiare?»

Nessuno di noi conosceva la risposta.

«Scommetto che è con Lily. Dobbiamo parlare con Riya. Ho bisogno di sentirlo dire da lei.» Toccai freneticamente il mio braccialetto di comunicazione per avviare una chiamata, ma Jax mi afferrò il polso.

«No.» Scosse la testa. La sua pelle viola era diventata color lavanda pallido. «Vogliamo una compagna disonesta? È la stessa situazione di Gunt, ancora una volta.»

Lo fissai, con il cuore sotto le mie dannate scarpe.

Era proprio come l'inganno del nostro ex amico, che ci aveva trascinati in un'indagine di re Zander e avrebbe potuto farci bandire in prigione a vita, come era successo a lui.

«Ha fatto la sua scelta. Se n'è andata» disse Jax.

«Non c'è posto per le bugie tra compagni» disse Ronan, altrettanto pallido.

Affondai nella sedia volante più vicina, sconfitto. «No.» La mia voce suonò vuota. «Non c'è.»

~

RONAN

AVEVO IL PETTO SQUARCIATO. «Stiamo meglio senza una bugiarda.»

«Non è leale, come lo siamo noi. Ha accettato i nostri cristalli!» L'angoscia di Tarren risuonò. «Non puoi ingannare in questo modo. A meno che non significasse nulla in primo luogo. Nient'altro che un modo per nascondersi per un po', approfittando degli stupidi come me. Idioti che pensano di poter... oh, al diavolo tutto.»

Il sole era tramontato e l'oscurità si insinuava, insidiosa, come una nebbia. «Dove pensate che sia adesso?»

Nessuno rispose.

«Cosa diremo agli altri?» Il viso mi bruciava per l'imbarazzo. «*Kazo,* tutti sapranno che abbiamo scelto una compagna mediocre!» Anche mentre lo dicevo, non potevo credere che fosse vero. Riya era perfetta, così perfetta. Ma era tutta una bugia.

«Non è colpa nostra» ribatté Jax, rompendo finalmente la calma. «È sua. È sterile e ha mentito al riguardo. E questo oltre ad essere un'assassina! Con lei non potremmo mai avere un figlio. Né fidarci.»

Restammo in silenzio, presumevo che fosse un pensiero per ogni zandiano. Ad essere onesti, anche se pensavo che i piccoli fossero carini, erano un po' terrificanti e non avevo mai sentito il bisogno di averne uno mio. Ero più emozionato perché sembrava una sfida, e perché era un bene per Zandia, e perché... beh, pensavo che Riya lo volesse. Ma non ci pensavo nemmeno quando l'avevo reclamata.»

«Avrebbe dovuto dircelo.» La voce di Tarren risuonò forte. «Avrebbe dovuto permetterci di decidere se era importante. Nasconderlo è stato un comportamento da codarda. E noi non meritiamo una codarda.»

Qualcosa mi girò nello stomaco. Avrebbe avuto importanza? Se ci avesse detto fin dall'inizio che non poteva concepire, l'avremmo comunque scelta?

Una vocina nella parte posteriore della mia testa gridò di sì.

Ma ormai era troppo tardi. Aveva mentito e se n'era andata. Re Zander avrebbe deciso del suo destino.

Kazo.

«Ci meritiamo di meglio, cugini.» Jax frugò in un armadio e tirò fuori una bottiglia di liquore Oteera, importato a caro prezzo e avvolto in strati di involucro protettivo dalla galassia Oteraian, da un pianeta noto per le sue distillerie. «Lo stavo tenendo da parte per quando Riya finalmente...» fece una pausa, sembrando nauseato. «Ma forse dovremmo berlo adesso, perché quell'altra cosa non accadrà mai.» Sorrise, ma non era allegro, e quando ci versò tre bicchieri alti del liquore limpido e potente, le dita gli tremarono.

Deglutii profondamente e il fluido mi bruciò in gola come fuoco, il sapore del ginepro mi fece esplodere la lingua, facendomi tossire e farfugliare. «*Kazo*. Non lo facevo da un po'.»

Gli zandiani non avevano bisogno di un'alimentazione liquida, ma l'alcol influiva sulla nostra fisiologia più o meno allo stesso modo degli altri esseri viventi, e dovevo ammettere che a volte cedevamo. Raramente, perché i guerrieri non potevano essere deboli. Questo sembrava il momento opportuno, se mai ce ne fosse stato uno.

Tarren butto giù il bicchiere senza fare rumore, e Jax sorseggiò il suo, imbronciato, tamburellando con le lunghe dita sul tavolo. Rimanemmo in silenzio per lunghi minuti, finché la mia vista non si addolcì, e la stanza sembrò più calda, più luminosa, come se i bordi di ogni cosa fossero morbidi, come la coperta di pile di Riya, quella che profumava di lei.

«Perché dovrebbe essere così disonesta?» dissi, scandendo le parole per evitare di biascicare, uno spiacevole effetto collaterale degli alcolici.

«Importa? Lo è stata, e lo è, e con lei abbiamo chiuso. È finita!» annunciò Jax e si versò un secondo bicchiere. «Ha bisogno di protezione dalle bestie? Di qualcuno che le ara i campi per la sua *kazo* di calendula, ancora e ancora? Può trovarsi... qualche altro essere.»

Solo che potevo vedere dalla faccia di Jax che non credeva a quello che stava dicendo. Il suo crepacuore era evidente.

Tarren annuì. «E quando di notte si sentirà sola, può trovarsi qualche altro essere da scopare. Non scopiamo le traditrici.»

Questo pensiero mi fece stringere i pugni dalla rabbia. Riya con qualche altro essere?

Sul mio cadavere. Ma se n'era andata.

«Ci ha traditi.» Mi bruciavano gli occhi.

«Cugino, tieni duro.» Tarren mi mise la mano sulla spalla, un raro gesto di affetto. «Troveremo un'altra compagna, una che sarà… sarà… migliore. Per tutti noi.» Vuotò di nuovo il bicchiere. Jax lo riempì silenziosamente.

«Gli esseri parleranno.» Fissai il bicchiere, dove il liquido si roteava in vortici oleosi, come una bocca che rideva.

«Se qualcuno ci prende in giro, lo distruggerò.» Tarren buttò giù il bicchiere. «Non siamo lo zimbello di nessuno.»

«No! Non lo siamo!» concordai. La stanza si inclinò in modo congeniale. «Siamo onorevoli. Potenti.» Scavai in profondità alla ricerca di rabbia nei confronti di Riya. «Sono felice che se ne sia andata. Finalmente.»

Peccato che non credessi ad una *kazo* di parola.

CAPITOLO DODICI

Riya

Vomitai tre volte durante il volo di ritorno.

Lily mi lanciava occhiate preoccupate dalla cabina di pilotaggio, ma non riuscivo nemmeno a parlarle. Non volevo dirle cosa era successo. Il dolore che avevo appena causato ai miei cari, cari compagni. Era troppo terribile per parlarne.

Le lacrime mi scendevano sul viso mentre guardavo il paesaggio scorrere sotto di noi. Mi sentivo morta.

Fottutamente morta.

Non mi interessava nemmeno cosa mi avrebbe fatto re Zander. Non mi interessava neanche se mi avrebbe rimandata dagli ocreziani per l'esecuzione. Niente contava senza i miei compagni.

Ma tutto questo sarebbe stato un bene per loro. Speravo che con l'aiuto della nostra dolce Madre Terra e della Stella zandiana avrebbero trovato una nuova compagna. La felicità.

Io sapevo che non ci sarei mai riuscita.

~

Jax

Mi svegliai all'improvviso, con la bocca secca e la testa che mi batteva forte. Poi tornai indietro: Riya. Il suo tradimento. La sua infertilità. Il fatto di essermi ubriacato con i miei cugini. Tarren era su una sedia laterale. Non mi sorprendeva che non volesse dormire nella solita piattaforma, quella che di solito condividevamo noi e Riya. Avevamo condiviso. Ronan era svenuto in un angolo, non aveva avuto nemmeno la forza di salire sulla piattaforma o su un materasso. Domani mattina avrebbe avuto i postumi di una sbornia infernale.

Restai sveglio, cercando di capire cosa mi frullasse per la mente. Ero così arrabbiato con Riya che riuscivo a malapena a pensare, ma c'era qualcosa che dovevo fare, qualcosa di importante...

I rapporti. Mi resi conto di non averli mai letti tutti. Probabilmente c'erano più informazioni lì? Non riuscivo a dormire, quindi tornai nell'area principale e accesi il dispositivo di comunicazione, leggendo tutto in ordine, ora, non solo le prime cose che avevamo visto.

Scansioni e dati mi passarono davanti agli occhi e il bruciore nel mio cuore si intensificò nel vedere la donna che amavo ridotta a un insieme di numeri. Data di nascita. Dimensioni: altezza, peso, tutte le misurazioni, effettuate più volte all'anno. Analisi genetica e profilazione psicologica per determinare se fosse degna di riprodursi e, in caso affermativo, con chi, per garantire uno schiavo più forte per un futuro utilizzo su Ocrezia.

Come avevamo scoperto, lo avevamo letto, i suoi rapitori di Ocrezia l'avevano ritenuta indegna di una futura riproduzione, poiché aveva "difetti" che la rendevano "non vitale" per le future generazioni di schiavi. Uno di questi era il suo intelletto. Si desiderava che gli schiavi umani fossero intelligenti, ma non troppo intelligenti; la generazione che gli ocreziani stavano creando doveva essere una forza laboriosa che accettava bene gli ordini e non metteva in discussione l'autorità. Riya aveva fatto troppe domande. A volte aveva discusso troppo. Era fin troppo intelligente.

In quanto tale, era stata etichettata come "secondaria" in giovane età. La bile mi salì su per la gola. Tutti sapevano che per un ocreziano una schiava umana secondaria era considerata un gradino sopra la spazzatura. Non eliminavano le secondarie, perché erano considerate comunque lavoratrici preziose da vive. Ma in realtà, le secondarie venivano spesso trasformate in giocattolini da stuprare per guardie psicotiche e crudeli, e ci si aspettava che continuassero a lavorare duro senza comprensione, a volte anche più duramente delle loro coetanee primarie, che venivano trattate più gentilmente, almeno finché non fornivano un numero sufficiente di bambini. Di nuovi schiavi da addestrare. A quel punto, una volta superata l'età riproduttiva, anche le primarie venivano solitamente retrocesse a secondarie.

La rabbia prese il sopravvento e imprecai, sbattendo il pugno sul tavolo. Questo era il motivo per cui Zander aveva messo al bando la schiavitù. Era semplicemente sbagliato a tutti i livelli. *Kazo*, nessun essere meritava di essere trattato così. Anche se in questo momento ero arrabbiato con Riya, più che arrabbiato, questo mi faceva stare male. Avrei desiderato il potere di uccidere ogni *kazo* di ocreziano in questo momento e di liberare ogni essere schiavo nella galassia, e giurai che un giorno avrei fatto parte di questa impresa, a qualunque costo. Ma prima, veniva Zandia. Non potevamo fare di più per aiutare la galassia finché non ci fossimo rafforzati, diventando una superpotenza.

Riya. Oh, Riya.

Qualcosa attirò la mia attenzione e sfogliai altri rapporti annuali fino a trovare qualcosa che risaltò. Qualcosa che mi riportò nella zona notte, a strattonare i miei cugini.

«Ronan. Tarren. Alzatevi. Dovete vedere questo.»

Fu un processo lento, come un rimorchiatore che trascinava una nave galattica guasta, ma insistetti, e loro due si alzarono barcollanti, stropicciandosi gli occhi, sfiniti.

«Dovete leggere questo.» Indicai il dispositivo di comunicazione. Sbatterono le palpebre, quindi parafrasai ciò che avevo scoperto. «Dice che a causa dell'elettrostimolazione cronica, i medici di Ocrezia hanno determinato che si sono verificati cambiamenti strutturali nel suo utero, rendendola permanentemente incapace di essere fecondata.» Quando mi guardarono e basta, senza capire, mi accigliai. «Non capite? *Elettrostimolazione cronica* è un modo carino per dire *tortura con i loro shock stick.*»

«Aspetta.» Ronan aggrottò la fronte, mi afferrò il braccio, affondò le dita e fissò lo schermo. «Il motivo per cui non riesce a rimanere incinta è perché l'hanno torturata?»

«Li ucciderò tutti.» La voce di Tarren era così fredda che sapevo che lo avrebbe fatto, se avesse potuto.

«Sembra di sì» risposi a Ronan: il commento di Tarren non richiedeva risposta. «Sapevo che avevano usato gli shock stick su di lei. Ce lo aveva detto. Ma non ne avevo idea...» mi si incrinò la voce. «Che era stato fatto in questo modo, o in modo così esteso da danneggiarla.»

«Fammi vedere i nomi.» La mano di Tarren scattò fuori e afferrò il comunicatore. «Guardate questo. Jax, Ronan.» Alzò la voce. «Le due guardie che svolgevano il servizio quotidiano, sono quelle che ha ucciso. E i dati non corrispondono. Nel rapporto giudiziario hanno detto che è uscita di nascosto di notte, ma qui, questo rapporto dice che sono morti in un alterco nella sua camera da letto. L'alterco è avvenuto tra lei, una schiava più giovane, e le due guardie. Probabilmente la stavano torturando e lei si è scagliata per proteggersi.»

«Oppure stava proteggendo la schiava più giovane.» Mi si rivoltò lo stomaco. «Quanto male esiste in questo universo?»

«Non lo so, ma forse... forse ieri sera siamo stati troppo frettolosi con la nostra rabbia.» Mi morsi il labbro.

«Ci ha lasciato» replicò Tarren, ma alzò la voce, come se stesse rispondendo a una domanda. «E ci ha ingannati.»

«Lo ha fatto.» Concordai. «Ma forse... dietro c'era di più di quello che sembra.»

«Forse...» Tarren fece una pausa.

«Forse cosa?» Ero ansioso, bevevo le sue parole. «Che cosa?» Quello che pensavo avrebbe avuto senso solo se lo avesse pensato anche qualcun altro.

«Non mettermi fretta.» Si accigliò e si passò una mano sul viso. «C'è dell'acqua?» Trovò una brocca e bevve per contrastare l'alcol. «E se fosse più complicato, come hai detto tu?»

«Come?» Ronan gli prese l'acqua dalla mano e se ne spruzzò un po' sul viso.

«Usa un *kazo* di asciugamano!» tuonò Tarren, asciugandosi le goccioline dal braccio con una smorfia. «Che sei, un bambino?» Si sedette. «E se fosse più distrutta di quanto pensassimo?»

«Era già più distrutta. Non può restare incinta» sottolineò Ronan.

«Non in quel senso. Nella sua anima.» Tarren si batté il petto. «E non ridere di me» gli ordinò, trafiggendoci entrambi con i suoi occhi scuri. Nessuno di noi si mosse. E continuò: «Non sono bravo in queste cose. E se avesse scelto di andarsene prima lei perché pensava che l'avremmo buttata fuori?»

Sbattei le palpebre, un seme di speranza iniziò a germogliare. «Questo è quello che comincio a chiedermi.»

«Se sapeva che non avrebbe potuto avere figli, e c'era una

taglia sulla sua testa per omicidio, sicuramente era preoccupata per la sua vita.» La voce di Tarren acquistò forza.

«Cosa?» lo sbeffeggiò Ronan. «Nel senso che l'avremmo rispedita dagli ocreziani se lo avessimo scoperto?»

Quelle parole restarono sospese nell'aria come un gas velenoso.

«Forse» dissi alla fine. «Forse se lo chiedeva. Dopotutto, re Zander non ha mai fatto menzione di ciò che sarebbe potuto accadere se un essere umano non avesse potuto avere figli.»

«Cosa succederebbe?» Tarren aggrottò la fronte. «Lui... la costringerebbe a lasciare i suoi compagni in modo che potesse provarci un'altra umana?» Arricciò il naso. «È sgradevole.»

«Ma forse necessario, dal punto di vista del lignaggio» gli feci notare, anche se qualcosa in me protestava al pensiero.

«Ma ha senso? Dopotutto, ci sono ancora molti più maschi che femmine» sostenne Ronan. «È impossibile che tutti noi possiamo generare un figlio in questo momento. Semplicemente non ci sono abbastanza femmine umane in giro. A questo punto ci sono ancora molti maschi zandiani non accoppiati, anche se si raggruppano in tre o quattro. Quindi...»

Restammo di nuovo in silenzio, questa volta più a lungo.

«Non mi interessa» disse Tarren e si alzò. «La voglio comunque. Anche se non potrà mai darmi un piccolo.» Aveva quell'espressione testarda che riconoscevo, quella che sfoggiava in battaglia, l'espressione che ispirava tutti noi. Perché quando il suo volto era così forte e deciso, non c'era alcuna possibilità di poter perdere. «La amo e posso perdonarla per quello che ha fatto. E se voi due siete gli zandiani che penso, sarete d'accordo.»

Mi alzai e mi misi accanto a lui, come se ci stessimo preparando per la guerra. «Io sono con te.»

Kazo, speravo che non fosse troppo tardi. E se re Zander l'avesse già condannata a qualche orribile punizione per il suo inganno? Oppure, per le stelle, no, l'avesse mandata via? Senza che noi fossimo lì per difenderla? Per proteggerla? Per garantire per lei?

Digrignai i denti e strinsi i pugni. Era inconcepibile.

Ronan esitò, e vidi il bambino che era in lui nei suoi occhi, e un dolore che non riusciva a nascondere. Le sue emozioni erano facilmente visibili.

«Cugino» gli dissi a bassa voce, anche se rimasi accanto a Tarren. «Se abbiamo ragione, ha mentito solo perché aveva paura.»

Ancora non si alzava e io trattenni il respiro. Non potevamo nemmeno provarci a meno che non fossimo tutti e tre a bordo. Alla fine si alzò e venne verso di noi, tendendo entrambe le mani. Ne prendemmo una ciascuno e le stringemmo.

Tarren sorrise. «Andremo da re Zander e gli diremo che chiediamo di riaverla» ordinò. «Che non ci importa dei bambini, anche se vanno bene per gli altri che li desiderano e riescono a gestire le loro fastidiose abitudini. Ovviamente.»

«Sì» dissi, con il cuore che esultava. «Le diremo che ci siamo accoppiati con lei e che quel legame può estendersi e comprende perdono e tolleranza. Comprensione. Compromessi. Non ha bisogno di andarsene.»

«Cugini. Fratelli» disse Ronan. «Andiamo a prendere la nostra compagna.»

CAPITOLO TREDICI

R*iya*

Non potevo mangiare. Mi ero nascosta nella camera di Lily, con la testa sotto le coperte, piangendo da quando ero arrivata nella precedente rotazione del pianeta.

Lily cercava di calmarmi. Lei continuava a venire a offrirmi tisane alla camomilla e melissa, e io accettavo. Per il momento sarei rimasta sotto la sua tutela nella sontuosa capsula, finché non mi fosse stata concessa un'udienza con Zander durante l'appuntamento settimanale con il re. Nella migliore delle ipotesi sarebbe stata una situazione imbarazzante, ma almeno non ero stata convocata per una sentenza immediata. Questo mi faceva pensare che Zander non mi avrebbe bandita del tutto.

Avevo tradito lui e i miei compagni e gli avevo fatto perdere tempo prezioso permettendo loro di pensare che potessi rimanere incinta. Se fossero stati con un'altra umana, probabilmente a quest'ora lei sarebbe incinta da diversi cicli lunari, e quello sarebbe stato un altro bambino zandiano destinato a ricostruire il nostro futuro.

Cercai di occupare la mente con la mia ricerca. I libri che mi aveva dato il dottor Daneth contenevano calcoli, qualcosa chiamato equazioni differenziali. Avevano senso per me, i simboli mi danzavano nella testa e si bloccavano al loro posto, aprendo nuovi corridoi che avrei dovuto essere ansiosa di esplorare. Attaccavo lo schermo, toccando e facendo clic, spostando i numeri. Qui ero io a comandare, avevo il controllo completo. Il mio cervello si illuminava e le dita si muovevano più velocemente, mentre capivo qualcosa in più. Questo era quello che dovevo fare, per trovare i giusti rapporti per il mio ultimo...

«Riya?» Lily entrò con un vassoio di zuppa. «Ho la crema di funghi, la tua preferita.»

Vomitai per l'odore. «Per favore, portala via.» Mi misi una mano alla bocca mentre alzavo lo sguardo dallo schermo. Avevo usato un tono duro, quindi aggiunsi: «Mi dispiace, sono semplicemente troppo sconvolta per mangiare.» Non ero solo infastidita dall'odore invadente, ma anche dall'interruzione della mia trance. Ora ero tornata nella realtà, un posto che per me era brutto, in questo momento.

Lei annuì e se ne andò, tornando a mani vuote. «Tu hai bisogno di sostentamento, però.»

«Forse.» Alzai le spalle. «Se re Zander mi manderà via, però, non ha molta importanza.»

Rimase attonita. «Non lo farebbe mai.»

Mi morsi il labbro. «Spero di no. Ma è una sua scelta.» Un'ondata di vertigini mi travolse, poi un'altra, e mi accasciai sulla sedia, con il cuore che batteva forte.

«Riya!» Lily arrivò al mio fianco in un istante. «Non stai bene. Chiamo Bayla.» Bayla, la compagna del dottor Daneth, era stata una schiava riproduttiva prima che Daneth la comprasse. Adesso lavorava come sua infermiera.

«No.» La tirai per il braccio. «Re Zander non vorrà che tu sprechi risorse con una traditrice come me.»

«Non sei una traditrice. Hai semplicemente... fatto un errore.» La sua voce era esitante e percepivo il suo conflitto interiore.

«Non è stato un errore.» Almeno ora potevo essere onesta. «È stata una decisione calcolata. Ho scelto di non dirglielo.»

Fece una smorfia. «Puoi raccontarlo in un altro modo, quando parli con il re?»

«Ho finito di mentire.» Guardai il tablet, ma ora il mio cervello era troppo confuso per mettere a fuoco. «È meglio dire la verità. È come strappare una crosta. Fa male, ma è così bello rivelare la pelle che c'è sotto.»

«Riya.» Si sedette accanto a me. «Per favore, lascia che ti aiuti.»

«Ma non puoi.» La guardai, le lacrime mi riempirono gli occhi. «Se non puoi guarirmi, non puoi aiutarmi. È così semplice. Inoltre, ho fatto le mie scelte, per quanto cattive, e devo sostenerle.»

«Il tuo valore non è riposto esclusivamente nel tuo grembo» scattò lei, improvvisamente arrabbiata. Mi toccò lo stomaco. «Gli uomini non vengono giudicati esclusivamente in base alla loro capacità di procreare. Ci sono altri modi per contribuire alla società. Sarebbe un leader molto sciocco a non capirlo e a non concedere opzioni. Come puoi non vederlo? Pensi che Zander sia tanto sempliciotto?»

«No! Non lo penso. Penso che sia un leader che cerca ciò che è meglio per il suo pianeta e la sua gente e avere una criminale bugiarda potrebbe non essere la cosa giusta. Ci ho provato. Madre Terra, non sai quanto ho cercato di rendermi utile in questi ultimi cicli lunari.»

«E lo sei» insistette. «Non vedi come vengono valorizzate

le tue creazioni? Il dottor Daneth ha anche detto che la tua idea dell'acido salicilico potrebbe rivoluzionare il futuro della medicina antidolorifica topica non solo per gli zandiani, ma anche per altre specie.»

Per un attimo si accese un barlume di orgoglio, che poi però si spense. «Ma questo basta per rendermi degna di essere tenuta?»

«E se fossi semplicemente un essere umano normale senza abilità speciali, non varrebbe la pena tenerti?» Mi toccò il ginocchio. «Hai aiutato in battaglia, hai vinto la tua libertà, ora sei qui. Fai parte di questa terra. È impossibile presumere che ogni singola umana sarà in grado di avere figli. Non è logico. Non si possono semplicemente buttare fuori le persone.»

Bayla entrò nella stanza. «Riya, Lily.» Lei annuì.

Alzai la mano. «Ciao.»

«Ho sentito che non stai bene? Non hai un bell'aspetto.» Mi lanciò un'occhiata, il suo sguardo indugiò sulla mia pancia, e io sussultai, come se il mio essere sterile fosse visibile nella mia stessa pelle. «Vieni con me al laboratorio del dottor Daneth per un esame.»

Stavo per protestare, ma entrò il dottor Daneth. I suoi occhi erano freddi e indagatori mentre mi guardava. «Vieni. Devo esaminarti, Riya.» Sembrava più un ordine che una richiesta.

Mi alzai e li seguii nell'ambulatorio del dottor Daneth. Lily mi lanciò un'occhiata comprensiva mentre me ne andavo.

Il dottor Daneth attaccò una morbida clip d'argento al mio dito e registrò alcuni dati. «Togliti i vestiti» disse, con voce distaccata. «Devo attaccarli.» Sollevò gli elettrodi e io feci quello che aveva chiesto, insensibile, mentre collegava le derivazioni e faceva un elettrocardiogramma. Prese un campione di sangue con un piccolo dispositivo d'argento. Niente faceva male, ma non sapevo cosa avrebbero fatto con questi dati. Li avrebbero aggiunti al mio file, forse.

Bayla premette sul mio corpo, sui linfonodi, e quando raggiunse la mia pancia, indietreggiai. «Ah.»

«Ti fa male?» Lei e il dottore si scambiarono uno sguardo.

«Sono solo sconvolta» dissi. «E mi fa male qui.» Indicai il basso ventre. «Probabilmente perché non mangi.»

«È acuto o lieve?» chiese, insistendo ancora. «Qui?»

«Ahi. Sì. Acuto, a volte.»

Il dottor Daneth lo ripeté, con movimento preciso delle dita, individuando il punto esatto. «Interessante.»

«Cosa?» Gli chiesi, ma non rispose perché era impegnato a digitare qualcosa sullo schermo.

«Ho intenzione di eseguire un'ecografia» disse. «Bayla, mi porteresti l'ecografo?»

La sua compagna gli fornì un piccolo scanner portatile e me lo premette sulla pancia. «Potresti avere una cisti benigna» spiegò. «Se è così, è facilmente curabile.»

Premette un pulsante e il dispositivo emise un segnale acustico. Da medico l'avevo già usato; a volte avevamo avuto bisogno di valutare il danno profondo per sapere se c'erano lesioni agli organi interni prima di occuparcene. Non mi sarei mai aspettata che ne venisse usato uno su di me.

La macchina emise nuovamente un segnale acustico. «Interessante» ripeté, e aggrottò la fronte.

Il mio cervello era così insensibile che non mi interessava nemmeno chiedermi cosa ci fosse di così interessante. Immaginavo che me lo avrebbe detto a tempo debito.

«Vestiti pure» disse lentamente, e inclinò la testa verso Bayla. «Scarico i dati e poi torno per discutere del tuo esame.»

«Grazie.» Appena lasciarono la stanza, mi vestii, mi alzai e incrociai le braccia, cercando di non sentirmi troppo come una prigioniera in attesa di sentenza. Cosa poteva esserci di peggio di una criminale bugiarda? Una criminale bugiarda che non poteva avere figli e per di più era malata e necessitava di attenzioni speciali da parte del medico e dell'infermiera, che avevano cose molto migliori da fare.

Madre Terra. Sì, le cisti non erano così complicate da gestire. Ma avevo già causato abbastanza problemi.

Mentre aspettavo, entrò re Zander in persona.

Saltai giù dal lettino dove mi ero appollaiata e feci un inchino. Non mi aspettavo di vederlo qui. Il cuore mi batteva forte, chiedendomi se avesse deciso cosa fare con me.

«Stai bene?» chiese, con lo sguardo indagatore.

«Abbastanza bene da parlare con te, mio signore» risposi. «E da chiedere scusa. Mi dispiace di non essere stata onesta riguardo al mio stato riproduttivo. Sapevo che non avrei potuto avere bambini, eppure sono andata…mi sono accoppiata con Tarren, Jax e Ronan. E non gliel'ho nemmeno detto.» Deglutii a fatica. «Era sbagliato. Spero di aver fatto abbastanza bene al pianeta da poter restare e aiutare come posso.»

Mi guardò. «Cosa pensavi che avrei fatto?»

Scosse la testa. «Magari mandarmi via a Jesel? O in un altro posto? Non lo so. Pensavo che forse non mi avresti voluta qui. Non penso di meritare di essere rimandato dagli ocreziani. Mi uccideranno.» La mia voce vacillò.

Re Zander sospirò. «Ho sbagliato.»

«No! Niente di quello che ho fatto è stata colpa tua.» La mia paura aumentò. Ero sicura che avrebbe detto di aver fallito non riconoscendo i miei difetti, permettendomi di entrare nel programma come compagna.

«Ho sbagliato perché non sono stato chiaro. Il programma

è iniziato così rapidamente e non abbiamo pensato a tutte le possibili ripercussioni e possibilità.»

«Non capisco.»

«Riya, non ti avrei mai mandata via perché sei sterile.» La sua voce era paziente. «Come schiava liberata, ti dobbiamo una vita qui. E questo è vero indipendentemente dal fatto che tu possa avere figli.»

Rimasi a bocca aperta. «Ma hai fatto il discorso sul fatto che siamo pionieri, che dobbiamo fare sacrifici. Che saremmo stati noi a ripopolarci.»

«Tutto questo è vero. Ma non tutti i singoli individui potranno partecipare esattamente allo stesso modo. Ci saranno alcune femmine che non possono avere dei piccoli. Potrebbero esserci alcuni zandiani che non potranno o sceglieranno di non accoppiarsi. Possono aiutare in altri modi, come hai suggerito tu. Abbiamo iniziato il programma così velocemente, con così tanta esuberanza, che non tutti i dettagli sono stati elaborati. In futuro mi impegnerò a colmare le lacune. No, non ti avrei mandata via per questo.»

C'era un "ma" nella sua voce che mi fece venire i brividi. «Ma mi manderai via per... aver mentito? Ingannato?»

«Qui non c'è posto per gli inganni» disse con voce ferma. «Sono un cancro per una nuova popolazione che ha bisogno di fidarsi del prossimo per crescere.»

«Allora... dove andrò, quindi?» Pensavo che non mi sarebbe importato, ma non era così. Iniziai a lacrimare e il panico mi attanagliò. «Se mi dai un'altra possibilità, giuro che non sarò mai più disonesta. Dedicherò la mia vita ad aiutare questo pianeta a sopravvivere.»

«Probabilmente ti rimanderò dai tuoi compagni per punizione» disse con dolcezza. «Se desiderano trattenerti.»

Scoppiai quasi in lacrime, perché sapevo che i miei

compagni non mi avrebbero rivoluta indietro. Odiavano i bugiardi. Lo avevano chiarito perfettamente numerose volte.

LA PORTA si aprì e comparvero i miei compagni: Tarren, Jax e Ronan. Non sapevo chi fosse più sorpreso, se io o il re Zander, ma Tarren avanzò, con gli occhi scintillanti e ruggì: «Non andrà da nessuna parte. Per l'unica vera stella, lo giuro, se provi a farle del male o a mandarla via da Zandia, io...»

«Fermati subito.» Re Zander alzò la mano e Tarren ringhiò, ma si fermò di colpo, respirando affannosamente, con Jax e Ronan al suo fianco. Tutti e tre i miei compagni avevano espressioni determinate sui volti ed ero così felice di vederli che mi venne quasi voglia di volare. Solo che non mi avrebbero mai perdonata per il mio inganno. «Non la manderò via. Non lo avrei mai fatto. Stiamo semplicemente discutendo di onestà e fiducia.»

«Ci sono cose che non sai di lei» disse Jax, la sua voce era paziente ma ferma e vedevo in lui una volontà di ferro che corrisponde alla forza di Tarren. «Ha attraversato cose indicibili e la perdoniamo per averci mentito.»

«Sul serio?» Ero così scioccata che li fissai a bocca aperta.

«Sì.» Ronan mi sorrise. «Sì, siamo arrabbiati perché ci hai mentito per così tanto tempo. Ma pensiamo di capire perché l'hai fatto. Ti perdoniamo e vogliamo che tu torni con noi.»

«Ma non posso avere piccoli. Voi tre, non potete sprecarvi con me.» La mia voce era debole quanto mi sentivo io. Non potevo ascoltare questa cosa in questo momento. Perché mi sarei arresa, ed era la cosa che avevo giurato di non fare. Meritavano di meglio.

«Non ci interessa» annunciò Tarren, e tutto nella stanza si smosse. Lily, che si infilò dentro, con il dottor Daneth e l'ostetrica alle calcagna. Tarren continuò. «Non è *uno spreco*. Riya, sei forte, intelligente e divertente. Stare con te ci rende più felici e più forti. Mi fa godere la vita come non ho mai fatto. Non lo otterrò con un'altra compagna, e non lo voglio con un'altra. Lo voglio con te. Con o senza piccoli.»

Bayla si schiarì la voce. «Ah, a quanto pare il dottor Daneth deve dirti qualcosa di importante...»

Jax si comportò come se non avesse parlato mentre mi fissava negli occhi. «Ci dai più energia per avere successo nel nostro lavoro. I tuoi consigli ci aiutano a prosperare e a prendere decisioni migliori. Il tuo amore e il tuo spirito avventuroso durante il sesso...» arrossii, e lanciai un'occhiata a Lily e re Zander, prima di guardare di nuovo a Jax, «ci fa godere di nuovo la vita, *kazo*.»

Tutti e tre ridacchiarono, e perfino re Zander soffocò un sorriso.

Ronan intervenne. «Ridere con te, e farti ridere, alleggerire le tue preoccupazioni, mi fa sentire utile. E in questo modo sono più forte e più fiducioso nelle mie attività quotidiane, sapendo che ti affidi a me. Sei molto più che semplicemente... questo.» Si premette la pancia. «Inoltre, i piccoli sono puzzolenti e irritanti. Sono così fastidiosi con i loro pannolini disgustosi tutto il tempo e le urla incessanti. Non dovremo mai preoccuparci di questo. Vedi, potrebbe anche essere un vantaggio.»

«Uhm, Riya, penso davvero che dovresti lasciare che il dottor Daneth ti dica...» iniziò Bayla.

«I piccoli sono terribili» concordò Tarren. «Tremo ogni volta che ne vedo uno.» Lanciò uno sguardo di scusa a Bayla. «Li spavento con la mia faccia e non so mai cosa dirgli. E come fai a tenerne uno senza romperlo a metà? L'intera faccenda è un incubo.» Scosse la testa. «Inoltre, Ronan a volte è così immaturo che sembra lui stesso un bambino. Vivrai comunque l'esperienza.»

«*Vaffanculo,* cugino» iniziò Ronan, e Jax lo trattenne, sorridendo.

Ridevo e piangevo allo stesso tempo, portandomi una mano alla bocca. «Ma no. Non potete. Siete così forti e sorprendenti. Avete bisogno di una compagna migliore, qualcuna che possa darvi...»

«Nessuno è migliore di te per noi» sbottò Tarren. «Abbiamo già legato. Indossi i nostri cristalli. Quella connessione non si rompe facilmente, Riya. Guarda nel tuo cuore. Quel legame è andato? Penso che sia ancora qui, più forte che mai.» Mi fissò.

«Voglio solo...» vacillai. «Voglio fare la cosa giusta.»

«Ma non esiste una cosa giusta. Dobbiamo tutti determinare cosa è giusto per noi.» Mi toccò il braccio.

Re Zander si schiarì la voce. «Stai dicendo che voi quattro volete continuare come una squadra accoppiata?»

«Sì!» dissero tutti i miei zandiani in una volta.

«Riya?» Re Zander mi guardò.

«Lo permetterai? Non posso crederci. Sì. Certo, più di ogni altra cosa!»

Zander annuì. «In futuro, non dovrai più ingannare me o i tuoi compagni. E non dovresti fare supposizioni su ciò che farò o non farò. Le supposizioni sono pericolose e hanno avviato molte civiltà sulla strada del fallimento. Ma sì, hai stretto un legame con questi tre zandiani, e questo è sacro. Una volta che ti puniranno per il tuo inganno e visto che ti hanno perdonato, allora potrai andare avanti. Nessuno ha detto che sarebbe stato facile. Nessuno di noi dovrebbe arrendersi al primo ostacolo. Siamo fatti di una sostanza più forte di quella, sia umani che zandiani. Se il nostro pianeta non riesce a gestire dei litigi e disaccordi, o qualche compromesso, allora siamo condannati.» Sorrise. «E non siamo condannati. Ci riusciremo.»

Aggiunse: «E ho un peso nel migliorare il processo per il futuro. Avrei dovuto prevedere che gli umani avrebbero avuto preoccupazioni e angosce come le tue. Mi assicurerò che ci siano linee guida che possano chiarire le cose.»

Il dottor Daneth parlò. «Si scopre che le emozioni umane sono molto più volatili di quanto avrei potuto prevedere» affermò, «nonostante le mie migliori ricerche. Spesso prendono decisioni avventate quando sono arrabbiati o feriti e sono piuttosto imprevedibili nelle situazioni di accoppiamento di gruppo. Dovremo… adattare i nostri protocolli di conseguenza. Cambiare la nostra formazione.» Mi lanciò uno sguardo che probabilmente era quanto di più comprensivo riuscisse a fare. «Forse dobbiamo esaminare le storie passate più da vicino in anticipo e lavorare con ciascun essere umano per discutere di potenziali problemi e insidie.»

«VE L'AVEVO DETTO» disse Ronan a Jax e Tarren, con un pizzico di superiorità nella voce, «che sarebbe andato tutto bene con re Zander. Dopotutto, ci sono molti più zandiani che umane. Non è un problema se noi tre non abbiamo figli.»

«A dire il vero» lo interruppe di nuovo Bayla. «A proposito di questo.»

«Che c'è?» Jax si girò verso di lei.

«Beh, è molto interessante, perché il dottor Daneth ha scoperto che...»

«Che cosa?» Sbattei le palpebre. «Sto morendo? Che c'è? Dillo e basta.» Mi rivolsi al medico. «Dottor Daneth?»

Lui annuì. «Sei incinta di sei settimane.»

«Sono cosa?» Mi girava la testa. «Non prendermi in giro.»

«Non è uno scherzo.» La sua voce era dura. «Non mancare di rispetto alla mia professione insinuando che vorrei scherzare su qualcosa di così vitale. L'esame del sangue mostra un aumento dell'HCG e l'ecografia mostra un embrione sano con battito cardiaco. In realtà, sono due embrioni. Gemelli. Non te l'ho detto subito quando li ho visti, perché volevo verificare che fossero sani e ben formati analizzando ulteriormente i dati. Sono sani e normali, ecco tutto.»

«Mi dispiace, non voglio mancarti di rispetto, ma non posso… non può essere. Hai visto i miei rapporti, cosa mi hanno fatto. Le mie tube di Falloppio erano chiuse, distrutte. Non è possibile. Giusto? O era qualcos'altro?» Trovai una sedia e mi sedetti, con la testa che girava, e i miei compagni mi circondarono, mettendomi le loro mani calde sul viso, sulle braccia, sulle mani. Mi strinsi e mi appoggiai allo schienale, davvero grata che fossero qui.

«Forse lo sperma zandiano ti ha aiutato a guarire» suggerì Bayla. «Oppure il cristallo planetario. Ma al momento non abbiamo una ragione medica per cui il tuo corpo dovrebbe guarirsi da solo. È un fenomeno nuovo.»

Non riuscivo ancora a elaborarlo. «Sono davvero incinta? Davvero?»

Lei annuì. «Ecco perché stai così male» disse. «Alcune donne soffrono di nausee mattutine molto serie; nel tuo caso è così. Ma avevo il sospetto che fossi incinta, a giudicare dall'odore del tuo alito.»

«L'odore del mio alito?» Non riuscivo a capirlo.

Lei annuì. «È una cosa molto sottile che a volte accade quando le umane sono incinte di bambini non umani: il loro alito profuma di mele. Quando ti abbiamo esaminato... è diventato chiaro.»

Ricordai che anche Holla aveva menzionato il mio alito che odorava di mele. Lo aveva sospettato?

«Ma... *gemelli?*» ero sconvolta.

Il dottor Daneth ci interruppe. «Vorrei fare delle ricerche sulla questione dell'alito» disse. «Vorrei ottenere campioni delle esalazioni di Riya e analizzarli al computer per verificare quali composti volatili sono responsabili dell'odore. Potrebbe essere un'utile aggiunta al nostro arsenale diagnostico.» Tossì. «Ho ancora molto da imparare sugli esseri umani» ammise.

BAYLA AGGIUNSE: «Dovrai rimanere a letto finché il dolore non passa e non riacquisti abbastanza peso. Dobbiamo stare molto attenti. Non sappiamo perché le tue tube si siano riaperte, Riya, ma sei ancora fragile. Dobbiamo trattare la tua gravidanza con molta attenzione, soprattutto perché si tratta di gemelli.

«Quello più grande probabilmente è mio» disse Ronan, toccandomi la pancia ancora piatta. «Scommetto che il mio sarà enorme.»

«Non essere ridicolo» ribatté Tarren. «Sono entrambi dello stesso zandiano. E quello più grande sarebbe comunque mio.» Mise la sua grande mano sulla mia e la strinse. «E ci prenderemo cura di loro a prescindere.» Mi lanciò uno sguardo colpevole. «Abbiamo detto quelle cose solo perché pensavamo che non potessi averne. Ovviamente ora siamo davvero entusiasti.» Era nervoso, lo capivo dal modo in cui spostava la gamba e batteva il piede. Ma qualcosa nei suoi occhi rivelava anche una profonda eccitazione. Stava ottenendo qualcosa che non avrebbe mai pensato di poter o dover avere. Un regalo.

«Saremmo stati più che soddisfatti senza i piccoli» spiegò

Jax. «Ma questo è chiaramente importante per te e ne sono felice. In ogni caso ti vogliamo, Riya.» Mi accarezzò la testa, massaggiandomi il cuoio capelluto con le dita, una sensazione calmante.

«Ti ho detto quanto desidero un piccolo?» disse Ronan. «Sono incredibili! Creature straordinarie. Non vedo l'ora di, ah, cambiargli i pannolini.» Impallidì così tanto che anche le sue antenne diventarono più chiare, e io risi così forte che mi venne da vomitare, ma mi afferrò la mano sulla pancia.

«Sono sicuro che diventerai un esperto molto presto» gli dissi sorridendo.

«Inizieremo con un'infusione endovenosa di vitamine e farmaci antinausea» affermò il dottor Daneth. «E presto ci aspettiamo che sarai in grado di mangiare di nuovo e di recuperare le forze.» Aggiunse: «potrebbero essere gemelli identici o eterozigoti. E devo dirvi che c'è la possibilità che abbiano due padri diversi, se... l'avete penetrata in due... in breve successione, e lei avesse rilasciato due ovuli. Non lo sapremo finché non faremo i test genetici, ma non lo consiglio finché non avrà riacquistato le forze.»

Non mi interessava affatto questo adesso. Tutto quello su cui potevo concentrarmi era il fatto di avere i miei compagni qui. Tarren, Ronan e Jax mi avevano perdonata. Erano venuti per me. Mi volevano, dopo tutto quello che era successo. Era incredibile.

«Quando possiamo portarla a casa?» chiese Tarren, e sembrava più una richiesta.

«Per ora dovrà rimanere in infermeria» rispose il medico. «Finché non riusciremo a farla aumentare di peso e valutare la sicurezza della gravidanza. Potrebbero volerci solo alcune rotazioni del pianeta, o forse alcuni cicli lunari.»

«Allora vivremo nella navicella con lei» dichiarò Ronan.

«E andremo a lavorare da lì. Sarà più piccola della cupola, ma lo faremo funzionare.»

«Non se ne parla» replicò il medico, alzando gli occhi al cielo. «La stanza in cui si troverà è per un solo paziente, ma, ovviamente, potete venire a farle visita tutti i giorni.» Osservò i miei compagni con gli occhi socchiusi, come se non si fidasse del fatto che lo stessero ascoltando.

«Mi volete davvero?» Avevo bisogno di sentirlo ancora, e ancora.

«Sì» dissero tutti, fondendo le loro voci in una sinfonia di toni, i miei suoni preferiti al mondo.

«Vi amo» sussurrai, guardandoli uno dopo l'altro. Ed era vero. Amavo questi zandiani tanto quanto amavo la vita stessa. Mi toccai la pancia e provai la gioia più incredibile possibile, sapendo che il mio passato era davvero passato. Nonostante i miei errori, anche dopo tutto quello che era successo, il mio futuro era luminoso e bellissimo... pieno di tutto ciò che avrei potuto sognare.

CAPITOLO QUATTORDICI

Tarren

«Vuoi dell'altro tè?» Girai intorno a Riya, mettendole in grembo la morbida coperta di pile che le piaceva. «Stai al caldo.»

Se la tolse. «Tarren, ci sono circa quaranta gradi qui dentro, e con i gemelli zandiani nella pancia, la mia temperatura è raddoppiata.» Mi fece una smorfia e rise. Ora che aveva superato il periodo delle nausee mattutine, il colore le era tornato sul suo viso ed era luminosa. Per me, non era mai stata più adorabile.

La afferrai, la feci alzare in piedi e la baciai, allungandomi per darle una pacca sul sedere. «Non rispondere, umana» la ammonii.

«Ahi!» piagnucolò, ma poi mise il culo in fuori, come se volesse un'altra sculacciata. «Non dovete punirmi.» Si alzò in punta di piedi per mordermi il collo, poi allungò la mano per stringermi le antenne. «A meno che non lo vogliate davvero.»

Jax si avvicinò e le prese il culo tra le mani mentre lei si strusciava contro i miei fianchi. «Il dottor Daneth le ha dato il via libera per tutte le attività» disse. «E intendeva... tutte.» Alzò le sopracciglia. «Apparentemente, sculacciare un'umana durante una gravidanza zandiana non provoca alcun danno, e l'aumento del flusso sanguigno derivante dagli orgasmi è positivo per lo sviluppo del feto. E re Zander ha detto che *ti meriti* una punizione.»

«Sì, lo ha detto» mormorai, dandole un colpetto sul capezzolo sinistro. Lei strillò e si spinse contro Jax. «Allora probabilmente dovremmo essere sicuri di punirla e curarla bene... se fa bene ai bambini.»

«Dobbiamo assolutamente prenderci cura dei bambini, a partire da ora» concordò Ronan, togliendosi la maglietta, con il petto nudo che brillava nella luce. «Riya, spogliati per noi, così possiamo darti una bella sculacciata.»

«È ora di punirla per averci lasciati» dissi, assicurandomi che dal mio tono di voce trapelasse affetto.

«Sono tornata, però» mi ricordò, abbassandosi per accarezzarmi il cazzo.

«Vero» ammisi. «Ma solo perché ti abbiamo inseguita. Se non avessimo...»

«Ho detto che mi dispiace.» Gemette mentre le mordevo il collo nel posto che amava.

«E ora puoi mostrarci quanto» dissi, come un dato di fatto. «Non pensi che sia un buon piano?»

Dall'odore della sua eccitazione, potevo dire che il piano le piaceva molto, ma protestò comunque. «Non usare la frusta.»

«Mmm...» feci finta di pensarci su. «Probabilmente solo la cinghia, la pagaia e uno o due plug per il culo. E vedremo se ti servirà altro dopo.»

Il suo odore divenne più forte, come succedeva sempre alle minacce che facevo. La nostra *kazo* di umana amava giocare duro con noi.

«Potrei aver bisogno di qualcosa di più» mormorò, allungando una mano per accarezzarmi di nuovo le antenne. «Dopotutto sono stata davvero molto disobbediente.»

«Già, e in questo momento stai peggiorando le cose. Ronan ti ha dato un ordine» le ricordai, stringendo gli occhi e comportandomi in modo severo, cercando di non ansimare e lanciarla semplicemente sulla piattaforma fluttuante «Sei già nuda, bellezza?»

Lei fece un passo indietro e si guardò sorpresa. «Oh! Immagino di no, vero? Beh, suppongo che dovrò farlo.» Ci guardò uno dopo l'altro e mi fece un sorriso malizioso. «Guarda attentamente per assicurarti che non mi dimentichi nulla, per favore.»

Ci voltò le spalle e lasciò cadere le spalline del vestito, rivelando le sue spalle color crema, e io ripresi fiato, mentre il cazzo che si contrasse. Jax gemette e Ronan ringhiò: «*Kazo*» mentre l'abito cadeva, mettendo il suo splendido culo in bella mostra.

«Non indossi le mutandine?» chiesi, alzando le sopracciglia. «Va bene, Riya.»

«Mi fanno troppo caldo» mormorò, voltandosi. «Inoltre, non vi piace avere un accesso più facile?»

I suoi seni erano diventati ancora più pieni nelle ultime settimane, e i capezzoli, rossi e grandi, stavano sull'attenti. Il morbido rigonfiamento del suo ventre mi infiammava ulteriormente, sapendo di averglielo fatto io.

«Quei seni devono essere morsi» ringhiai, avanzando verso di lei. «Sono perfettamente rossi e maturi per la mia bocca.» Non persi tempo con altre parole, ma chiusi le labbra attorno a quello sinistro, succhiandolo e stuzzicandolo con la lingua, finché lei non strillò e mi afferrò i capelli, con forza, strattonandoli.

«Tarren» ansimò. «Che bello.»

Scostai la bocca dalla sua protuberanza. «Chi sarà il primo a godersi la sua figa? Allarga le gambe, Riya, e tienile larghe per i tuoi compagni.»

«Mi offro volontario» disse Ronan, e fu lì in un lampo inginocchiato tra le sue cosce, che allargò ulteriormente toccandole il piede e regolando la sua posizione.

Si spostò e colsi il momento in cui Ronan mise la lingua sulla sua pelle, perché gemette dentro di me e sussultò legger-mente, mentre continuavo a leccarle i capezzoli. Il suo corpo era così reattivo, in gravidanza anche più di prima, e ci piaceva stuzzicarla e renderla disperata e bisognosa prima di lasciarla venire.

Passarono solo pochi secondi prima che Ronan escla-masse: «*Kazo*, Riya, sei così bagnata e cremosa. Potrei leccarti per ore. Se il cibo umano avesse il sapore della tua figa, giuro, sull'unica vera stella, mangerei ogni rotazione del pianeta.»

Riya emise un verso strozzato, una combinazione di risata e gemito di piacere, perché la testa di Ronan rientrò tra le sue cosce. Poi lasciò ricadere la testa all'indietro, mormorando piccoli versi di piacere, e vidi il battito emergerle dal collo, veloce e forte.

«Vieni, Riya» la esortò Ronan. «Il primo di una dozzina, e questo lo rivendico per me. Vieni sulla mia lingua ed esplodi per me. Mostrami chi ti possiede.» La sua voce era rauca dal desiderio.

La risposta di Riya fu immediata. Gridò e si irrigidì, tutto il corpo le tremò, mentre stringeva gli occhi. La sostenni tra le mie braccia, guardando con stupore mentre un sottile strato di sudore le cresceva sulla fronte: amavo le espressioni che faceva nel culmine del suo piacere. Era un piacere vederla lasciarsi andare in questo modo. La guardai alzarsi e poi scendere lentamente, le palpebre le svolazzarono, mormorò piccoli versi, e poi sorrise.

«Ronan» sussurrò.

«Sono qui.» Si spostò dalla postazione davanti alle cosce. «E ora vorrei che ricambiassi il piacere, Riya.»

Le morsi il collo e mormorai: «E poi darai piacere a me. Questa volta non sarò l'ultimo, *kazo*.» Riuscivo a malapena a resistere così: solo sentire il suono della mia compagna che provava piacere era sufficiente a farmi esplodere. Inspirai. «Vai a dare piacere a Ronan mentre Jax ti frusta il culo per la tua disobbedienza.» Per quanto mi riguardava, non riuscivo a ricordare un *kazo* di cosa avesse fatto di sbagliato, né mi interessava. Volevo solo vedere il suo culo diventare rosso, sentirla gridare quei piccoli mormorii e piagnucolii mentre la spogliavamo e la rendevamo bagnata e bisognosa.

Era ancora tremante per l'orgasmo, quindi la presi tra le braccia e la portai sulla piattaforma del sonno. «Come la vuoi, cugino?»

RONAN

AVEVO il sapore di Riya sulle labbra, il dolce miele del suo orgasmo mi faceva impazzire. *Kazo,* quanto amavo mandarla in pezzi con la mia bocca e le dita. Ma ora volevo entrare nel suo corpo e prenderla forte.

«Voglio affondare il cazzo in quella dolce figa» dissi, afferrando il mio membro e stringendolo, un misto di dolore e piacere, la più dolce delle anticipazioni. «Tarren, sistemala sulla schiena, con le gambe aperte. Divaricate.»

Non ebbe bisogno di assistenza: aprì le cosce e mi lanciò

un sorriso. «Così?» si abbassò per accarezzarsi le labbra. «Ho ancora un po' di formicolio. È bellissimo.»

«Verrai di nuovo prima che io abbia finito con te» la minacciai, e lei si allungò per accarezzarmi mentre mi inginocchiavo sopra di lei.

«Lo spero davvero» mormorò, avvolgendomelo con le dita e massaggiandomi come amavo.

«Jax può punirti più tardi» aggiunsi, perché se non fossi riuscito a entrare in lei immediatamente, non sarei durato. Mi abbassai e le schiaffeggiai l'esterno della coscia, ancora e ancora, per farla strillare e gemere. «E sono sicuro che farà un buon lavoro. Magari puoi pensarci mentre ti scopo, Riya. Ti lascerò godere il tuo piacere adesso, ma pagherai più tardi.»

Naturalmente, il modo in cui la facevamo *pagare* si concludeva con del piacere per tutti, e alle mie parole lei inarcò i fianchi sulla piattaforma e sussultò, spalancando gli occhi per la lussuria e il bisogno. «Ronan.»

«Avvolgi le gambe attorno a me mentre ti entro dentro» la esortai, «e afferrami le antenne. Scopami anche tu, Riya. Combatti per il piacere. Prendilo tu da me.»

Persi quasi i sensi mentre mi infilavo nel suo caldo umido. Era sempre così stretta, il suo corpo mi si adattava alla perfezione, e non c'era sensazione migliore di questa nell'universo.

Proprio come le avevo chiesto, la mia compagna si dimenava e si agitava contro di me, spingendo i fianchi verso di me, sforzandosi quanto me, inarcandosi e tendendosi per andare incontro al mio corpo ogni volta che spingevo. C'era qualcosa di incredibile in una compagna che amava tutto questo come me, che si perdeva così tanto nel suo piacere da usarmi come un giocattolo per sprofondare in un dirupo di passione.

La sensazione delle sue dita che mi accarezzavano e mi

tiravano le antenne era deliziosa, e in pochi secondi sentii le palle stringersi e formicolare con l'inevitabile voglia di venire, ma mi costrinsi ad aspettare. «Riya. Non potrai venire finché non te lo dirò io.»

«Oh, ti prego!» le piaceva sentirsi dire di aspettare, ma in questo momento era nervosa quanto me. Fortunatamente per lei, non avrei tirato la cosa troppo a lungo.

Rallentai le mie spinte, stuzzicandola con il cazzo, lasciando che le sfiorasse il clitoride ogni volta che lo tiravo fuori, finché lei non strinse gli occhi e ansimò, emettendo piccoli gemiti: significava che stava per venire. Quella sola vista mi fece esplodere. «Vieni ancora per me, Riya» chiesi, e lei immediatamente gridò e si inarcò dentro di me con tutta la sua forza, e sentii la figa stringersi attorno al mio cazzo mentre mi liberavo dentro di lei, e la pura beatitudine pervase tutto il mio corpo.

~

JAX

RIYA ERA PRONTA PER ME, subito: dopo essersi rilassata tra le braccia di Ronan ed essersi rinfrescata sotto la doccia, Tarren le aveva preso il culo. Ora era sdraiata sulla piattaforma fluttuante, nuda. E non mostrava segni di stanchezza. Non avrei mai voluto spingerla oltre mentre era incinta, ma ultimamente era insaziabile. Chi poteva immaginare che ci sarebbero voluti tre di noi per soddisfare una femmina umana? *Kazo,* non riuscivo a pensare all'idea di farlo da solo.

In questo momento, però, quello che volevo era stare da solo: il mio turno da solo con Riya. Incrociai il suo sguardo e sorrisi, poi guardai la scatola. «Cosa pensi che dovrei usare con te, Riya?»

Si leccò le labbra, un lampo rosa che spinse il mio cazzo a diventare più duro. «Io...»

«Ho un debole per la cinghia, come sai.» Mi chinai e la presi. La sbattei contro il palmo e lei sussultò allo schiocco. La lanciai sulla piattaforma e presi un nuovo frustino, più piccolo, una sottile striscia di cuoio che, secondo il dottor Daneth, si era rivelata molto efficace negli studi di settore. Non avevo sorriso affatto, anche se sospettavo che i suoi *studi di settore* fossero stati in realtà *monumentali sessioni di sesso* con la sua compagna Bayla. Mi ero limitato ad annuire e avevo accettato l'offerta, dicendogli che l'avrei provato il prima possibile. Che era proprio adesso.

«Ed ecco qui» aggiunsi, agitando il piccolo frustino in aria. Fece un sibilo soddisfacente e mi piacque il modo in cui lei spalancò gli occhi. «Dovrebbe bruciare un bel po'» spiegai, provandolo sul braccio più e più volte, per esercitarmi. «Oh, è proprio così.» Alzai le sopracciglia.

«Non vedo l'ora di vederti rigarle il culo con quell'affare» osservò Ronan, rilassato, sulla piattaforma laterale. Era l'immagine del riposo, ma gli occhi erano vigili e luminosi. «Fallo diventare rosa per noi, Jax, così potremo scoparla di nuovo più tardi e goderci il calore e i segni sulla sua pelle.»

Gemette a quelle parole e sapevo che stava diventando sempre più bagnata. Adorava quello che le facevamo, il che era una benedizione delle stelle, *kazo*.

«Appoggiati alla piattaforma» le ordinai. «Culo in fuori, bello alto. Presentati a me, Riya.»

Lei si sforzò di obbedire, assumendo la posizione a gambe larghe che mi piaceva senza bisogno che glielo chiedessi, e sorrisi al modo in cui si precipitava a compiacermi.

«Sono abbastanza larga?» chiese, lanciando uno sguardo alle sue spalle, ma poi si leccò deliberatamente le labbra e sorrise.

Ringhiai. «Non mi provocare, Riya, o dovrò frustarti più forte per questo.»

Kazo. Sarei potuto venire solo per quell'espressione nei suoi occhi.

Mi misi al suo fianco e feci scorrere la mano lungo la sua schiena, su quella pelle incredibilmente morbida e pallida, fino a raggiungere il sedere. «È così morbido e pallido» osservai. «Per adesso.»

Lei tremò sotto il mio tocco, e io mi strofinai tra le sue cosce, con tocchi morbidi progettati per stuzzicarla. «Vuoi il mio cazzo, Riya? Dimmi.»

«Sì, lo voglio, Jax, lo voglio.» Sussultò mentre premevo il dito più in profondità nel suo nucleo, trovando il punto che la faceva impazzire. «Oh!»

Ondulò i fianchi mentre la accarezzavo. «Mmm…»

«Stai ferma» sussurrai, premendole una mano sulla schiena, e mi chinai per parlare nel suo piccolo e perfetto orecchio. «Non muovere i fianchi di un millimetro. Lascia che ti tocchi e ti stuzzichi finché non decido che sei pronta.»

«Sì, padrone» sussurrò in risposta, la tensione risuonava già nel suo tono. Dal modo in cui stringeva le cosce capii che era molto bisognosa, ma era obbediente, la nostra piccola compagna. Fece un respiro profondo e fermò i fianchi mentre le accarezzavo e le toccavo il clitoride.

«Non sono sicuro che tu sia abbastanza bagnata» osservai. «Vediamo se questo può aiutare.» Alzai il frustino e lo abbassai con forza su entrambe le sue natiche impertinenti.

«Ahia!» Strillò e saltò, e fece scattare una mano indietro. «Jax, è assurdo!»

Tutti e tre fissammo la sottile linea rossa che le attraversava la pelle pallida, e sapevo di non essere l'unico a trovare tutto questo molto piccante.

«Giù le mani» mormorai, prendendole il palmo e stringendolo, per poi sistemarglielo di nuovo sopra la testa. «Conosci le regole. Puoi interferire con una punizione?»

«No, ma è malvagio» si lamentò, contraendo i fianchi.

«Mmm» dissi, tracciando il sottile livido, facendola sibilare. «Malvagio quanto lo sei stata tu. Diciamo dieci per iniziare?»

«Credo quindici» disse Tarren, osservando attentamente la scena dalla sua piattaforma. «Cinque per ciascuno di noi, solo per ricordarle che è nostra.»

«Sono d'accordo» aggiunse Ronan. «Anche belli forti.»

Riya sussultò e riuscii praticamente a vedere della nuova umidità tra le sue cosce toniche.

«Che ne pensi, bellezza?» le chiesi, premendole un dito contro il clitoride. «Quindici colpi belli forti per non dimenticare i tuoi padroni?»

«Io non... ah!» Strillò, perché non aspettai una risposta. Una linea rossa perfetta apparve proprio sotto la prima. «*Kazo*, Riya» imprecai. «I miei segni ti donano.» Abbassai il frustino ancora e ancora, godendomi il fruscio e lo schiocco e il modo in cui lei gemeva e si contorceva ad ogni colpo. Quando finii, lei alzò i talloni e guaì, e nessuno di noi due poteva più aspettare ancora a lungo per il rilascio.

Misi da parte il frustino e feci scorrere entrambi i palmi sul suo culo riscaldato, massaggiandolo e accarezzandolo, perché sapevo che questo avrebbe trasformato il suo dolore in piacere rendendola ancora più bisognosa del mio cazzo. Come previsto, lei si spinse verso me con il corpo, con forza, forzando le natiche sode contro le mie mani, e implorando: «Ti prego, *scopami*, Jax.»

Ero già pronto, e mentre spingevo contro le sue morbide

pieghe, lei cambiò posizione per accogliermi, alzandosi in punta di piedi e inclinando i fianchi verso l'alto.

Non importava quanto si bagnasse, la sua dolce fica era così stretta che all'inizio dovevo procedere lentamente, adattandomi al suo corpo.

«Riya» mormorai. Oggi era meglio che mai: com'era possibile che ogni volta fosse così bello?

«Jax» gemette, e il suono del mio nome sulle sue labbra mi infiammò. Iniziai a spingere, sempre più forte, e lei assecondò i miei movimenti come aveva fatto con Ronan, appoggiandosi alla piattaforma e spingendosi dentro di me per massimizzare il nostro piacere. Prenderla da dietro era uno dei miei modi preferiti perché mi permetteva di entrare profondamente nel suo corpo, e passarono solo pochi secondi prima che io fossi pronto a venire. Sapevo che anche lei era più che pronta dal modo in cui ansimava e mi implorava di essere liberata.

«Vieni, Riya» sbottai, e lei gridò versi incomprensibili di passione mentre esplodevamo entrambi, il piacere si propagava come fuoco in tutto il mio corpo. Il suo orgasmo continuò all'infinito, anche dopo che ebbi finito, mentre continuava a stringere la figa e a girare i fianchi, estraendo ogni esplosione di piacere che poteva dal mio cazzo. Alla fine, affondò in avanti sulla piattaforma e sussultò, ansimando.

Mi alzai da lei e la sollevai, poi la sdraiai sulla piattaforma in modo da poterla tenere in braccio e rilassarmi. Mentre il mio battito cardiaco tornava alla normalità, sentivo il suo ancora forte e sorrisi, toccando le gocce di sudore sulla sua fronte. *Kazo*, era bello ridurla in pezzi con così tanto piacere.

Ronan si avvicinò con il suo pile e glielo mise sopra, poi si sdraiò accanto a lei, accarezzandole la spalla. Tarren si sedette sul bordo della piattaforma per farle scorrere le dita lungo il polpaccio. E mentre giacevo abbracciandola, con i miei cugini tutti intorno a noi, sentivo che la vita era perfetta in questo momento. La nostra famiglia e Zandia erano al sicuro e in crescita. Il futuro era luminoso.

EPILOGO

R *iya*

«Come li hai chiamati?» chiese Lily.

«Che cosa?» ero così incantata dai loro visetti perfetti, dalle loro piccole dita, che non prestavo nemmeno attenzione.

Il bambino più piccolo si agitò un po', e io lo accarezzai, mormorando parole rassicuranti, e lui si sistemò con un piccolo sussulto, il petalo della sua bocca si aprì come un fiore, le sue palpebre svolazzarono, le sue ciglia erano già incredibilmente lunghe. Aveva una piccola peluria scura sulla testa, il mio stesso colore, e delle adorabili antenne.

Suo fratello era più grande e più rumoroso. Quando piangeva, si lamentava come se il pianeta stesse morendo, ma quando dormiva, cadeva nel sonno così profondamente che sarebbe potuta scoppiare una tempesta nella stanza e lui non si sarebbe svegliato. In questo momento, teneva le manine chiuse in pugni e inspirava profondamente. Mi chiesi cosa stesse sognando.

«I loro nomi?» Lily si sedette accanto a me sulla piattaforma del sonno. «Li hai scelti?»

«Abbiamo scelto Tarrian per il più grande, perché è molto simile a suo padre. E il figlio di Ronan è Rylan.»

«Tarrian e Rylan. Dolci bambini. Adoro i loro nomi.» Mi strinse la mano. «Hai fatto un bel lavoro, mammina. Sono perfetti.»

Mi dondolai e mi pavoneggiai, anche se non volontariamente. «Li adoro» dissi semplicemente.

«Come la sta prendendo Jax?» Fece una pausa e abbassò la voce. «Non intendo dire che dovrebbe avere un problema, o che lo abbia. Ma... lo ha? Penso che alcuni zandiani, ne avrebbero, no? Si morse il labbro.

«Lui sta bene.» Era vero. «È così rilassato che nulla sembra disturbarlo. Ha detto che tutto ciò significa che dovrà *scoparmi* molto di più in futuro.» Arrossii, ma lei sorrise.

«Inoltre» rivelai, «il dottor Daneth mi ha dato gli strumenti per monitorare con precisione la mia ovulazione con il termo-monitor e lo scanner. Mi dirà esattamente quando il mio ovulo verrà rilasciato, così io e Jax potremo provare quelle rotazioni del pianeta. Così potremo essere sicuri che il prossimo sarà suo.»

«Sì, sta distribuendo queste cose a tutte le umane al momento. Ha detto di sentirsi deluso per il fatto non averli avuti a disposizione per i primi gruppi.» Lily sorrise. «Anche io ce l'ho, visto che al momento ci stiamo provando.» Si dondolò un po'. «Credo di volere dei gemelli anch'io.»

«Penso che sarà parecchio impegnativo.» Guardai i bambini. Adesso erano tranquilli, ma da svegli e affamati... Madre Terra, era impossibile saziarli abbastanza velocemente! Inoltre, il solo pianto era sufficiente a mandare in frantumi i timpani d'acciaio. Tarrian era... rumoroso. Molto. Sorrisi con indulgenza. Non vedevo l'ora di vedere i miei piccoli crescere... imparare a parlare e camminare. Li amavo già così ferocemente.

«I tuoi compagni ti aiuteranno» mi assicurò. «E lo faranno anche i tuoi amici. Lamira mi ha chiesto di organizzare un programma di visite/condivisione per le neo-mamme, per garantire che ricevano sostegno e non cadano nella depressione postpartum.»

«È una buona idea» concordai. Quanta strada avevamo fatto da quelle prime rotazioni planetarie - non molto tempo fa - quando era entrata per la prima volta nella mia cupola, nervosa, chiedendomi quando avrei potuto rivedere i miei amici. Ora avevo dei compagni, dei bambini e un'intera comunità. Era un miracolo.

I miei compagni entrarono nella camera, tutti quanti, proprio mentre Rylan si svegliava e iniziava a urlare. Poteva anche non essere rumoroso come suo fratello, ma era molto persistente e il suo faccino diventava tutto rosso quando urlava.

Ronan non perdeva un colpo. Prese in braccio il bambino e lo calmò, dandogli pacche sulla schiena, finché il bambino non singhiozzò e si calmò. «Vuoi che lo cambi?» mi chiese. Senza aspettare una risposta, si diresse alla piccola postazione che avevamo allestito con pannolini e provviste e si mise al lavoro.

«Dovrei andare» disse Lily, e si chinò per abbracciarmi. «Torno presto. Ti voglio bene.»

«Anche io.» Sorrisi mentre se ne andava, e poi rivolsi la mia attenzione ai miei uomini, tutti e cinque.

Tarren si sedette accanto a me e mi baciò. «Il dottor Daneth ha detto che puoi iniziare a camminare di più durante la rotazione del pianeta, se vuoi.» Avevo subito un parto chirurgico perché i gemelli erano nati in anticipo. Il dottor Daneth mi aveva aperto la pancia per far uscire i bambini. Ma adesso andava tutto bene.

«La grande domanda» disse Ronan, alzando lo sguardo

dal pannolino di Rylan, «è quando puoi iniziare a *scopare*. Ce lo ha detto?»

«Ha detto qualche settimana.» Risi. «Fino ad allora, fatti amica la tua mano, amore mio.»

Ronan sollevò la manina di suo figlio e la toccò con il palmo. «Ometto, tua madre dice che devo accontentarmi della mano. Addolorati con me, figliolo. E impara bene come un giorno il tuo palmo diventerà tuo amico.»

«Fermo! È disgustoso! Non puoi parlare così a un bambino!» Ma stavo ridendo.

«Che cosa? Mio figlio ha bisogno di imparare la compassione, così come la cura di sé, e dovrebbe iniziare subito. Non preoccuparti. Non riesce ancora a capirmi.»

«Può capire tutto quello che dici» sostenni. «I miei bambini sono dei geni.»

«Allora capiranno quanto è difficile per i loro padri.» Alzò gli occhi al cielo.

«Mi interessa il periodo di poche settimane» disse Jax, dandomi un bacio. «Perché ho intenzione di metterti un altro di questi nella pancia il prima possibile.»

Sorrisi. Il pensiero di suo figlio mi fece sciogliere il cuore. «Sarà bellissimo, come te.» Gli toccai il viso.

«Ho la sensazione che avremo una figlia» disse Jax. «E sarà bella come te.» Si rivolse agli altri. «E probabilmente avrà i suoi fratelli, e tutti noi, avvolti attorno alle sue piccole dita.»

Potevo già vederla, questa visione di una ragazzina, e mi venne da piangere. «Lo spero, Jax.»

Tarren andò a prendere Tarrian. Il piccolo e robusto bambino non si mosse nemmeno, ma quando Tarren lo tenne stretto al petto, il bambino sospirò e si rannicchiò, come se riconoscesse il tocco e l'odore di suo padre. Chissà, forse lo sapeva. Avevamo molto da imparare sui bambini metà zandiani e metà umani. Non capivamo veramente quali tratti avrebbero ereditato dagli umani.

Mentre i miei compagni si riunivano intorno a me, tenendo in braccio i nostri piccoli, mi sentii piena di pace e gioia.

«Non ho mai osato sognare di avere questo... niente di tutto questo» dissi. «Libertà dalla schiavitù. Un compagno, tanto meno tre. Dei bambini.» Mi si riempirono gli occhi di lacrime. «E ora ho tutto.»

I miei compagni si strinsero intorno a me, scostandomi i capelli dal viso e baciandomi sulla testa.

«Abbiamo sognato. Sognavamo di riconquistare Zandia. Di essere di nuovo vicini ai nostri cristalli. Jax mi accarezzò la guancia con il pollice e io mi appoggiai al suo palmo. «Ma non avevamo idea che il vero tesoro su Zandia saresti stata tu.»

«Esatto» concordò Tarren.

«Concordo» disse Ronan con il suo sorriso da ragazzino.

Ricacciai le lacrime e sorrisi, con il cuore pieno fino a scoppiare. «Vi amo.»

E poi mi soffocarono di baci, facendomi ridacchiare, La perfezione.

VUOI LEGGERNE DI PIÙ?

ECCOTI UN ESTRATTO di *Comprata dagli zandiani*, il libro 2 della serie Spose zandiane, in uscita!

Comprata dagli zandiani – Capitolo uno
Aurelia Minor 2, Asta degli schiavi

. . .

DANICA

NUDA, legato a un palo, mi succhiavo il sangue dal labbro inferiore spaccato.

Ti prego, fa che sia veloce.

Più rimanevo qui, tremante e in bella mostra, maggiore era la possibilità che qualcuno controllasse il mio codice a barre e scoprisse che ero ricercata.

Senza dubbio il mio ex padrone, Akron, aveva messo una taglia sulla mia testa nel momento in cui si era accorto che ero scappata. E non era nemmeno al corrente del segreto che stavo mantenendo. Quello che avrebbe significato la mia morte.

Già.

Quindi si trattava di scappare o morire. Ed ero scappata. Per poco.

Tre ocreziani avanzarono ridacchiando tra loro. Uno di loro mi diede una pacca sulla tetta e tutti e tre scoppiarono a ridere. Restai ferma, con lo sguardo vuoto, come se nessun essere senziente fosse nel mio corpo, mentre pregavo ferocemente che non si fermassero. Un ocreziano sapeva come controllare il mio codice a barre da schiava e risalire alla mia storia fino ad Akron. Non ci sarebbe voluta più di mezza rotazione del pianeta per scoprire che c'era una taglia e consegnarmi al mio legittimo proprietario.

Trattenni il respiro finché non se ne andarono.

A parte loro, non mi interessava davvero chi mi avrebbe comprata. Avevo intenzione di scappare di nuovo il prima possibile. Presumibilmente, esisteva un pianeta dove gli schiavi umani potevano andare ed essere liberi. Jesel. Era estremamente pericoloso, ma questo non mi preoccupava. La mia vita probabilmente era persa, comunque.

Mi dimenai contro le mie cinghie strette. La pelle animale mi pizzicava la pelle. Le braccia e le gambe erano diventate insensibili, ma la cosa peggiore era che quella intorno al collo era troppo stretta e riuscivo a malapena a respirare. Mi impegnai a rallentare le mie inalazioni, perché il panico non avrebbe fatto altro che peggiorare la situazione.

Il mercato era pieno di esseri di ogni specie. La maggior parte sembrava troppo povera per offrire anche solo venti monete per me.

Ovviamente non sembravo un granché. Ero sporca e ammaccata, coperta di graffi per come ero arrivata qui. Quando ero arrivata, avevo strofinato un po' della terra cremisi di questo pianeta sui miei capelli per coprire il colore esotico. Le bionde erano considerate una rarità tra le schiave umane. Sfortunatamente, ero stata catturata pochi istanti dopo. Almeno ero stata catturata da un contrabbandiere meschino e avido, il cui unico interesse era una vendita veloce.

Due grandi esseri viola con le antenne passeggiavano pigramente lungo le bancarelle del mercato. I muscoli erano gonfi sotto le loro tuniche bianche e pulite e portavano spade vecchio stile alla cintura.

Dei veri guerrieri zandiani.

Non ne avevo mai visto uno prima, ma ne avevo sentito parlare. Studiavano la guerra finché non ne facevano un'arte. Si diceva che fossero estinti da tempo, ma di recente si era sparsa la voce nella galassia che avevano appena riconquistato il loro pianeta con un piccolo esercito.

Mi guardarono dall'altra parte della distesa di terra cremisi e uno di loro si appoggiò all'altro e disse qualcosa.

Quando iniziarono a camminare verso di me, il cuore inspiegabilmente prese a martellarmi in petto.

Inumidii le mie labbra screpolate con la lingua. Non riuscivo a decidere se la mia risposta significasse che avevo paura o che ero eccitata.

Paura. Ero decisamente spaventata. Guerrieri come questi erano probabilmente cacciatori di taglie. Volevano la taglia sulla mia testa.

E avrebbe potuto essere vero, ma man mano che si avvicinavano, un formicolio mi attraversò la pelle. Dovevano essere i maledetti ormoni riproduttori. Non ero mai stata entusiasta dei maschi.

Ma forse non avevo mai incontrato la specie giusta prima. Perché quando si fermarono davanti a me, mi si inturgidirono i capezzoli, si accorciò il respiro. A quanto pareva gli alieni viola con le antenne erano esattamente il mio tipo.

Uno di loro inspirò profondamente, dilatando le narici.

L'altro allungò una mano e fece scivolare le grosse dita sotto la cinghia di pelle che mi legava il collo al palo. Spalancai gli occhi e provai a trattenere il respiro per contrastare la crescente costrizione. Ma poi me lo strappò di dosso, staccandolo dal palo e gettandolo a terra. Presi una boccata d'aria e tossii.

Il commerciante aureliano sollevò la stessa pistola che aveva usato contro di me e la puntò al petto del maschio. «Allontanatevi! Non potete liberarla.»

Nessuno dei due zandiani si mosse. Non sussultarono alla vista della pistola, né alzarono le mani in segno di resa. «La tua schiava stava soffocando» disse mite il mio liberatore. Aveva una voce profonda che provocava cose strane alle mie ginocchia. «Dovresti fare attenzione a quanto strette le leghi. Nessuno comprerà una femmina morta.»

Il commerciante mi schernì e mi pizzicò le guance,

unendo le mie labbra sanguinanti. «Questa non morirebbe così facilmente.» Mostrò loro il segno del morso che gli avevo lasciato sul braccio. «È una *liineor.*»

Non avevo idea di cosa fosse una *liineor*, ma supposi che fosse una bestia selvaggia di questo pianeta.

Gli zandiani non si mossero, ma il labbro superiore di quello più magro cominciò ad arricciarsi. Disse qualcosa sottovoce nella loro lingua e il suo amico annuì. Nessuno dei due distolse lo sguardo da me.

A prima vista avevo pensato che i loro occhi fossero marroni, ma ora vedevo che erano viola, come la loro pelle. O erano diventati *più* viola? Quello più magro esaminò a lungo e lentamente il mio corpo. «Quanto?» Sembrava interessato solo in parte, ma questo avrebbe potuto far parte del gioco delle contrattazioni.

Non riuscivo a decidere se *volessi* il loro interesse. Non avrei dovuto. Questi maschi erano pericolosi. Molto pericolosi. Erano addestrati per uccidere e sembravano molto intelligenti.

Quindi avrei dovuto sperare che se ne andassero e trovassero qualche altro venditore da infastidire.

Ma invece mi ritrovai a pregare che mi comprassero. Per il solo motivo che non sopportavo il pensiero che se ne andassero.

Quello più grande mi sollevò i capelli arruffati dalle spalle e mi scrutò il collo. Mi sfiorò la spalla nuda con le dita. Era così vicino che sentivo il profumo della sua pelle: maschile e pulita. Lasciò ricadere le ciocche e disse qualcosa al suo amico in zandiano.

Fanculo.

Loro erano intelligenti. Aveva appena visto il mio vero colore di capelli ma se la stava cavando bene.

«Dove l'hai presa?» chiese. Aveva una mascella squa-

drata e senza peli e un mento con una fossetta che probabilmente faceva sbavare ogni donna della galassia al suo
passaggio.

Il commerciante alzò il mento. «Non importa dove.»

«Quindi non hai la sua cartella? Non è legalmente tua?»
chiese quello più magro.

Oh cazzo. Stavano facendo troppe domande. Come prossima cosa avrebbero controllato il mio codice a barre. Piegai
il collo di lato e mi chinai in avanti, afferrando con la lingua
la "V" di pelle che si intravedeva da sopra la tunica zandiana.
Feci un giro una volta. Due volte.

Mi prese per i capelli e mi tirò indietro la testa, guardandomi divertito.

«Penso che tu le piaccia» osservò il suo amico ridacchiando.

Mi teneva i capelli troppo stretti nel pugno, ma non
credevo che avesse intenzione di farmi del male. Era semplicemente troppo forte o inconsapevole di quanto fosse più
debole la mia specie. Si chinò e mi sfiorò le labbra con le sue.
Allo stesso tempo, mi palpeggiò il monte di Venere con la
mano libera.

Sussultai, più per la sorpresa che per altro. E perché ogni
altra volta che un maschio mi aveva afferrato era stato
spiacevole.

Ma non questa volta. Mi strofinò leggermente il polpastrello tra le pieghe e fui sbalordita da quanto mi bagnai.

Le sue antenne si irrigidirono e si inclinarono nella mia
direzione mentre mi guardava in viso; il suo naso toccava
quasi il mio, gli occhi ametista erano in fiamme.

Ansimai, il calore si arrotolava come fumo nella mia
pancia.

«Centocinquanta stein» disse. Tolse il dito dalla mia figa.
Avevo prurito e caldo. Bisognosa di riavere il suo tocco.

«Trecento» ribatté il venditore.

«Centosettantacinque. Offerta finale.» Mi lasciò i capelli e fece un passo indietro.

«Due e cinquanta.»

Il suo amico rise. Alzò le spalle e se ne andò.

Quel maledetto venditore li stava lasciando andare. A tre passi di distanza. Quattro. Cinque. «Duecento» gridò alle loro spalle.

Si fermarono ma non si voltarono. Sembrava che stessero conversando tra loro.

«Centonovanta.»

Ci vollero due lunghi passi per tornare indietro. Il suo amico tirò fuori un sacchetto di tela pieno di monete mentre infilava le dita sotto la cinghia che mi circondava il petto. La strappò via, come se la spessa pelle di un animale fosse facile da spezzare.

Sussultai mentre il sangue ricominciava a scorrermi lungo le braccia come un milione di punture di insetti. Mi strappò la cinghia attorno alle cosce e io crollai, incapace di reggermi in piedi. In un lampo, piombai su un'ampia spalla.

Lo zandiano mi batté una grande mano sul sedere. «Avanti, piccola schiava. Conosciamo il posto giusto per le umane a cui piace sfuggire ai loro padroni.»

IL PROSSIMO NELLA SERIE LE SPOSE ZANDIANE

Comprata dagli zandiani

Mi hanno comprata all'asta. Mi hanno reclamata. Per sempre.

Due maschi viola e con le antenne, con un petto massiccio e braccia spesse quanto la mia vita.

Mi stanno portando a Zandia per procreare i loro piccoli.

L'unico problema è che sono già incinta.

E se il mio ex padrone mi trova, mi farà a pezzi una volta nato il suo piccolo.

I miei nuovi padroni sono fermi, ma gentili. Danno molto più piacere che dolore. Il loro pianeta è bellissimo.

Ma quando scopriranno il mio segreto, non ho dubbi che mi cacceranno via.

E la mia vita sarà perduta.

Perché là fuori nessuna femmina umana con una taglia sulla testa sopravvive più di un ciclo lunare.

Comprata dagli zandiani - Prossimamente!

OTTIENI IL TUO LIBRO GRATIS!

Iscrivetevi alla newsletter di Renee per ricevere Indomita, scene bonus gratuite e notifiche riguardo a nuove pubblicazioni!

https://subscribepage.com/reneeroseit

ALTRI LIBRI DI RENEE ROSE

https://reneeroseromance.com/italiano/

I peccati di Chicago

La tana dei peccati

Radicato nel peccato

Uomo d'onore

Non provocarmi

Non tentarmi

Non costringermi

Dominami - la serie

Padrone reale

Sì, dottore

Padrone russo

Padrone marine

Chicago Bratva

Preludio

Il direttore

Il risolutore

Posseduta

Il sicario

Il soldato

L'Hacker

L'allibratore

Il pulitore

Il playboy

Il guardiano

Vegas Underground

King of Diamonds

Mafia Daddy

Jack of Spades

Ace of Hearts

Joker's Wild

His Queen of Clubs

Dead Man's Hand

Wild Card

Gli alfa di montagna

Eroe

Ribelle

Guerriero

Wolf Ridge High

Alfa Bullo

Alfa Cavaliere

Fratellastro Alfa

Alfa ribelli

Tentazione Alfa

Pericolo Alfa

Un premio per l'Alfa

Deseada

Sedotta

Padroni di Zandia

La sua Schiava Umana

La Sua Prigioniera Umana

L'addestramento della sua umana

La sua ribelle umana

La sua incubatrice umana

Il suo Compagno e Padrone

Cucciolo Zandiano

La sua Proprietà Umana

La loro compagna zandiana (gratuito)

Le spose zandiane

Notte degli zandiani

Comprata dagli zandiani - prossimamente!

L'AUTORE RENEE ROSE

L'autrice oggi bestseller negli Stati Uniti Renee Rose ama gli eroi alfa dominanti dal linguaggio sboccato! Ha venduto oltre un milione di copie dei suoi romanzi bollenti, con variabili livelli di erotismo. I suoi libri sono comparsi su *USA Today's Happily Ever After* e *Popsugar*. Nominata *Migliore autrice erotica da Eroticon USA* nel 2013, ha vinto come autrice antologica e di fantascienza preferita dello *Spunky and Sassy*, come miglior romanzo storico sul *The Romance Reviews* e migliore coppia e autrice di fantascienza, paranormale, storica, erotica ed ageplay dello *Spanking Romance Reviews*. È entrata dieci volte nella lista di *USA Today* con varie antologie.

Iscrivetevi alla newsletter di Renee per ricevere scene bonus gratuite e notifiche riguardo a nuove pubblicazioni!
https://www.subscribepage.com/reneeroseit

f facebook.com/Autrice-Renee-Rose-101548325414563
instagram.com/reneeroseromance
tiktok.com/@reneeroseromance

www.ingramcontent.com/pod-product-compliance
Lightning Source LLC
Chambersburg PA
CBHW050200120726
47903CB00002B/694